86
— 에이티식스 —

Change the way to live.
To advance.

[글]
아사토 아사토

[일러스트]
시라비

[메카닉 디자인] I - IV

$$
\begin{bmatrix} \text{EIGHTY} \\ \text{SIX Ep.6} \end{bmatrix}
$$
— 날이 밝지 않기에 밤은 영원하고 —

ASATO ASATO PRESENTS

The number is the land
which isn't
admitted in the country.
And they're also boys and
girls from the land.

THE BASIC DRONES
[〈레기온〉 통상전력]

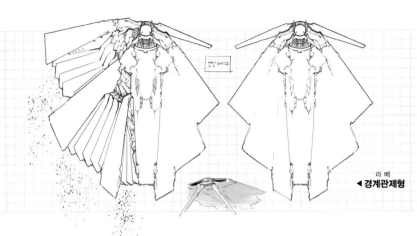

라 베
◀ 경계관제형

[라베]
경계관제형
【 S P E C 】

[전고] 약 122m
[중량] 불명

[아인탁스프리게]
방전교란형
【 S P E C 】

[전고] 약 10cm
[중량] 약 2g

■ 경계관제형(라베)
비행하는 초대형 〈레기온〉으로, 방전교란형의 모함 같은 존재. 전자방해(재밍) 보조 말고도 고도를 살린 적지 정찰을 시행한다.

■ 방전교란형(아인탁스프리게)
가장 작지만, 전쟁 상황에서는 가장 흉악한 레기온. 그 날개에서 강력한 전자파를 발생시켜 통신을 방해(재밍)한다. 연합왕국에서는 고고도를 두껍게 뒤덮어 태양광이 지표에 닿지 않게 함으로써 급속한 한랭화를 가져왔다.

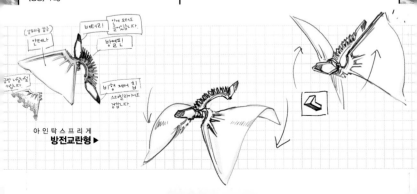

아 인 탁 스 프 리 게
방전교란형 ▶

EIGHTY SIX Ep.6

로아 그레키아 연합왕국
레비치 관측기지에서
모두와 함께.

June, 2150 (A.R)
Vladilena Milizé

86
— 에이티식스 —
Change the way to live.
To advance

〈레기온〉 전력 일람
LEGION:LIST

현재 위협적인 주요 레기온들. 그 명칭과 기체 특성을 여기서 다시 소개한다.

Change the way to live. To advance.

EIGHTY SIX

The number is the land
which isn't admitted in the country.
And they're also
boys and girls from the land.

---

01 아마이저리
척후형

이름의 모티브는 [개미]. 기본 임무는 전차형이나 장거리포병형 지원, 공격 목표 지시나 장비한 기총을 이용한 보병 전력 토벌. 가장 많이 보이는 레기온 중 하나.

02 그라우볼프
근접엽병형

이름의 모티브는 [늑대]. 장갑은 얇지만, 기동력이 뛰어나고, 근접용 블레이드를 이용한 격투전과 함께 등에 달린 런처를 이용한 화력지원도 한다.

03 대인용 특수병기
자주지뢰

인간, 혹은 인류 측의 장갑병기에 '달라붙어서' 자폭하는 레기온. 단순하지만 그만큼 성가신 적이기도 하다. 인간과 거의 같은 크기로, 대인용 총기로도 격파 가능.

04 레베
전차형

이름의 모티브는 [사자]. 〈레기온〉의 주력. 백수의 왕 사자의 이름에 걸맞게, 상부에 장비한 120mm 포 앞에서는 인류 측 기체도 종잇장이나 마찬가지다.

05 디노자우리아
중전차형

이름의 모티브는 [공룡]. 전차형을 훨씬 웃도는 155mm 포를 탑재. 나아가 부포와 광범위를 커버하는 기총도 장비했다. 중요거점 등에 투입되는 가장 강력한 〈레기온〉 중 하나.

06 스코피온
장거리포병형

이름의 모티브는 [전갈]. 장갑이 없지만, 강력한 장사정포를 지녔다. 보통은 후방에서 전선의 다른 〈레기온〉들을 지원한다.

07 포닉스
고기동형

공화국 지하철 터미널 전투에서 신 일행의 앞에 나타난 신종 〈레기온〉. 높은 스텔스 성능과 기동성, 좌우 한 쌍의 체인블레이드를 이용한 강력한 격투전이 특기. 레비치 요새 전투에서는 유체장갑을 둘러서 방어력과 함께 장갑 일부를 사출하는 원거리 공격을 얻었다.

▲ 레비치 요새 공방전 때

Illustration : I-IV

[글] **아사토 아사토**

[일러스트] **시라비**

[메카닉 디자인] **I-Ⅳ**

86
에이티식스——
EIGHTY SIX
Change the way to live. To advance.

—날이 밝지 않기에 밤은 영원하고—

| Ep. **6**

ASATO ASATO PRESENTS

The number is the land which isn't
admitted in the country.
And they're also boys and girls
from the land.

에이티식스는, 죽는 존재다.

제86기동타격군
일지에 휘갈겨 쓴 낙서에서

서장 Harsh Mistress

〈레기온〉은 꿈을 꾸지 않는다.

꿈이란 뇌가 기억을 정리하기 위한 작업이다. 대형 포유류의 뇌 신경계를 모방했다고 해도 결국은 기계장치에 불과한 〈레기온〉의 유체 마이크로머신 중앙처리계가 그러한 프로세스를 실행하는 일은 없다.

그러니까 그녀는 더 이상 꿈을 꾸지 않는다.

《——노 페이스가 미스트레스에.》

동료기의 호출에, 그녀는 대기 상태의 허무한 여명 속에서 각성했다.

롤아웃된 지 10년이 넘게 지나 다소 삐걱대는 기체의 복합 센서 유닛을 살짝 쳐들었다.

대치하는 연합왕국군에서 〈무자비한 여왕〉이라는 식별명으로 불리는 〈레기온〉이다. 얼어붙은 달처럼 새하얀 장갑과 초승달에 기댄 여신의 퍼스널마크. 본래 있어야 할 무장인 기총은 옛적에 사라졌다. 현재, 초기 척후형은 그녀밖에 남지 않았다.

통신은 하늘을 뒤덮은 방전교란형과 그 위를 나는 경계관제형의 중계를 통해서 그녀가 숨은 용해산맥(龍骸山脈)을 뛰어넘어머나먼 저편까지 닿는다.

《작전목표 미달.──작전 방치 사유를 설명하라.》

그녀는 탄식하고 싶은 마음을 억눌렀다. 숨을 내쉬기 위한 입과 목과 폐를 모두 잃어버린 지 오래되었지만, 인간이었을 적의 버릇은 아직도 사라지지 않았다.

《방치? 목표는 달성했잖아, 노 페이스. ──저번 작전으로 연합왕국의 돌격부대는 식별명 〈알카노스트〉의 태반을 상실하고, 적 전선을 후퇴시키고 전진 진지의 확보에도 성공했어. 다음 작전이면 돌파할 수 있어. 그렇게 되면 전장은 평지로 넘어가. 우리 〈레기온〉의…… 기갑병기의 독무대야. 북쪽의 일각수는 이제 곧 함락되겠지.》

그녀는 차갑고 냉철하게 말했다.

수백 킬로미터 떨어진 곳에서 노 페이스가 대답했다.

노 페이스는 그녀가 속한 〈레기온〉 광역 전략 네트워크의── 〈레기온〉의 부대 단위로 위에서 두 번째 규모, 다수의 국가와 대치하는 집단의 총지휘관기다. 또한 그녀와 마찬가지로 대륙 전체의 모든 〈레기온〉 집단의 총칭, 통괄 네트워크의 의사 결정을 행하는 지휘관기 중 하나이기도 하다.

그──겠지, 아마도──또한 인간의 뇌 구조체를 흡수한 지휘관기인 이상, 생전의 기억과 인격도 남았을 것이다. 하지만 〈레기온〉의 암호 통신은 암호화와 복호화 과정에서 발신자의 개성을 지워버린다. 그녀의 말 또한 노 페이스에게 재생될 때는 무미건조한 기계어로 변환될 터이다.

《우선 노획 목표, 발레이그르, 흐베드룽그 및 미네르바의 노획이 미달.》

그녀의 담당 구역에── 연합왕국과의 전선에 있는 3대 중요 목표인가.

〈레기온〉의 위치를 간파하는 능력을 가진 특수개체, 발레이그르. 개체명 및 경력은 불명.

연합왕국의 무인기 제어 시스템, 식별명 〈시린〉의 개발자, 흐베드룽그. 개체명은 불명이지만, 연합왕국 제5왕자 '빅토르 이디나로크' 로 추정.

공화국의 기술자, 미네르바. 개체명 '앙리에타 펜로즈'.

앞의 둘이라면 지난 공세 때 연합왕국군 기지에서 존재를 확인했다. 미네르바는 그때 발견할 수 없었지만, 공화국에서 연방으로, 지금은 연합왕국으로 이동했다는 정보가 있다.

다만.

《우리 〈레기온〉에게 주어진 명령을 수행하는데 그럴 필요가 있을까?》

《전략상으로는 중대. 또한 발레이그르는 〈레기온〉 최상위 지휘권한 계승자일 가능성이 큼. 신규 명령 수령은 현재 통괄 네트워크의 최우선 목표.》

《…….》

〈레기온〉은 기아데 제국이 개발하여 투입한, 침략을 위한 자율병기다.

그것은 지금도 변함없다. 제국이 멸망했어도 〈레기온〉이 인류를 공격 대상으로 삼는 이유는 단순히 망국이 남긴 명령을 따르는 것뿐. 제국군이 남긴 '적의 섬멸'이라는 마지막 명령을 곧이곧대로, 묵묵히, 조용히 따를 뿐이다.

인간에게 반기를 든 것이 아니다.

〈레기온〉은 어디까지나 인간의, 이제는 이 세상에 없는 인간의 충실하고 순종적인 도구에 불과하다.

그러니까 명령자를 원하는 것은 〈레기온〉의 중앙처리계에 입력된 일종의 본능이다. 〈레기온〉이란 본래 병졸부터 하급사관까지를 대체하는 존재이고, 그들을 지휘하고 전략을 맡을 상급지휘관은 어디까지나 인간이 담당하는 것으로 상정되었다. 일정 기간 명령이 없을 경우, 지휘권 소유자, 혹은 지휘권 계승자를 찾으라는 초기 명령이 안전 장치 중 하나로써 입력되어 있다.

그리고 노 페이스의 말처럼 발레이그르는 〈레기온〉의 최상위 지휘권 계승자일 가능성이 있다. 야흑종과 염홍종의 혼혈은 기아데 제국에서 황족의 특징이다. 대귀족은 자기들의 피를 절대로 흐리지 않는다. 특히나 이능력을 지닌 오래된 가문은 별개의 사상에 따라 조정된 인자들이 서로 어떤 영향을 끼칠지 모르기 때문에 더더욱 그렇다. 그러니까 오히려 황족 이외에는 혼혈이 존재하지 않는다고 할 수 있다. 소모율이 지극히 높은 돌격 작전에만 종사하는 것도 현 정권에 거슬리는 옛 지배계급이기 때문이라면 납득할 수 있다.

다만, 그녀는 거기서 생각에 잠겼다.

고기동형이 가지고 돌아온 발레이그르의 관측 영상에 따르면,

그는 10대 후반의 소년병이었다. 그런 나이의 황족은 방계를 포함해도 존재하지 않는다. 그렇지 않으면 아직 갓난아기인 황녀를 즉위시키는 짓을 하지 않는다.

그 소년병은 〈레기온〉이 찾는 '황제'가 아니다——······.

계속되는 생각을 노 페이스의 말이 깨뜨렸다.

《미스트리스. 귀관은 귀관의 담당 전역으로 발레이그르를 유인했나.》

그녀는 한순간 침묵했다.

맞는 말이기 때문이다.

그것을 의도하여 고기동형에 메시지를 심었다. 격파될 리 없는 고기동형이 격파되었을 때 재생되는 그녀의 말. 구체적인 사실은 하나도 말하지 않고, 어디에 있는지도 모르는 그녀에게 불러들이기 위한 속삭임.

다만.

《그것이 목적이잖아, 노 페이스. 무슨 문제라도······?》

《부정. '발레이그르'를 유인한 뒤 격파하라.》

············?

그녀는 의아한 심정으로 침묵했다.

찌푸릴 눈썹은 이미 없지만.

《최상위 지휘권한 계승자를 찾는 거잖아?》

조금 전, 노 페이스는 그렇게 말했다.

그것이 〈레기온〉 전체의 뜻일 터이다.

모든 〈레기온〉을 지휘하에 둔 통괄 네트워크 지휘관기. 그런 이

들조차도 거역할 수 없는, 〈레기온〉에 입력된 본능—— 금칙사항과 절대명령.

《긍정. 최상위 지휘권한 계승자를 탐색하고.》

한순간.

노 페이스는 주저하듯이, 곤혹스러워하듯이, 혼란스러운 듯이 뜸을 들였다.

하지만 다음 순간 그 목소리는 〈레기온〉의—— 잔존하는 인류권 전체와 적대하는 살육기계의 지휘관에 어울리는 무기질과 냉혹함을 되찾았다.

망설임 없이. 주저 없이.

모든 것을 살육한다.

《——확실한 제거를 실행해야 한다.》

86

—에이티식스—

Change the way to live.
To advance.

[**Ep. 6**]

— 날이 밝지 않기에 밤은 영원하고 —

EIGHTY
SIX

The number is the land which isn't
admitted in the country.
And they're also boys and girls
from the land.

ASATO ASATO PRESENTS

[글] **아사토 아사토**

ILLUSTRATION/SHIRABII

[일러스트] **시라비**

MECHANICALDESIGN／I-IV

[메카닉 디자인] **I-IV**

DESIGN／AFTERGLOW

그레테

연방군 대령. 신 일행의 이해자이기도 하고, [제86독립기동타격군]의 여단장을 맡게 되었다. 신형 펠드레스 〈레긴레이브〉의 개발자이기도 하다.

베르노르트

연방군에서 신의 부하로, 숙련된 용병. 자기보다 어린 신을 지휘관으로 모시며, 신설 부대에서는 1개 전대를 맡아 신 일행의 싸움을 돕는다.

아네트

레나의 친구로 〈지각동조〉 시스템 연구주임. 신과는 과거에 공화국 제1구에서 소꿉친구 사이였다. 레나와 함께 연방군으로 파견되어 신과 재회한다.

마르셀

연방군인. 원래는 펠드레스의 오퍼레이터였지만 전투 중 부상의 후유증 때문에 레나의 지휘를 지원하는 관제관으로 종군한다.

시덴

〈에이티식스〉 중 한 명으로 신 일행이 떠난 뒤로 레나의 부하가 되었다. 신설 [제86기동타격군]에 합류해서 레나의 호위전대를 이끈다.

더스틴

공화국 붕괴 전에 〈에이티식스〉들의 처우를 비난하는 연설을 했던 공화국 학생으로, 연방에 구원된 후에는 [제86기동타격군]에 지원했다. 앙쥬의 소대에 소속된다.

비카

로아 그레키아 연합왕국 제5왕자. 왕실의 이능력자로, 이상할 정도의 천재인 당대 [자수정]. 인간형 제어장치 〈시린〉을 개발해 연합왕국 전선을 지탱했다.

리토

공화국 붕괴에서 살아남아 [제86기동타격군]에 합류한 〈에이티식스〉 소년. 과거에 신이 있었던 부대 출신.

레르케

비카가 직접 제작한 반자율병기의 제어장치 〈시린〉의 1번기. 비카의 소꿉친구였던 소녀의 뇌 조직이 사용되었다. 이상한 말투로 말한다.

류드밀라

〈시린〉 소녀. 지난번 레비치 요새 공방전에서 다른 시린들과 함께 몸을 던져 신 일행의 '다리'가 되어 활로를 열었다.

EIGHTY SIX

등 장 인 물 소 개

The number is the land
which isn't
admitted in the country.
And they're also boys and
girls from the land.

기 아 데 연 방 군
〈제86독립기동타격군〉

신

산마그놀리아 공화국에서 인간이 아닌 존재——
〈에이티식스〉의 낙인이 찍혔던 소년. 레기온의
'목소리'가 들리는 이능력을 지녔으며, 탁월한
조종스킬도 있어서 수많은 전장에서 살아남았다.

레나

과거에 〈에이티식스〉들과 함께 싸웠던 지휘관제
관(핸들러) 소녀. 사지로 향했던 신 일행과 기적의
재회를 이루었고, 그 뒤로 기아데 연방군에서 작
전총지휘관으로 다시금 함께 싸우게 되었다.

프레데리카

〈레기온〉을 개발한 옛 기아데 제국 황실의 핏줄.
신 일행과 협력하여 옛날 가신이자 오빠 같은 존
재였던 키리야와 싸웠다. 〈제86독립기동타격군〉
에서는 레나의 관제보좌를 맡는다.

라이덴

신과 함께 연방으로 도망친 〈에이티
식스〉 소년. '이능력' 때문에 고립되
기 일쑤인 신을 도와준 오랜 인연.

크레나

〈에이티식스〉 소녀, 저격 실력이 탁월
하다. 신에게 어렴풋한 연심을 보내지
만——?

세오

〈에이티식스〉 소년. 쿨하고 다소 입이
험한 야유꾼. 와이어를 구사한 기동전
투에 능하다.

앙쥬

〈에이티식스〉 소녀, 다소곳하지만 전
투에서는 과격한 일면도 있다. 미사일
을 사용한 면 제압이 특기.

제1장 늑대인간은 숲에서

레비치 요새기지로 향하던 〈레기온〉 주력은 인간이 요새를 탈환하자 머지않아 반전했다.

이에 따라 이동한 적 부대의 틈새를 누비며 연합왕국군 구원부대가 도착한 것은 요새 탈환으로부터 하루 남짓 지났을 무렵이었다.

현재 〈레기온〉의 공세는 투입된 예비 병력이 붙들고 있다고 한다. 시간을 끄는 것뿐. 반격하여 퇴각시키지도 못하고, 전선도 유지할 수 없다. 즉, 구원부대도 기동타격군도, 연합왕국군 제1기갑군단의 작전권에 있는 모든 부대가 더는 이 전장에 머물 수 없다.

따라서 기동타격군과 〈시린〉이 사력을 다해 탈환한 레비치 요새기지는 그 노력도 허무하게 버려지게 되었다.

구원부대의 수송 트럭과 기동타격군의 장갑수송차. 흰색과 회색이 어우러진 차량들은 마치 장례식 운구차 대열처럼 요새기지를 뒤로했다.

그 장갑수송차 중 한 대. 정원보다 많은 사람을 억지로 태워서 비좁은 차 안에서, 레나는 방탄유리 너머의 잿빛 설경에 시선을 주었다. 연합왕국의 전장에서 한때를 보냈던 기지. 〈레기온〉과 빼앗고 빼앗긴 끝에 지켜내지 못했던 절벽 위의 요새를.

그 절벽의 한쪽, 지금은 약간의 잔재만 남은 공성로에 무심코 눈이 갔다.

그 공성로의 재료로 스스로를 던진 〈시린〉과 〈알카노스트〉는 연합왕국군 기밀의 집대성이다. 특히 〈시린〉의 뇌 구조는 〈레기온〉에도 유용성이 높다. 짧은 시간에 최대한 회수하고, 그게 어려운 경우에도 이후에 폭약과 연료로 철저하게 파괴한다고 했다.

인간을 위해 희생되었으면서도, 인간처럼 추모되는 일도 없이.

또 다른 공로자인 에이티식스들 또한 받은 타격이 컸다.

전장에 익숙한 그들로서도 익숙지 않은 눈 속의 공성전. 사력을 다했지만 전략적으로 완전히 헛되이 끝나서 얻은 것이라고는 하나도 없는 일련의 작전. 피로와 허탈함 때문일까, 기지를 떠나기 전에도, 떠난 후에도 그들은 시종일관 말이 없고 어딘가 의기소침한 기색이었다.

무엇보다도 〈시린〉들의 저 공성로.

해자를 메우고 100미터나 되는 절벽에 경사로를 만들기 위해 차곡차곡 쌓인, 올려다봐야 할 정도로 높은 잔해의 산. 웃으면서 추락하고 깔리고 짓밟히며 죽어간, 소녀의 모습을 한 기계인형들의 거대한 묘비.

메인 스크린 너머로 비치는 영상으로도 충격적이던 그 참상을, 에이티식스들은 그 현장에서, 눈앞에서 보았다.

무참한 그녀들의 잔해를 또다시 짓밟고, 희생하면서 올라갔다.

그 충격은 이루 헤아릴 수 없다.

맞은편 자리에 앉은 신도 그렇다.

그때 〈시린〉들의 주검이 쌓인 산 앞에 홀로 서 있던 신의 옆얼굴을 떠올리고 레나는 눈썹을 찡그렸다.

어쩔 줄 몰라 하는, 상처 입은 어린애 같은 얼굴.

바람에 흩날리는 눈발 너머, 당장에라도 사라질 것 같은 얼굴.

그런 얼굴을 하고 있었다.

죽음만이 기다리는 86구에서 5년이나 싸우며 살아남은 신조차. 그런 얼굴을 할 정도로…….

차량 안으로 시선을 되돌리자 같은 차를 탄 프로세서들은 좌석에 반쯤 몸을 묻고 조용한 숨소리를 내고 있었다. 지금은 피로가 앞서는 모양이다. 다들 눈을 뜰 기색이 없었다.

신도 마찬가지로 가볍게 팔짱을 끼고 딱딱한 좌석 등받이에 몸을 기댄 채 얇은 눈꺼풀을 감고 있었다. 표정은 평소처럼 쌀쌀맞을 정도로 고요하지만, 안색은 별로 좋지 않았다. 며칠 동안의 공성전으로 쌓인 피로가 가시지 않았다.

'자고 있는, 거지요……? 그렇다면…….'

레나는 손을 뻗어서 옆에 방치된 모포를 집어 들었다.

사람은 수면 중에 체온이 내려간다. 난방 장치가 있는 장갑수송차 안이라고 해도, 몸이 식으면 피로가 풀리지 않겠지.

차량 내부가 좁은 탓에 접힌 모포를 펼치는 데도 고생했다. 그렇게 펼친 모포를 덮어 주려고 몸을 내밀었을 때, 갑자기 신의 핏빛 눈이 번쩍 떠졌다.

"레나……?"

"힉."

두세 번 눈을 깜빡이다가 멍하니 올려다보는 붉은 눈동자, 가까운 거리에 있는 그것에 레나는 무심코 뒤로 물러났다. 그 바람에 손에서 놓아버린 모포가 신의 무릎에 어중간하게 걸쳐졌다.

"……? 무슨 일, 있었습니까?"

"아뇨, 저기."

레나는 평소는 생각할 수 없을 정도의 속도로 제자리로 돌아갔다. 그리고 의미도 없이 등을 쭉 편 채로 가지런히 모은 무릎에 손을 올리더니, 새빨개진 얼굴로 시선을 돌리며 말했다.

"잠들었나, 싶어서. 그래서."

"아하……."

모호하게 대답하는 그 반응이 아무래도 둔했다. 레나는 걱정스럽게 눈썹을 찌푸렸다.

"피곤한 거겠죠. 자도 괜찮아요."

"아뇨. 여기는 아직 적지니까 잘 수는 없습니다."

신은 천천히 고개를 내저었다.

"연합왕국의 구원부대가 경계와 전투를 전부 담당해 주고 있습니다. 그만큼 충분한 전력임을 확인했으니까, 신이 무리하지 않아도 괜찮아요. 괜찮아요. 여기는 86구가 아니니까요."

에이티식스에게만 전투를, 그 뒤의 죽음도 떠넘기고, 멀쩡하게 지원도 해 주지 않았던 고독한 전장이 아니니까.

여기는 세계가 온통 적이던 86구가 아니다.

"자기 자신을 위해 남을 희생하는 것이 인간이라고 당신은 말할지도 모르지만요. 조국을, 사람을, 뭔가를 지키기 위해 싸울 수 있는 것도 인간이니까요. 그러니까…… 괜찮아요."

"……."

신은 대답하지 않고, 그저 고개 숙이듯이 시선을 내렸다. 눈을 껌뻑이는 속도가 느리다. 그대로 눈을 감고 싶은 것을 억지로 참는 것처럼.

눈의 초점도 어딘가 이리저리 흔들리듯이 또렷하지 않은 것을 보면, 정말로 무척 졸린 거겠지.

"레나는……."

그렇기에 조용히 흘러나온 목소리도, 레나에게 말을 건다기보다는 어딘가 혼잣말을 하는 듯한 느낌이 났다.

"그런 것을 봐도, 아직, 그런 말을 할 수 있군요."

모호한 말에 레나는 한 차례 눈을 껌뻑였다가, 뒤늦게 이해하고 끄덕였다. 레나가 했던 말을 이야기하는 걸까.

——이 세계는, 아름답습니까.

——당신들은 이 세계를, 인간을. 사랑할 수 있습니까……?

"어째서, 그런 식으로——……."

내치는 듯한, 그러면서도 어딘가 매달리는 듯한 질문에 레나는 엷게, 슬프게 웃었다.

〈시린〉들이 자기 몸으로 만든 공성로.

이 세계와 인간을 모조리 포기해버린 그에게는, 그 광경도 마치 세계의 악의를 상징하는 것처럼 보였겠지.

그것이야말로 이 세계라고.

그럴지도 모른다. 레나는 그렇게 생각하기 싫지만, 사실은 그럴지도 모른다.

그래도.

"아니에요. 나는…… 나도, 인간이 저열하다는 생각을 안 하는 건 아니에요."

세계의 악의를 두려워한 적이 여태까지 없었던 건 아니다. 에이티식스를 짓밟고도 부끄러운 줄 모르는 조국. 윗선에서 무시당하는 진언. 이해받지 못하는 호소. 모두의 무관심. 이름을 안 다음 날에 죽은 부하. 그러다가 본, 그 대공세와 헤아리고 싶지도 않을 정도로 쌓인 시체의 산.

규탄당할 때까지 누구의 이름도 묻지 않았고, 그것을 이상하다고도 생각하지 않았던——과거의 자신.

세계든 인간이든 아름답기만 한 것이 아니라고. 눈을 돌리고 싶어질 정도로 추악한 일면도 있다고……. 그렇게 몇 번이나 두 눈으로 똑똑히 봤다.

그래도.

"다만, 그러면 안 되니까. 그러면 누구도, 아니, 내가……."

말하려다가 무심코 고개를 내저었다. 지쳐 있었다. 몸도 마음도 지금 당장 휴식을 필요로 할 만큼 심하게 지쳤다.

"미안해요, 나중에 하죠. 그보다도 지금 쉬는 편이 좋아요. 자고 싶지 않거든 그냥 눈만 감고 있어요. 그러기만 해도 훨씬 나을 테니까요."

어중간하게 떨어진 모포로 손을 뻗어서 이번에야말로 어깨까지 덮어 주었다. 그러면 당연히 손이 얼굴 근처까지 간다. 손등을 스친 뺨의 체온을, 지금은 그녀보다도 낮은 체온을 필사적으로 의식 밖으로 밀어내면서 주행의 진동에도 흘러내리지 않도록 좌석과 등 사이에 모포 자락을 끼워 주었다.

자리로 돌아가서 잠시 지켜보자—— 레나의 말처럼 눈을 감고 있던 신의 몸에서 머지않아 힘이 빠졌다.

눈을 뜨고 있을 수도 없을 만큼 졸린 상태에서 그냥 눈만 감는 것은 불가능하다.

빈말로도 승차감이 좋다고 할 수 없는 장갑수송차의 딱딱한 좌석에 몸을 맡긴 채, 드디어 신은 잠이 들었다.

잠든 얼굴은 또래 소년답게 앳되다. 레나는 슬며시 웃음을 흘리다가 살짝 눈썹을 찌푸렸다. 지금 잠든 것은 공성전의 피로 때문만이 아니다.

〈레기온〉의 대부대가 지금은 멀어졌기 때문이다.

그리고 〈시린〉들이 없어졌기 때문이다.

귀를 찌르는 한탄을 발하는 기계장치의 망령들이 몇 킬로미터 안에 상주하는 최근 며칠 동안의 전투는 역시나 부담이 컸겠지. 체험한 적이 없는 공성전—— 지극히 견고한 방어시설을 상대로 전혀 효과가 보이지 않는 공격을 거듭하는, 정신을 갉아먹는 전투도.

거기서 해방되자마자 잠이 들 정도로 부담이 컸는데도.

어째서…….

입술을 깨물었다.

반대의 경우는 몇 번인가 있었다. 레나가 품은 슬픔이나 고통, 죄악감. 그것을 신은 받아주고 풀어주었다.

그런데 어째서, 신 자신은.

괴롭다는 말 한마디도 안 하고—— 레나에게 의지하려고도, 하지 않는 걸까.

†

후욱. 깨끗하게 연마된 흑단에 나전 무늬를 새긴 테이블 위로 홀로그램 지도가 떠올랐다.

"——최근 있었던 〈레기온〉의 공세로 제2전선, 제1기갑군단의 작전 구역을 상실했습니다."

로아 그레키아 연합왕국의 왕성에 있는 군사작전용 회의실이다. 국방 전략을 맡은 왕족, 장성들이, 그리고 지금 전선에 있는 자들도 홀로그램 모습으로 테이블과 그 위의 입체지도를 에워쌌다.

빛의 선으로 표시된 것은 연합왕국의 주전장, 용해산맥의 일각. 연합왕국군이 북쪽, 〈레기온〉이 남쪽 산맥에 포진하고, 양쪽 사이에 있는 산기슭의 저지대를 전장으로 삼아 싸우던 제2전선에서, 현재 연합왕국 측 방어선이 북쪽 산맥의 산 정상 부근에 설치한 예비진지까지 크게 후퇴했다.

〈레기온〉 주력은 북쪽 산맥 기슭을 삼켰고, 지금 지도의 과반이 적 세력권을 뜻하는 적색으로 빛났다.

"현재, 해당 구역에서는 〈레기온〉의 전진진지가 형성되었습니다. 기동타격군의 이능력자가 관측한 바로는 전진진지에 대부대가 진출했다고 하며, 정찰한 결과 중전차형을 주체로 한 중기갑부대로 판명되었습니다. 재공격의 전조라고 여겨집니다."

전선을 돌파할 때 〈레기온〉이 자주 보이는 전술이다.

집중 투입한 중전차형의 충격력으로 인류 측 방어선을 파괴하고, 후속부대가 제압한다. 여태까지 몇 번이나 반복된 전술이다. 연합왕국에서도, 연방에서도, 동맹에서도, 전자가속포형의 포격으로 요새벽이 무너진 뒤의 산마그놀리아 공화국에서도.

"만에 하나라도 예비진지를―― 용해산맥을 돌파당하면 다음에 전장이 되는 것은 남쪽 평야. 우리 연합왕국의 생명선인 곡창지대입니다. 여기가 전투의 포화에 휩쓸리게 되었다간…… 불경한 말이지만, 폐하와 왕성을 지켜낸다고 해도 연합왕국의 명운이 다합니다."

상무정신의 왕국이 주최하는 군사회의임에도, 그 순간에는 건드리면 손에 베일 듯한 긴박함이 흘렀다. 그렇다. 현재 연합왕국군이 있는 예비진지 후방으로는, 후퇴할 수 있는 전장이 실질적으로 존재하지 않는다.

막아야 한다…… 도로 밀어내야 한다. 더는 물러날 곳이 없다.

"나아가 봄 이전부터 방전교란형에 의해 시작된 기온 저하의 영향도 있습니다. 이쪽도 여름까지 해소하지 않으면 역시나 남쪽의 곡창지대가 괴멸합니다."

상석에 있는 옥좌에서, 왕은 작게 탄식했다.

"우리 왕국에 남은 시간은 한 달 반 정도인가. ——〈레기온〉놈들도 저 나비 떼를 유지하는 것은 부담이 크겠지만."

〈레기온〉은 기본적으로 태양광 발전으로 에너지를 생산한다. 하지만 아무리 레기온이라고 해도 일조량이 부족한 이 북쪽 대지에서는, 특히나 겨울철에는 그것을 기대할 수 없다.

그 대신에 이용되는 것이 지열이다. 그리고 비행 능력이 좋지 않은 나비의 날개로 연합왕국 남쪽 하늘 전체에 달할 거리를 날려면, 바람을 이용하거나 전자사출기형을 이용한 진격 거리 연장을 고려하더라도 그 발진 기지가 한정된다.

그중 하나이자 〈레기온〉의 대규모 지열 발전거점인 곳이.

"용아대산(龍牙大山). 역시 그 거점을 함락해야만 하나. 그것도 서둘러서."

"그렇습니다. 〈레기온〉들의 방어선을 돌파하여 용아대산을 제압하고, 방전교란형 전개를 해제하여 녀석들의 전력 증강을 방해한다. 제2전선을 밀어내고 우리 나라가 살아남을 길은 이것밖에 없습니다."

고개를 한 차례 끄덕인 다음, 왕은 물었다.

"자파르. 기동타격군은 어떻지?"

그 질문에 제2전선을 총괄하는 왕태자가 고개를 끄덕인다. 용아대산 거점 공략작전. 그 핵심이 될, 이웃나라에서 빌려온 부대의 현황.

그 칼날은 아직도 날카로운가?

"지휘관들은 작전을 정하기 위해 왕도에 있고, 주력도 현재 후방으로 물러나 있습니다. 연방에서의 보급도 기다려야 하니까 말이죠. 그들은 망령들의 군세를 상대하는 비장의 검. 닭을 잡는 데 소 잡는 칼을 썼다가 날이 상해서는 안 됩니다."

"움직일 수 있다는 거군."

연방에서 빌려온 비장의 검도, 연합왕국은 꺼림칙하게 여기면서도 자랑하는 죽음의 새 연대도.

자파르는 희미하게, 칼집 안에 숨겨진 칼날처럼 웃었다.

"물론입니다."

†

"레비치 요새기지에서 소모된 〈저거노트〉의 보급 말입니다만, 다음 정기편으로 정수를 채울 수 있겠습니다. 본국도 대공세로 소모된 분량을 채우지 못했기에 잉여 라인이 없는 모양입니다만, 그건 벤체르 대령님이 애써 주신 모양이라."

베르노르트는 유일한 옛 제국속령병(바르구스) 출신 전대장으로, 마찬가지로 용병들로 이루어진 노르트리히트 전대를 맡았다. 하지만 프로세서의 최선임 부사관으로서, 총대장인 신의 보좌를 맡은 것은 이전과 마찬가지다.

들여온 책상 중에서, 신이 있는 앞에 선 베르노르트가 말했다.

용아대산 거점 공략작전을 재정립하는 상황에서, 레나와 같은 지휘관과 참모들 말고도 최선임인 신 일행 다섯 명과 베르노르트, 각 대대의 대대장은 왕도로 돌아왔다. 이곳은 그 숙소로 주어진 별궁의, 그중에서도 대대장들이 공용 사무실로 쓰는 홀이다.

창밖은 오늘도 눈이 깔린 풍경이어서, 여름이 코앞으로 다가온 이 계절에는 역시 이상하게 보였다.

"슬슬 높으신 분들의 작전회의도 끝날 것 같고, 보급이 완료되는 대로 작전 개시일까요. 이런 후방까지 살 떨리는 분위기인 걸 보면, 저들의 본심으로는 사실 우리 보급도 기다리기 싫은 상황이겠습니다만. 그건 그렇고──."

다른 대대장들은 각자 일이 있어서 나가고, 신 혼자밖에 없는 공간을 대수롭잖게 둘러본 뒤에 물었다.

"괜찮습니까, 대장?"

"뭐가……?"

"그걸 왜 저한테 물어봅니까. 지금은 그나마 낫지만. 요새기지 탈환전이 있고 나서 이쪽에 철수 명령을 내릴 때, 당신 목소리에 힘이 하나도 없던데요."

그 말에 신은 입술을 딱 다물었다.

눈밭에 깔린 〈시린〉들의 잔해. 그걸 짓밟으면서 달려 올라간 자신의 소행. 여태까지 동료들의 주검을 밟으면서 전쟁터를 걸은, 희생시키면서 전진한, 그 과정이 그대로 구현화한 듯한 길.

흘러나온 마음.

인간은, 괴물이다.

원하는 바라면서 웃으면서 헛되이 죽은, 그 주검의 산이 자신들 에이티식스가 자랑하는 마지막 모습임을 깨닫고── 그런데도 자신에게는 이미 그 긍지밖에 없다.

이제 와서 바꿀 수도 없다.

"작전에 지장은 초래하지 않아."

"그야 대장이라면 그렇겠지만. 정말로 상태가 안 좋은가 보군 요. 쉽게 인정하다니."

"……."

실수했다고, 무심코 얼굴을 찌푸린 신에게 베르노르트가 한 방 먹였다는 듯이 웃었다. 짜증이 난다.

"뭐, 나로서는 귀여운 맛이 있어서 좋을 정도지요. 그 공성로 는 우리 용병들도 토하고 싶어질 정도였으니, 대장 같은 애들한 테는 힘들겠죠."

"그렇게 말하는 걸 보면, 너희는 괜찮은가?"

"뭐, 반짐승이니까요. 죽고 싶다는 건 아니지만, 짚에 누워서 죽 는 것보다는 그나마 낫죠. 아, 이건 우리 전투속령에서 쓰는 표현 인데, 나이를 먹어서 침대에서 죽는다는 의미지만요."

"반짐승?"

베르노르트는 이따금 옛 전투속령병을 그렇게 말한다.

인간의 모습을 한 짐승. 그 말을 다소 자랑스러운 듯이.

베르노르트는 고개를 끄덕였다.

"예전에는 마을이나 도시에서 쫓겨나면, 법적으로는 인간이 아 니라 짐승 취급이었지요. 인간들 사이에서 살 수 없고, 인간 대접을 해서는 안 되는 존재라고."

"살리카 법이었던가. 참 오래된 이야기가 나왔군."

"아니, 저기, 오히려 대장이 어떻게 아는 건가 싶은데요……. 독서가란 건 알고 있었지만."

"라이덴의 조상이 그 '반짐승'이라고 들은 적이 있어서. 그게 싫어서 제국에서 일족이 통째로 이주했다나."

"아하……. 그래서 슈가 중위는 〈베어볼프〉입니까. 제국에서 왔다면 그 조상님도 어딘가의 전투속령병이었겠군요. 그런데 지금은 공화국에서 인간형 짐승 취급이라니, 운도 지지리 없지."

"……."

그 퍼스널네임은 처음 만났을 당시의 라이덴이 지금보다 훨씬 성질이 더럽고, 어딘가 굶주린 늑대처럼 물고 드는 게 짜증났기 때문에 9할 정도 악담으로 붙였을 뿐이지만.

말없이 시선을 흐리는 신의 모습을 알아차리지 못한 채 베르노르트는 말을 이었다.

"아무튼. 뭐, 전투속령병은 그런 존재입니다. 원래는 제국 변경에 사는 인간 아닌 자들로, 농노와 달리 죽어도 손해가 없으니까 전쟁 때마다 끌려가고, 배신하지 않게 먹을 건 잘 주고. 그게 제도가 된 것이 전투속령병입니다. 면세 특권과 전시, 평시를 불문한 식량 배급을 대가로 사육되는, 예속 신분의 전사 계급. 뭐, 덕분에 평화로운 신민님, 시민님에게 받아들여지게 되었습니다만."

그래서.

제국이 쓰러지고 연방이 성립된 뒤에도, 옛 전투속령병이라는 구분이 남아있는 건가.

　연방의 시민권이 없는 연방민. 사관학교도 병사 훈련소도 들어갈 수 없는, 하지만 용병 취급으로 군에 있도록 정해진 전장의 백성.

　인간의 형태를 했지만, 짐승으로 다뤄진다.

　그러니까 반짐승.

　인간과는 교류할 수 없는 짐승.

　그것을.

　"바꾸자는 생각은—— 하지 않나."

　"아뇨, 딱히 그런 생각은. 마음 편하니까요. 우리처럼 조상 대대로 전쟁으로 먹고 살던 놈들로서는."

　태연하게 말했다. 거리낌도 불만도 없이, 진심으로 그렇게 생각하는 자의 목소리로.

　"수백 년이나 전쟁밖에 재주가 없었으니까요. 우리는 전쟁이 가치관의 중심입니다. 그러니까 시민님과 어울릴 수 없는 건 당연하고, 우리도 평화로운 도시에서 살고 싶지 않죠. 짐승은 죽을 때까지 짐승입니다. 인간이 될 수도 없고, 되고 싶지도 않습죠."

　"……."

　자기에게는 이 긍지밖에 없고. 그 긍지는—— 변하지 않는다고.

　침묵한 신을 내려다보며 베르노르트는 슬쩍 웃었다. 딱딱한 회색 머리와 그 아래로 보이는 황금색 눈동자. 그가 자칭한 것처럼, 어딘가 나이 든 늑대처럼.

　잔혹한.

"그 귀여움, 잃지 마십시오. 당신들 에이티식스도 인간 이외의 존재가 되고 싶은 건 아니겠죠."

"자, 우리의 목적은 변함없이 용아대산 거점의 파괴인데."

왕성 한쪽에 있는 작전회의용 공간. 귀한 목재로 만든 산뜻한 테이블 위에 투박한 전황도를 투영하고, 추가로 휴대용 정보단말에서 여러 개의 홀로윈도우를 불러내면서 비카는 말했다.

그 자리에는 그와 레나 말고도 기동타격군의 여단장인 그레테와 기동타격군 및 비카의 직속 연대의 참모들이 모였다.

"기동타격군의 손실은 작전 속행에 지장이 없는 정도로군. 내 연대의 손실도 허용 범위다."

"예."

그만큼 〈시린〉들이 희생되었지만.

비카의 휘하 연대 병사들도 에이티식스와 마찬가지로 충격을 받은 모양이다. 특히 '부하'에게 정을 주었던 핸들러들의 사기 저하는 심각하다고 한다.

하지만 비카는 그런 부하나 에이티식스들의 동요에 별로 관심도 없는 듯이 태연했다.

"문제는 연합왕국군 주력이다. 보충을 포함해도 그들은 방어선의 유지, 잘해야 〈레기온〉 전선을 압박하는 것이 고작이다. 지난번 같은 양동전력을 추출하긴 힘들지. 즉, 용아대산 공략을 위해 앞서 상정했던 작전은 실행할 수 없다."

그 태연한 목소리와 표정을 레나는 다소 복잡한 기분으로 바라보았다. 물론 비카도 대책을 강구했겠고, 여기서 안달한다고 뭐가 달라지는 것도 아니기에 보이는 태도일 거라고 레나도 알고 있지만.

레나의 속마음과 달리 그레테 또한 담담히 대답했다.

"〈레기온〉의 방어선을 어떻게 뚫고 70킬로미터──아니, 후퇴한 지금은 90킬로미터. 그만한 거리 너머에 있는 용아대산 거점을 어떻게 제압할까. 그것을 다시금 생각할 필요가 있다는 뜻이로군요."

홀로윈도우가 새롭게 전개되고 〈레기온〉의 전체 숫자가 표시된다. 작전 지도에 부대를 나타내는 사각형 부호가 길고 두꺼운 진형을 그리며 주르륵 나열되었다.

레나는 그걸 올려다보며 눈썹을 찌푸렸다. 항상 그렇지만.

"우리는 많다──. 〈군단〉이라는 이름처럼 막대하군요."

지난번 공세에서 〈레기온〉도 피해가 없지 않았는데도, 전체 숫자가 전투 전과 변함없다.

전투로 소모되었을 터인 병력을 이토록 단시간에 보충한 것이다. 항상 그렇지만 기가 막히고 짜증이 나는, 후방의 자동공장형을 통한 대량 생산.

이 두터운 방어선을 정면에서 돌파하는 것은 피하고 싶다. 아니, 생각할 수도 없다. 힘으로 적 방어선을 여는 돌파기동에는 적보다 훨씬 많은 전력이 필요하다. 적 부대를 분산시키고, 취약해진 한 점에 전력을 집중하는 것으로 상대적인 전력 격차를 역전시키는 방법도 없는 건 아니지만, 무슨 일에든 한도라는 게 있다. 여단 규모의 기동타격군으로 가능한 적 부대의 분산이래야 빤하다.

레나는 입을 열었다.

〈레기온〉에게 당한 것을 그대로 갚아주자는 것은 아니지만.

"그럼 항공기—— 항공 수송은."

"무리겠지. 대공포병형이 배치된 것은 연합왕국에서도 마찬가
지다. 게다가 현재 방전교란형이 공화국이나 연방보다도 더 많이
전개되어 있다."

방전교란형은 전자방해 외에도 항공기의 진로상에 모여 공기흡
입구로 뛰어들어 엔진을 파괴하는 공격행동을 한다. 대공포병형
의 대공포화와 더불어 〈레기온〉 지배 영역에 항공 침투가 어려운
이유다.

"로켓 엔진은——."

"돌격부대를 수송할 만한 적재중량을 가진 기종은 연합왕국에
없다."

담담히 그렇게 말한 뒤, 비카는 고개를 들었다.

"벤체르 대령. 작년 전자가속포형 토벌 작전에서 노우젠 대위의
돌격부대를 수송하기 위해 지면효과익기를 이용했다더군. 마지
막에는 추락했다고 하던데, 2번기는 없나?"

처음 듣는 이야기에 레나는 눈을 껌뻑였다. 지면효과익기? 육
상에서, 그것도 〈레기온〉의 군세 사이를?

당시에 신 일행은 1개 전대 규모의 전력으로 그레테의 직접 지
휘하에 있었다고 했다. 차분한 성인 여성이라는 인상을 주는 이
장교가.

그런 말도 안 되는 짓을?

한편 그레테는 살짝 고개를 내저었다.

"〈나흐체러러〉는── 질문하신 지면효과익기는 그때 추락한 한 대가 전부입니다. 개발처에 남아있던 시작기도 다른 자재로 전용하기 위해 공출, 해체되어서 남아있지 않습니다. 게다가 가령 남아있다고 해도 한 대 정도로는."

"적재중량이 부족하단 말인가. 조종 가능한 파일럿도."

"그 작전에서는 내가 파일럿을 맡았지만, 나는 연합왕국의 하늘을 모릅니다. 실례지만, 귀국에도 이미 수송기 이외의 파일럿은 남아있지 않겠지요."

"그야 일부 전투기와 폭격기만이 격납고 한구석에서 공허하게 자리를 차지하고 있지."

암암리에 파일럿의 부재를 인정하며 비카는 탄식했다.

이어서 레나도 제안했다.

"포격이나 미사일로 진격로를 개척하는 건 어떨까요?"

"미사일은 현재 유도가 불가능하고, 중전차형을 상대로 대포 정도로는 효과가 미미해. 대공세 때도 그랬지만, 그것들은 장거리 포병형의 포화 속에서도 돌격하니까."

"……."

알고는 있었지만, 포격도 틀렸나.

침묵이 깔린 회의실 안에서 레나는 다시금 머리를 굴렸다. 뭔가. 뭔가 없을까. 〈저거노트〉를 운송하든가, 아니면 그들의 진격로를 열어 용아대산까지 보내줄 수 있는 수단이, 뭔가…….

아. 레나는 눈을 크게 떴다.

어쩌면.

그걸 재빠르게 눈치챈 비카가 물었다.

"묘안이 있는 모양이군, 밀리제."

"아뇨……."

도저히 묘안이라고 할 만한 것은 아니지만.

"하지만 그냥 기동타격군만 돌입시키는 것보다는 낫다고 생각합니다. 비카. 부탁하고 싶은 것이 있어요. 그리고 〈시린〉들의 보충은? 그녀들은 어느 정도 전력으로 기대할 수 있습니까?"

비카는 흥 하고 소리 내어 콧방귀를 뀌었다.

너무나도 당연한 소리를 묻는다는 듯이, 진절머리 내는 듯한 얼굴로.

"아직도 이해하지 못한 건가. 그녀들은 병기의 부품이다. 그리고 전쟁에서는 대체로 양이 질을 이긴다. 양산할 수 없으면 현대 병기로 실격이지."

†

뚜벅. 뒤에서 군홧발 소리가 멎었다.

보폭에 비해서 이상하게 무거운 발소리. 다리 길이를 생각하면 신보다 체구가 작을 터인데, 그보다 훨씬 중량 있는 소리.

마치 금속 골격과 내장, 인조 근육과 피부로 만들어진 것처럼.

리토가 한발 늦게 숨을 삼키고 몸을 움츠리는 기척이 있었다.

"오래간만에 뵙습니다, 저승사자님."

돌아보니 바닥이 나무로 된 복도에 장신의 소녀가 서있었다.

인간에게는 있을 수 없는, 불타는 화염 그 자체 같은 투명한 붉은색 머리칼. 그녀들 전용의 붉은색 군복과 이마에 달린 진보라색 의사신경결정.

같은 목소리.

── 자, 여러분, 가시죠.

"류드밀라……."

목소리에서 희미하게 떨리는 느낌이 났다.

마음속의 전율을 완전히 숨기지 못한 신에게 기계장치 소녀는 미소 지으며 답했다. 우아하게. 눈앞에 있는 인간의 전율 따윈 전혀 아랑곳하지 않고.

이전에 본 것과 똑같은 얼굴로.

"예. 개체식별명 〈류드밀라〉, 재배치의 영광을 받았습니다. 이번에도 부디 마음껏 쓰고 버려 주시길 바랍니다."

〈알카노스트〉의 잔해로 만들어진 공성로 정상과── 완전히 똑같은 얼굴과 표정으로.

"쓰고 버리다니……. 그런 소릴, 어떻게 웃으며……."

리토가 신음했다. 류드밀라는 그저 미소만 지을 뿐, 그 전율을 나무라지 않았다.

그리고 걱정하지도 않는다.

"그것이 저희의 기쁨이기에. 그러니 부디, 마음껏."

"……."

〈시린〉은 〈레기온〉과── 〈검은 양〉이나 〈목양견〉과 마찬가지로 전사자의 뇌 구조를 토대로 만들어진 병기다. 뇌 구조와 전투 데이터, 의사인격은 안전한 후방에 보존되어 얼마든지 양산과 재생산이 가능한 현대병기 중 하나다.

그것이 어떤 의미인지는 알고 있다고 생각했다.

눈앞의 류드밀라는 저번 전투에서 죽은 류드밀라와 똑같은 의사인격, 똑같은 전투 경험, 그리고 아마도 그 며칠 동안 있었던 작전 이전의 기억도 똑같이 가지고 있겠지. 신으로서는 그래도 똑같은 존재라고 할 수 없다고 느꼈지만, 그래도.

그렇다. 이건 무섭다고── 역겹다고, 신은 생각했다.

며칠 전 전투에서 죽은── 부서졌을 터인 소녀가 다음 전투에서 돌아온다. 똑같은 모습으로. 똑같은 목소리와 표정과 기억과 인격으로.

아무 일도 없었다는 듯한 얼굴로.

소비용인 그녀들은 자기들이 경험했던 죽음을, 한 번뿐일 터인 자신들의 죽음을 차례로 소비하고는 전장으로 되돌아온다.

서로가 죽음을 티끌처럼 하잘것없이 대한다.

그것은 어떻게 죽을 것인지를, 어떤 모습으로 죽을지를 무의식 중에 신경 쓰는 인간에게 더없는 모독이다.

죽음은 고작해야 죽음이다.

의미 따윈 없다.

가치 따윈 없다.

죽는 것에도, 어떻게 죽을지에도, 아무런 의미도, 가치도 없다.

죽음에 이를 때까지의 인생에도.

그것이 눈앞에서 생생하게 제시된 듯한 기분이 들었기에.

"그래⋯⋯."

왕성 회의실에서, 숙소인 별궁으로 이어지는 복도를 걷다가 레르케와 마주쳤다.

"아⋯⋯."

"어머나, '선혈의 여왕' 님."

무심코 걸음을 멈춘 레나에게, 레르케는 자연스럽게 공손히 인사했다.

지난번 전투에서 잃었을 터인 팔다리도 당연히 상처 하나 없다.

세례 요한의 목처럼, 떼어냈던 목에도.

상대는 오른손을 주먹 쥐어 가슴 중심에 대는, 연합왕국군 특유의 경례── 하트 설루트를 한 뒤에 말을 이었다.

"〈시린〉 1번기 〈레르케〉, 이렇게 돌아왔사옵니다. 앞으로 또 연합왕국과 기동타격군의 검으로서 애쓰겠으니, 부디 소비하여 주십시오."

"그렇, 습니까⋯⋯. 저기⋯⋯ 빨랐네요."

'수리가' 라는 말은 할 수 없었기에 말을 흐렸다.

하지만 레르케는 신경 쓰는 기색도 없이 깔깔 웃었다.

"소생은 오히려 느린 편입니다. 소생의 기체는 전하의 공방에서만 오버홀을 할 수 있기에. 다른 〈시린〉들은 생산 공장과 전선 기지에 조립을 마친 예비 부품이 있어서, 새로 필요하다면 의사인격 데이터와 최신 전투 데이터를 입력하여 기동시키기만 하면 끝입니다. 저번 싸움처럼 몸을 완전히 잃었더라도 바로 재배치가 가능하지요. 애초에 식별명과 겉모습이 같은 〈시린〉이 여러 부대에 동시 배치되어 있고요."

"……."

레나에게는 처절하게도 여겨지는, 병기인 그녀들의 실태. 하지만 레르케는 오히려 자랑스럽게 말했다.

정말로 그녀들은 연합왕국에서 병기의 부품, 양산된 공업제품에 불과하다고 실감하게 되는 내용이었다.

현대병기라면 예비 부품이나 예비 기체가 기지나 공장에 항상 준비되는 것이 당연하다. 〈레긴레이브〉도 각 전대별, 대대별로 일정 숫자의 예비기가 준비되어 있다. 전용 예비기를 한 명당 두 대나 가졌던 86구 당시의 신과 〈언더테이커〉는 다소 특수한 운용 사례지만.

하지만 그것이 인간형인 그녀들에게도 적용된다는 사실은, 레나의 윤리관으로는 도저히 허용하기 어려웠다.

"괴롭지는, 않습니까?"

"뭐가 말입니까?"

상대가 태연하게 대답하는 바람에, 레나는 뭐라고 말해야 좋을지 몰랐다.

어쩌면 인간의 이런 반응에도 익숙한 거겠지. 레르케는 쓴웃음과 함께 말을 이었다.

"포탄이 공장이나 창고에서, 혹은 터지기 전에 괴롭다고 울 것 같습니까?——여러분 인간이 전쟁을 꺼리는 것은 여러분이 싸우기 위한 존재가 아니기 때문입니다. 병기인 우리 〈시린〉은 적을 없애기 위해 생산되고, 적과 함께 스러지는 것을 자랑스럽게 여기기에, 전혀 싫지 않습니다. 저희로서는 저기 있는."

그러면서 레나의 옆, 벽에 장식된 오래된 검을 눈짓했다.

"검이 불쌍합니다. 적을 베고 끝내는 부러지도록 태어났으면서 전쟁 속에서 부러지지도 못하고, 전쟁의 진보에서 뒤처져서 결국 이런 장식으로 남게 되었습니다. 여러분도…….."

뜻하지 않은 말이었다.

놀라서 은색 눈을 껌뻑이며, 레나는 자기보다 다소 키가 작은 소녀를 바라보았다.

"우리도, 말입니까?"

레르케는 꼿꼿하게 선 자세로 고개만 움직여서 성실하게 끄덕였다.

"그렇습니다. 여러분 인간은 전쟁을 꺼립니다. 전쟁 속에서의 죽음을 두려워합니다. 그런데도 아직 전장에 있지요. 괴롭지 않습니까……? 저희와 달리 인간은 죽으면 끝입니다. 전투 이외에 할 수 있는 일, 하고 싶다고 바라는 일이 얼마든지 있지요. 여러분의 시간은 전쟁만을 위해 있는 것이 아닐 텐데, 전쟁을 위해 낭비하는 것이 괴롭지 않습니까?"

"그럴지도 모릅니다. 하지만……."

괴롭지 않느냐고 묻는다면, 괴로울지도 모른다. 적어도 전장에 있는 것이 즐겁다고, 기쁘다고 생각한 적은 한 번도 없었다.

그때 태연히 나락에 몸을 내던진 〈시린〉들처럼, 원하는 바라는 듯이 웃으면서 죽는 일은, 레나로서는 불가능할 것이다.

사실은 싸우고 싶지도 않다.

하지만.

신은, 그때 말을 나누었던 스피어헤드 전대의 프로세서들은.

"에이티식스들은 그 전장에서 살아남는 것을 택했고, 나는 그들과—— 함께 싸우기로 결심했으니까요."

레르케는 고개를 살짝 갸웃거렸다.

"이럴 수가……. 등잔 밑이 어둡다는 항간의 말은 진실이기도 하군요."

그 녹색 눈동자.

햇빛에 비춰보면 인간의 안구와 투과율이 다소 다르다.

"그게, 무슨——."

"저승사자님은—— 에이티식스 분들은 전장을, 전투를 바라는 게 아니라고. 소생은 생각합니다만."

"다들, 역시 꽤나 고민하고 있는 게로구나."

연합왕국의 홍차와 함께 나온 과일이나 설탕에 절인 꽃잎은 홍차에 넣는 것이 아니라고 몇 번이나 말했지만, 프레데리카는 전혀 아랑곳하지 않았다.

이미 익숙해진 나이든 시종은 오히려 흐뭇한 심정인지, 프레데리카의 몫으로 작은 은접시에 매번 다른 설탕조림을 한가득 담아왔다. 그 장미 꽃잎이 화사하게 떠 있는 홍차를 마시지도 않고 내려다보는 채로 프레데리카가 꺼낸 말에, 맞은편에 앉은 라이덴은 눈썹을 곤두세웠다. 숙소인 별궁 안에 있는, 지금은 아무런 재미도 느껴지지 않는 눈 속의 정원을 내다보는 일광욕실.

"그래. 그건 아무래도 힘들었지."

〈시린〉과 〈알카노스트〉로 만들어진 공성로. 그것을 짓밟으며 공격했던 자신들의 소행.

거기서 연상된 것.

특히나 리토를 위시한 나이 어린 몇 명은 정말로 위험하겠다고 말없이 생각했다. 보고서나 연락사항에 사소한 실수가 늘었다. 초등교육을 제대로 받지 못한 에이티식스 중에는 읽고 쓰기가 서툰 사람이 많지만, 그걸 감안하더라도 심각한 수준이다. 눈앞에 있는 일에 집중하지 못한다. 뭔가에 정신을 빼앗겨서 일이 손에 잡히지 않게 되었다.

그것이 자신들의 생사에 직결될지도 모르는 서류나 체크임에도 불구하고.

"그대는 아직 괜찮은 모양이로구나."

"나는 그 자리에 없었으니까. 다 끝난 뒤에 보았을 뿐이야."

〈시린〉들이 그 몸을 던져서 공성로를 만드는 모습을 본 것도 아니고, 그 사체의 산으로 이루어진 공성로를, 소녀의 모습을 한 기계장치들을 짓밟으면서 달려 올라가는 일도 없었다.

그래도 마찬가지로 다 끝난 뒤에야 본, 지연전투를 담당했던 에이티식스들 사이에서도 적잖게 동요가 퍼졌으니까, 라이덴이 다소나마 평정을 지킬 수 있는 것은 그 이유만이 아니겠지.

아마도.

자신이 가장 마모되지 않았으니까.

12세까지 85구 안에서 보호받았던 라이덴은 그만큼 86구의 악의를 접하지 않았다. 그만큼 다른 동료들보다 인간의 선의를 더 접할 수 있었다.

86구의 전장에서 수많은 것을 잃었다고 생각하지만…… 그래도 자신은 아직 다 잃지 않은 거겠지.

프레데리카가 그 안색을 살피듯 올려다보았다. 상처를 확인하듯이, 어딘가 신중하게.

"어떻게, 생각했지?"

"그렇게 되고 싶지는 않아."

단적으로 대답했다.

그 짧은 대답이 날카롭게 쳐내는 듯한 뉘앙스를 띤 것을, 말을 입 밖에 내고서야 깨달았다.

프레데리카에게 들리지 않도록 라이덴은 작게 혀를 찼다. 그렇다. 꽤 절박한 상태다. 깨닫지 못했을 뿐이지, 생각 이상으로 모두가. 라이덴 자신도.

올려다보는 붉은 눈동자를 보고 있을 수 없어서 눈을 돌렸다.

꿰뚫어 보는 듯한, 불길한 붉은색.

기만이나 허세, 거짓을 용서 없이 불태운다.

"알고 있다고는 생각하지만, 그렇다면 대체 어째야 좋을지를 모르겠어. 어떻게 하면 그렇게 되지 않을 수 있는가, 뭐가 달라지면 그 녀석들과 다른가, 그걸 나는 모르겠어."

다르다는 것은 안다. 그 정도는 안다. 하지만 뭐가 다른 걸까.

뭐가 달라지면 그 사체의 산에 포함되지 않을 수 있을까. 라이덴은, 그리고 동료들도 아직 그걸 모를 것이다.

아니다…….

씁쓸하게 입가를 일그러뜨렸다.

"알고 싶지 않은 거겠지. 그 녀석은 인정하지 않겠지만."

언제였더라, 신과 이야기했다.

——떠올리고 싶다고 생각하나?

가족을. 고향을. 그때 막연하게 꿈꾸었던 자신들의 미래를.

행복했던 시절을.

아니라고 자신은 대답했다. 아마도 신도 마찬가지겠지.

떠올리고 싶지 않다. 아니, 정확하게는 생각하고 싶지도 않다.

그런 게 자신에게도 있었다고는. 그것을 바라는 가능성이 과거의 자신에게 있었다고는, 생각하고 싶지도 않다. 왜냐면 그것은.

에이티식스인 자신이 믿어서는.

"바라서는—— 안 되는 거였으니까."

"다음 작전. 슬슬 세부 내용이 정해질 것 같대."

왕성에서 작전회의를 마치고 돌아왔지만, 지금 그곳에서 그들을 보는 시선은 매우 차가웠다.

 제2전선의 후퇴는 사실 기동타격군의 책임이 아니지만, 파견되었던 그들이 도움이 되지 못한 것은 사실이다. 눈총을 사는 거야 상관없지만, 무의미하게 다투고 싶지도 않기에 되도록 밖으로 나가지 않도록 머물고 있는 숙소, 별궁의 방에서 세오는 말했다.

 남들에게서는 전투광, 혹은 참으로 편리한 병기로밖에 간주되지 않을 것을 알면서 스스로 선택한 종군의 길이었지만.

 "우리 에이티식스에게 오랫동안 공짜 밥을 먹일 수도 없고, 이제 연합왕국은 진짜로 위험한 모양이니까. 하지만……."

 세오는 고개를 들고, 넋을 놓고 창밖을 바라보는 상대에게 물었다.

 "괜찮아, 크레나?"

 "뭐가? 당연히 괜찮지."

 그렇게 말하는 크레나의 목소리는 아마도 본인이 생각하는 이상으로 날카로웠다.

 레비치 요새기지의 탈환 이후로, 그 돌입 이후로 쭉 이렇다. 다른 자와의 접촉을 거부하듯이 크레나는 계속 찌릿찌릿한 분위기였다. 상처 입어서 신경이 곤두선 고양이처럼.

 어느 정도냐의 문제지만, 신이나 라이덴이나 앙쥬나 자신도…… 에이티식스들이 다 그렇듯이.

 침묵하는 세오에게 짜증을 내듯이 크레나는 그 금색 눈을 가느다랗게 떴다.

날카롭게.

"그것들은 우리랑 달라."

무인병기의 연산처리장치인 〈시린〉들은.

그때 그것을 진심으로 바란다며 웃으며 몸을 던진 〈시린〉들은.

"똑같지 않아. 그런 건, 그 정도는, 금방 알 수 있잖아. 왜 다들 그런 걸로 고민하는지 모르겠어. 그것들은—— 〈시린〉은 우리가 아니야."

말과는 달리 빠드득 하고 어금니를 악무는 소리가 났다.

크레나는 말했다. 굳게 부정하듯이. 자기 자신에게 말하듯이.

"그 사체의 산은 우리가 아니야."

"응."

〈시린〉과 에이티식스는 다르다. 짓밟히기 위해 웃으면서 죽어 간 그녀들은 자신들의 말로가 아니다.

그럴 터이다. 그건—— 알고 있다.

"하지만 말이지. 그럼 뭐가 다른지를 모르니까 다들—— 완전히 부정을 못 하는 것 같아. 나도……."

언젠가 자신이 죽을 때.

자신의 이 죽음은 사실 원하는 바였다고, 웃으면서 그저 헛되이 무의미하게 죽는 것뿐이라고, 돌이킬 수 없는 그 순간에 깨닫게 되지 않을까 하는 마음에.

그게 아니라고 부정할 근거가 없어서.

그러니까 그게.

"이놈이고 저놈이고—— 다들, 두려워진 거야."

신조차도. 그리고.

그 말에 대답하지 못하여 금색 눈을 돌린 채로 굳게 입술을 다문 크레나조차도.

"괜찮아? 에마 소위……가 아니라. 앙쥬. 손이 또 멈췄어."

좀처럼 익숙해지지 않고 아직도 말하기 껄끄러운 눈치인 그 호칭을 듣고, 앙쥬는 공용 오피스의 책상에서 고개를 들었다.

그리고 자기 소대가 쓰는 장비류의 상황을 표시하는 전자서류를 끈 뒤에 어깨를 으쓱였다.

"혹시나, 싫었지만……."

바라본 곳에 있는 것은 아직 어딘가 익숙하지 않은 은색 머리칼과 눈동자. 기동타격군에서 유일한, 공화국의 군청색 남자 군복.

눈높이가 다이야보다 다소 낮아서, 바라보면 항상 순간적으로 시선이 맞지 않는다.

"역시 당신도 괜찮네, 더스틴 군."

함께 그 공성로를 뛰어올랐던 그도, 지령소에서 보았을 레나나 비카나 프레데리카도. 그 자리에 없었지만 이야기를 들었을 아네트와 그레테도.

그들은 에이티식스가 아니니까.

"뭐, 사체의 산은 나도 대공세에서 제법 많이 보긴 했으니까. 아니, 저기……."

작년 여름의 대공세에서 공화국은 가장 막대한 피해를 봤다. 나라 하나가 통째로 〈레기온〉의 대군세에 잡아먹혔을 정도로.

여름철이었다. 자기들이 만든 요새벽과 지뢰밭, 〈레기온〉의 대군에 둘러싸인 공화국에서는 도망칠 곳이 없었다. 포로를 잡지 않고 군인과 민간인을 구별하지 않는 살육기계는 수천만이나 되는 공화국 시민의 태반을 살육했고…… 살아남은 자들은 그 시신을 매장할 짬도 없었다.

"무례한 말로 들렸다면 미안해. 오히려 어째서 너희가 그걸 그렇게 신경 쓰는지 모르겠어. 그야 지독한 작전이었다고 생각해. 하지만…… 저기. 공화국 터미널의 작전에서 인간의 뇌 표본이나, 부패한 시체들의 산이나, 그런 걸 봤잖아. 그때는 별로 신경도 안 썼는데, 왜 그것과 별다르지 않은 〈시린〉들에게는 충격을 받는지 나로서는 솔직히 이해가 안 가."

더스틴의 뇌리에는 샤리테 시 중앙역 지하 터미널에서 본 신의 모습이 떠올랐다.

물건처럼 적출되고, 물건처럼 갈가리 분해되고 분류되어 유리통 안에 보관된 뇌를, 본래 있어야 할 존엄을 모조리 박탈당한 인간의 유해를, 눈썹 하나 까딱하지 않고 내려다보았다.

물건처럼 다뤄진 유해를 물건처럼 보는, 붉은 눈의 냉철함이.

하지만 저승사자라는 별명에 어울리는 그 냉철함과 상반되게, 저번 전투에서 신이 보인 모습.

기계장치 소녀들이 자기 몸과 광기로 만들어낸 공성로 앞에서, 무참했다고 해도 터미널에 있던 시체들의 산과 큰 차이가 없는 그 광경에, 그가 몰았던 〈언더테이커〉는 분명히 한순간 멈춰 섰다.

"그래. 당신은 역시 우리랑 다르네."

그 기계장치의 사체들이 자신들 같다고.

원하는 바라고 웃으면서 죽으러 가는 〈시린〉들이, 그대로 자신의 모습으로 보였다고는, 더스틴은 생각도 못 하는 거겠지.

같은 것을 봐도, 자신과 더스틴은 그렇게나 다르다.

같은 전장에 몸을 두기로 정했어도. 싸우기로 결의했어도. 에이티식스와 그렇지 않은 인간은 다르다. 조국도 돌아갈 집도 이미 없더라도, 역시나 다르다.

"미안해……."

"괜찮아. 사과할 것 없어. 하지만……."

이것은 심한 질문일까.

공화국 사람인 그를 책망하는 것처럼 들릴까.

그럴 마음은 없지만, 앙쥬는 에이티식스고 더스틴은 공화국 사람이다. 그러니까 책망하는 것처럼 들릴지도 모른다.

"우리도 뭔가 결여되지 않았으면 당신처럼 있을 수 있었을까. 뭔가 남아있기만 했으면…… 정상적으로 반응할 수, 있었을까."

"……."

그 질문에 더스틴은 눈을 피하듯이 시선을 내렸다.

단순한 질문이다. 책망할 의도는 없겠지. 하지만 단절이 있다.

앙쥬만이 아니다. 에이티식스 모두들에게 때때로 느끼는 단절.

그 시선의, 말의—— 한없는 허무함.

"오해가 있는 것 같은데. 딱히 너희가 정상이 아니라는 말은 아니야. 정상이냐 아니냐는 결국 가치관에 달린 거니까. 다만."

잠시 말을 찾느라 시간을 들이고, 계속 어떤 말을 할지 생각하면서, 더스틴은 말했다.

"너는 지금 조금, 힘들게 사는 것 같아. 너 자신을 옭아매는 것 같아."

자기들은 에이티식스라고.

앙쥬는, 에이티식스들은 이따금 그렇게 말한다. 공화국에서 멸시하는 뜻으로 붙인 그 이름을, 오히려 자랑스러워하듯이.

하지만 더스틴의 눈으로 보면 조금…… 저주 같다.

스스로를 형성하는 긍지이자, 스스로를 옭아매는 저주 같다.

긍지와 저주는 종이 한 장 차이다.

무엇을 위해 사는가, 어떻게 사는가. 그것을 정하는 것은 자기 삶에서 의의를 찾아내는 것이자, 다른 것을 위해서는 살 수 없다는 주박이기도 하다.

다들 뭔가에 얽매여 사는 법이라고 더스틴도 생각한다. 이를테면 피. 이를테면 정. 이를테면 조국. 언어나 문화나 감정, 내세운 이상에, 과거의 자신이 걸어온 여태까지의 삶. 무엇인가에 얽매인다.

아무리 자유롭게 산다 해도──완전한 자유란 있을 수 없다.

하지만.

"너희 에이티식스가 스스로를 에이티식스라고 말할 때. 자신들은 에이티식스 이외의 무엇도 될 수 없다고 말하는 것처럼 보일 때가 있어. 지금의 자기 자신 이외에는 무엇도, 무엇 하나도 더 바라서는 안 된다고…… 말하는 것처럼."

†

　부왕의 일곱 살 연상 누나, 비카에게는 고모인 스베틀라나 이디
나로크는 비카와 마찬가지로 이디나로크의 이능력자이며, 선대
의 '자수정'이다.

　창틀이 우아하게 장식된 유리창이 반원을 그리는, 마치 부채를
펼쳐놓은 듯한 모양의 응접실. 그곳에 접한 눈 덮인 정원에서 들
어오는 힘없는 햇살이 이중 유리를 거쳐 희미하게 비쳐들었다.

　"저번 전투에 관해서 익히 들었다. 꼴사나운 싸움이었다더구
나, 비카."

　이디나로크 왕가의 이능력은 지적 능력의 증대, 그리고 때로는
그 시대의 기술력이나 체계마저도 완전히 무시하고 이론을 구축
하는 비약적인 발상력이라는 형태로 발현한다.

　다만 후자는 어찌 된 연유인지 한 번에 한 명밖에 발현하지 않는
다. 새로운 이능력자가 태어나는 동시에 그때까지의 '자수정'은
그 이상한 발상력을 잃는다. 따라서 '자수정'은 항상 한 명이다.

　왜 그런 현상이 일어나는가. 대대로 이디나로크의 이능력자들
사이에서 가설이 세워졌지만, 다들 별로 관심이 없었기에 그 이
상 조사하는 일은 없었다. 한 명 존재하는 것만으로도 인간 세상
을 뒤흔드는 것이 이디나로크의 '자수정'이다. 두세 명이나 있으
면 그들의 사랑하는 왕이, 그가 다스리는 나라가 버틸 수 없으리
라는 마음도 있었겠지.

　"스타냐가…… 국왕 폐하가 내 앞에서 창백한 얼굴을 했다. 각

오하고 전장에 보냈다고 해도…… 그대는 정말로 불효자로구나."

"어라, 고모님은 걱정하지 않으셨습니까?"

스베틀라나는 작은 몸과 어울리지 않게 요염한 미모를 일그러뜨리며 씨익 웃었다. 부왕보다도 나이가 많다고는 도저히 믿기지 않는, 어린아이 같은 그 용모.

"우리 이디나로크의 뱀이 그런 싸움에서 죽을 리가 있나. 우리는 온 세계를 구석구석 해부하고, 세계의 멸망에 맞닥뜨리고도 관찰할 사상이 더 있었냐고 조소하는 독사들이지. 세계가 멸망하기 전에 죽는 건 우리에게 수치. 행여나 그렇게 된다면 그때는 그대를 내 손으로 직접 손봐주지. 그래, 늑골로 비녀라도 만들어볼까."

비카는 소리 내지 않고 쓴웃음을 지었다. 그 자신도 스스로를 인간의 길에서 벗어낸 뱀으로 인식하지만.

스베틀라나는 아름다운 드레스의 무릎 위에 놓은 사냥개──였던 것의 두개골을 사랑스럽게 쓰다듬었다. 왕궁 안의 정원에 있는 별궁에서 그녀의 방에 정신없이 장식된 조각들. 상아나 백산호처럼 잘 손질된, 마음에 든 새나 고양이나 사냥개나 유모였던 것의 백골 조각들.

그 탁월한 지성과 맞바꾸기라도 한 것처럼, 이디나로크의 이능력자 중에는 윤리관이나 공감능력이 결여된 자가 많다.

비카처럼 왕위계승권이 박탈되는 사례도, 사실은 이디나로크의 역사 속에서 그리 드문 조치가 아니다.

지금은 알현실로 사용되는, 나비 날개를 박아 놓은 방. 그 방도 이디나로크의 초대 국왕이자 최초의 '자수정'이기도 했던 미치광이 왕이 만들어낸 것이라고 한다. 겨울의 나라에서 재물을 물 쓰듯이 소비하여 별궁 하나를 통째로 온실로 꾸미고, 다음에는 사육했던 수천 마리의 나비를 갑자기 모조리 죽여서.

　"그렇습니다, 고모님. 그러니까 이런 곳에서 〈레기온〉들에게 질 수는 없습니다. 힘을 빌려주시길. 고모님의 '무기고'를 열어주십시오."

　스베틀라나는 눈을 가느다랗게 떴다. 비웃듯이.

　살짝 사랑스럽게 여기듯이.

　"그대도 아직 어리구나, 비카."

　갑작스러운 말에 허를 찔려서 비카는 그녀를 바라보았다.

　스베틀라나는 미소 짓는 얼굴로, 긴 속눈썹의 그림자가 짙게 드리워진 두 눈으로 비카를 올려다보았다.

　비카보다 더 푸른색이 강한 제왕색^{보라색} 눈동자.

　"사실 그대는 군대놀이를 싫어했을 텐데. 레르케리트, 라고 했더냐. 그 금색 종다리가 그렇게 소중한가? 오래전에 죽은 새일 텐데, 언제까지고 그렇게 마지막 말에 사로잡혀 있다니."

　"예. 고모님이 아바마마를 더없이 소중히 여기시는 것과 마찬가지로."

　스타냐.

　부왕의 형제는 몇 명 있지만, 국왕을 애칭으로 불러도 되는 사람은 오직 스베틀라나밖에 없다.

스베틀라나는 한층 더 깊게 미소 지었다.

"그러한가. 알겠다. 마음 내키는 대로 다 가져가거라. 귀여운 남동생의 자식이 부탁한다면 들어주지 않을 수도 없겠지."

†

"대회의입니까."

"예. 작전의 세부 내용이 정해졌으니, 그 대회의에서 국왕 폐하와 재상 각하, 원로원의 인가를 받는다고 하더군요."

86구에서는 볼 일이 없었던 홀로그램 작전도. 연방에서 종군하면서 익숙해진 그것에서 시선만 옮기며 묻는 신에게 레나는 고개를 끄덕여 주었다.

"말하자면 연합왕국의 중요 인사들에게 작전을 설명하는 것입니다. 주로 설명하는 것은 제2전선을 맡은 왕태자 전하입니다만, 작전의 핵심인 용아대산 공략부대를 맡은 지휘관으로서, 나도 질문을 받게 될 거라고 하네요."

신은 잠시 생각했다가 말했다.

"제2전선 전체—— 군단이나 군 차원의 작전 설명이로군요. 그렇다면 나랑은…… 대대 지휘관과는 관계가 없다고 생각합니다만, 그렇게 인식하면 문제없습니까?"

장식으로라도 출석은 필요 없냐는 말.

"예. 그리고 작전에 맞춰서 〈시린〉이 재배치되었습니다만, 괜찮습니까? 저기…… 저번 전투의 일도 있으니까요."

"개인적으로는 스피어헤드 전대에 동행시키지 않았으면 합니다만."

레나가 움찔거리며 고개를 들었다.

〈시린〉을 기피한다고 받아들여지는 말을 나무라려는 게 아니다. 왠지 모르게 기대하는 듯한 반응이었다.

"그건, 뭔가 괴로워서 그럴까요?"

"아뇨. 〈레기온〉과 구별이 가지 않아서."

전사자의 뇌 구조를 유체 마이크로머신으로 모방한 〈레기온〉과 회생할 수 없는 전상자의 뇌를 죽기 직전에 절제하여 인조세포로 복제한 〈시린〉은 죽은 이의 마지막 사념을 흡수했다는 점에서 동일하다. 적어도 신에게는 똑같은 망령의 목소리로 들린다.

"특히나 난전이 되면 아무래도 혼란스럽습니다. 익숙해지면 목소리를 식별할 수 있으니까, 가능하다면 특정 중대를 스피어헤드 전대의 척후로 배치해 주시면 좋겠습니다."

"……."

레나는 성대하게 한숨을 내쉬었다.

"그게 아니에요. 작전에 지장이 있는지를 묻는 게 아니라, 당신 개인에게 부담이 되지 않는지 묻는 겁니다."

뜻밖의 말에 신은 눈을 껌뻑였다. 그런 식으로 물어도.

"〈레기온〉과 마찬가지입니다. 익숙해질 테니까요."

애초부터 신의 이능력이 파악하는 범위는 지극히 넓고, 우글대는 〈레기온〉의 목소리는 막대하다. 이제 와서 들리는 목소리가 다소 늘어나는 정도로는 부담이 커지지 않는다. 바닷가 주민이 파도 소리를 신경 쓰지 않는 것처럼. 신 또한 항상 들리는 망령의 목소리를 딱히 부담으로 느끼지 않는다.

그 말에 레나는 잠시 침묵했다.

조금 토라진 듯한 침묵이었다.

"신은 그렇게 말하지만…… 공화국의 터미널 전투에서도, 저번 요새 탈환전 이후에도, 잠들어서."

"터미널 전투는 〈목양견〉이 배치되면서 들리는 음량이 변한 탓이고, 저번 전투는…… 애초에 나도 평소 전혀 안 자는 건 아닙니다만."

밤이 되면 평범하게 졸리고, 피곤하면 그게 현저해질 뿐인데.

"그렇지만, 그게 아니라…… 신은 그럴 때 한 번도 괴롭다는 말을 하지 않으니까 걱정이 됩니다."

레나는 잠시 침묵했다가, 그사이 결심을 굳힌 듯이 몸을 불쑥 내밀었다.

"저번에 레르케에게 들었습니다만."

갑작스럽게 나온 이름에 신은 표정을 굳혔다. 레르케.

전사자의 한탄을 봉해놓은 주검의 새들.

높고 높게 솟구친, 기계장치 소녀들이 쌓여서 만들어진 사체의 산. 아직도 귀에 남은 웃음소리.

그녀에게 들은 말.

——당신은, 살아있는 주제에.

긍지의 끝은 언젠가 자신도 가담할 사체의 산이고, 그 긍지조차 도 전사로서는 어중간하다.

──언젠가, 누군가와.

분위기가 갑작스럽게 확 변했다. 그래서 순간적으로 허를 찔렸다. 하지만 그 자리에서 부정할 수 없었던 이유는.

사실은…….

뭔가에 도달하기 직전에 생각을 붙들었다. 그것은 생각해선 안 되는 말이다.

생각해버리면, 나는.

"당신들은, 진심으로 전장을 원하지 않는다고, 했는데……."

"레나야말로."

가로막았다. 생각하고 싶지 않다. 더는 레나에게 그런 말을 듣고 싶지 않았다.

의심받기 싫었다.

끝까지 싸우는 것이 에이티식스의 긍지. 그 긍지를 다른 누구도 아닌, 그녀에게 의심받는 게 싫었다.

그것이 허무함을 알게 되었어도…… 자신들에게는 이미 그것밖에 없으니까.

가로막은 뒤에야 물어선 안 되는 말이라고 깨달았지만, 이 기회에 말을 이었다.

"레나야말로…… 더 싸우고 싶지 않다고, 생각한 적 없습니까? 아니, 끝까지 싸우는 길을 택했다는 것은 이해합니다만."

한순간 흐려진 은색 눈동자에 다소 당황하며 덧붙였다.

신은 레나에 관해서 하나도 모른다. 알려고도 하지 않았다.

그것을 그 눈 덮인 전장에서, 절벽 위 요새에서 알았다.

뭘 바라며 싸웠는가.

어떻게 인간과 세계를 저버리지 않을 수 있는가.

그 대답을 지금부터라도 조금이라도 알 수 있으면.

"그래도 그 공성로를 보고. 대공세에서 공화국이 멸망하는 것을 보고…… 이젠 싫다고, 생각한 적은 없었습니까? 어떻게…… 생각하지 않을 수 있습니까?"

레나는 인간의 저열함을 안다. 세계의 악의를 이미 알고 있다. 인간도 세계도 그저 아름답기만 한 게 아니라는 것을, 그녀도 알고 있을 터이다.

그래도 저버리지 않았던 것은.

"이 세계를…… 저기, 사랑할 만한 것이, 있었기 때문입니까?"

다소 주저했다.

그것은 끔찍하게 낯선, 신에게는 그저 공허하게 느껴지는 말이었으니까.

신도 고결하다거나 다정하다고 표현할 수 있는 사람의 행동을 안다. 86구의 강제수용소에서 그와 형을 지켜주었던 신부님. 함께 싸우다 먼저 죽은 모두를 마지막 한 명이 데려간다는 약속을 제일 처음 짊어졌던 첫 부대의 전대장. 여동생을 위해 싸웠던 특별사관학교의 동기. 결사행에 동행하고, 적진에서 고립되는 것도 아랑곳하지 않고 그들을 보내주었던 연방의 상관.

그것은 신에게 지극히 일부의 예외로 생각되지만, 레나가 그렇게 생각하지 않는 이유는 알고 있는 선량함의 전체 크기가 다르기 때문일까. 아니면.

걸은 길이, 본 것이, 자신과 그녀는 뭔가 달라서?

갑작스러운 질문에 레나는 눈을 껌뻑였다.

그리고 기쁜 듯이 몸을 내밀었다.

"왜 그러나요, 갑자기?"

"애초에 레나가 먼저 말했을 텐데요. 나는 세계를 사랑하지 않는다고."

"미안해요, 갑자기 그런 말을 들어서 놀라는 바람에……. 하지만 기쁘네요. 다가와 줘서. 그렇군요……."

미소를 지으며 레나는 눈을 감았다.

"사랑할 만한 것이 있으니까, 그것만은 아니라고 생각해요. 추악함보다도 아름다움이 앞서니까, 결점을 덮을 만큼 아름다우니까, 사랑할 수 있는 게 아닐까요. 세계의 냉혹함을 아직 많이 모르니까 실망하지 않을 수 있다는, 그런 것은 아니에요. 다만, 그래요……."

잠시 생각하고, 말을 찾고, 정리할 시간을 둔 다음에 말한다.

"믿고 싶어요. 이 세계에는 아직 모두가 행복하게 살 수 있는 세계로 변할 가능성이 남아있다고."

뜻하지도 않은 말이었다.

아름다운 것을 보고 살았으니까, 신이 모르는 선량함을 알고 있으니까 그런 것이 아니라.

"믿고 싶다……입니까."

아직 보지 못한, 아직 어디에도 없는, 아름다운 세계를.

"예. 나는 행복해지고 싶어요. 주위 모두가 행복해졌으면 해요.

그렇게 될 수 없는 세계는 싫어요. 모두가 악의와 부조리를 감수하며 살아야 하는, 그런 세계는 싫어요. 그러니까."

옳고 다정한 세계를.

언젠가 레나 자신이 한 말이다. 북쪽의 눈 내리는 밤, 별하늘 아래에서. 기도하듯이. 선의가, 다정함이 보상받는 세계를 바란다고.

그 소망의 진짜 모습은, 다정한 사람이 보상받기를 바라는 게 아니라.

모든 이가 행복하기를 바라는 것.

"그러니까…… 그래요. 저버릴 수 없어요. 저버리고 싶지 않아요. 대공세 때의 전장이, 86구를 유지한 공화국이 인간의 진실이라고, 그것은 영원히 변하지 않는다고, 나는 인정하고 싶지 않아요. 그러면 모두가 행복해질 수 없죠. 나는 내가 행복해지고 싶으니까…… 당신도."

"……"

신은 그렇게 생각할 수 없었다.

목표로 할 미래 따위, 신에게는 없다. 바라는 행복도. 그런 것이 없어도 살아갈 수 있다. 레나에게 바다를 보여주고 싶다고, 그걸 위해 싸우자고 생각하지만, 아마도 레나가 말하는 행복과는 다를 것이다.

행복이든 미래든 전부 바라지 않는 신은—— 세계를 믿을 필요가 없다.

사랑할 이유도.

정말로 다르다고 막연히 생각했다.

본 것이, 걸은 길이 다르다는 뜻이 아니다. 세계를 보는 법이, 세계와 대치하는 법이 전혀 다르다. 어떤 모습으로 있을지 바라는 그런 생각마저도.

근본부터 다르다.

다가와 주었다고 레나는 말했다.

그렇다. 상대를 알려고 하는 것은, 이해하려는 것은, 다가갔다고 할 수 있겠지.

하지만 그렇게 알려고 해서—— 신이 깨달은 것은 오히려 어찌할 수도 없는 단절이었다.

이해하려고 해도 너무나도 멀다. 접해 보려고 해도 겹치는 부분이 하나도 없다.

그것은 과거에 샤리테 시 지하 터미널 공략작전 이후, 같은 장소에 있으며 말을 나눈 결과 레나가 느꼈던 단절과 같다는 것을 신은 모르지만.

신의 마음도 모른 채 레나는 웃었다.

꽃처럼 활짝 핀 웃음.

흙탕물 속에서도 더러워지지 않고 핀다는 은색 연꽃처럼.

"행복해지기를 바라니까…… 그러니까. 나는 이 세계를 믿고 사랑합니다."

그렇다면 그 행복을.

원하지 않는 자는, 그녀가 바라는 세계에는.

†

　대회의 개시 시각을 생각하면 아무래도 너무 이르지 않나 싶은 시간에 비카가 보낸 차량이 도착하고, 어째서인지 별실로 보내졌다 싶더니 그곳에 시녀들이 다수 있던 시점에서 이상하다고 생각해야 했다.

"비카. 저기."

　그녀의 시선 앞에서 비카는 평소처럼 연합왕국 군복이긴 하지만 정장 차림이었다. 약식이 아닌 기장이 여러 개, 어깨부터 늘어뜨린 장식띠, 옷깃에는 휘장 대신 연합왕국의 일각수 문장.

"회의…… 맞죠?"

"그렇다만."

　담담히 끄덕이는 그에게 레나는 울상을 하며 물었다.

"그럼 왜 이런 차림입니까……?!"

　속이 비칠 정도로 얇은 천에 미세하고 섬세한 문양을 바느질하고, 세세한 주름을 우아하게, 사치스럽게 넣어서 좌악 펼쳐지는 드레스. 아주 얇은 은색 천, 그리고 그 밑의 연파랑색 천이 아름답게 비쳤다. 가슴과 긴 소매에서는 수정 장식을 넣은 공작 날개 무늬의 자수가 움직일 때마다 반짝반짝 빛났다.

　우아하고 아름다운 드레스라고 생각하지만, 왜 이런 차림을 하게 되었는지 이유를 알 수 없었다. 촘촘한 비단의 무게는 군복의 그것과 별 차이가 없고, 스커트 자락은 군복 쪽이 더 짧지만 아무래도 마음이 편치 않았다.

안절부절못해서 발을 동동 구를 뻔했지만, 평소에 신는 것보다 더 화려한 힐이라서 그것도 어려웠다. 사락사락 소리를 내는 비단 옷자락.

비카는 의아한 기색으로 그런 레나를 바라보았다.

"잘 어울리는데, 무슨 불만 있나? 아, 노우젠이 이 자리에 없는 게 싫은가. 그럼 지금 당장 불러야⋯⋯."

"그게 아니라! 그보다, 시, 신은 관계없겠죠! 그게 아니라 군사 회의에, 왜 군복이 아니라 드레스 차림입니까!"

"음? 군인이라고 해도 여성이 공적인 장소에서 드레스를 입는 건 당연하겠지. 군사회의라고 해도 오늘은 아바마마나 형님도 참석하신다. 성격상 오히려 어전회의에 가까우니까."

놀리는 기색은 전혀 없고, 오히려 다소 의아하다는 투였다.

즉, 연합왕국에서 여군의 정장은 군복이 아니라 드레스인 모양이다. 오랫동안 전선에 여군을 두지 않고, 귀족이 고급장교를 독점했던 연합왕국이기에 존재하는 관습일까.

그렇기는 해도 군사 회의에 하늘거리는 이 드레스라니.

귀족이 아니게 된 지 오래라지만, 좋은 집안의 자녀로서 드레스는 자주 입었다. 드레스 차림 자체는 익숙하지만, 군복과 드레스는 입어야 할 장소가 다르다. 당연히 마음가짐도 달라진다.

적어도 드레스를 입고 군사회의에 임한다는 것은, 레나의 생각으로는 있을 수 없는 일이다.

"벤체르 대령님⋯⋯!"

도움을 청하여 바라본 곳에서는 직접 가져온 붉은색 드레스를 입은 그레테가 어깨를 으쓱였다. 처음부터 국왕과의 알현이 예정되어 있었던지라 미리 몇 벌을 챙겨왔던 모양이다. 이국적인 느낌이 나는 높은 옷깃, 퍼지지 않는 옷자락, 어딘가 남성적인 실루엣을 한, 권위가 감도는 드레스.

파견 전에 미리 알았으면 레나도 그런 것을 준비했다. 멋지고 군복 느낌이 나는 드레스를.

"뭐, 어디에 가면 거기의 법을 따라야 한다고 하니 말이야. 저번 작전의 실패도 있으니, 의미도 없이 얕보일 만한 거동을 피해야 해. 게다가 귀엽고."

"아하. 혹시 연방이나 공화국에서는 여군도 정장이 군복인가. 그래서 군대식이라고 해도 나와 처음 만나는 자리에서 경도 이다도 로젠폴트도 군복으로……."

간신히 비카도 문화의 차이를 깨달은 모양이다. 이해했다는 얼굴로 고개를 끄덕였다.

"적어도 공적인 장소나 식전에서 군 정복이 아닌 차림을 한 적은 없군요, 전하. 그렇기는 해도 식전 후의 파티, 특히나 결혼식에서는 드레스를 입는 여성이 대부분이지만요."

"그렇군. 그렇다면 준비시킨 것도 헛수고는 아니겠군. 밀리제, 그 옷은 줄 테니 귀국 때 챙겨가도록. 누군가에게 선물받기 전까지는 도움이 되겠지."

"누군가, 라니……."

그 말에 함축된 의미에 레나는 얼굴을 붉혔다. 여성에게 드레스를 선물한다. 그 사람이 부모나 부모 대신이 아니라면.

연인이나 남편이라는 소리다.

"그, 그런 사람 없습니다!"

"그러니까 그때까지, 라고 말하지 않았나. 그보다 경……."

비카는 왠지 가엾은 사람을 보는 눈치였다.

"설마 싶지만. 아직 자각도 하지 않았나?"

"뭐가 말입니까?!"

"과연, 자각하지 않았나. 안쓰러운 일이군. 아니, 오히려 참 골치 아픈 일 같은데. 둘이 나란히 이러니."

레나로서는 이해할 수 없는──아니, 이해하고 싶지 않은 탄식을 흘리며 비카는 설레설레 고개를 내저었다.

아무리 바쁜 고관들이라고 해도 연합왕국의 앞날을 정하는 작전이다. 대회의는 오래 이어졌고, 중간에 잠시 휴식시간을 갖게 되었다.

대부분의 고관들이 일단 퇴실한 바람에 지금은 인적이 드문 대회의장 한쪽에서, 레나는 살짝 숨을 내뱉었다. 그레테는 이참에 참석한 군인들과 정보를 교환하고 있고, 비카도 고모님이 부르신다면서 자리를 떴다.

몰락한 공화국, 그것도 패배한 부대의 작전지휘관과 교류하고 싶은 사람은 없는지 레나에게 말을 거는 자는 없지만, 그래도 상관없었다. 군 장성들과 국왕 폐하까지 열석한 회의다 보니 아무래도 잔뜩 긴장했다.

예절을 지킨 거리를 두고 누군가가 옆에 섰다.

"실례, 레이디. 말을 건네는 영광을 누려도 괜찮을지."

"예……."

대답하면서 돌아보던 레나는 놀랐다.

계급장 대신 연합왕국의 일각수 국장이 달린 자흑색 군복. 길게 길러서 리본과 에메랄드 머리핀으로 묶은 다갈색 머리와 최근 들어 익숙해진 것보다 다소 연한 제왕색^{보라색} 눈동자.

"와, 왕태자 전하……!"

"아, 편히 있게나. 동생을 맡기고 있는 형이 인사하러 왔을 뿐이야. 이런 회의만 아니었으면 에이티식스의 총대장님도 부르고 싶었는데."

품위 있게 쓴웃음을 짓는 그 인물은 자파르 왕태자였다. 같은 어머니에게서 태어난 동생인 비카와 비슷한, 하지만 그보다 키도 크고 어깨도 널찍한 성인 남성의 체구, 그리고 나이도 있어서 여유가 생겨난 시선과 표정.

"이번 일도 포함해서 고생을 끼쳐 미안하네. 그 아이가 좀 엉뚱한 구석이 있지만, 부디 친하게 지내주었으면 해."

레나는 그 말과 미소를 조금 의외라는 마음으로 올려다보았다.

이미 몇 년 전에 딱 한 번 만났던, 신의 형인 레이가 신에 대해 말하던 때의 어조와 표정과 비슷한 것 같았다.

"왕태자 전하께서는──."

"자파르라고 하면 돼, 밀리제 대령."

"자파르 전하께서는 빅토르 전하를 어떻게……."

이디나로크 왕실의 권력 투쟁에서 비카는 자파르의 파벌이다.

비카도 어머니가 같은 형을 나름대로 존경하고 아끼는 눈치였다. 그것은 레나도 이해한다. 때때로 자파르에 대해 말할 때의 표정이나 어조에서 알 수 있었다.

하지만 자파르는 어떨까? 레나는 사실 다소 의문스럽게 여기고 있었다.

그것이 연합왕국의 전통이라고 해도, 열 살이나 어린 동생을 전쟁터에 보내고. 위기에 처해도 서슴없이 저버린다고 하고. 왕위 계승권의 박탈을 풀어 주지도 않고.

비카를──〈시린〉처럼 인류을 저버린 병기를 개발하고 운용하는 그를 유용하다고 생각하지만, 마음속으로는 꺼리는 게 아닐까 싶은 의심이 다소 있었다.

하지만 지금 눈앞에 있는 이 사람의 이 표정은.

"귀여운 동생이야. 그렇게 말하는 걸 보면, 그 아이는 역시나 외국인이 봐도 기묘한 모양이군."

"……"

기묘하고 자시고.

"저기. 기동타격군은 빅토르 전하의 〈시린〉들과 협동하고 있기에……."

"그래. 그랬지. 나는 아무래도 익히 보았다만……. 그래."

자파르는 잠시 생각했다.

"대령은 바벨탑의 재앙을 알고 있나?"

갑작스러운 질문에 레나는 얼떨떨해졌다.

그대로 조용히 고개를 끄덕였다.

"일반교양 정도로는 압니다."

과거에 인간은 신이 있는 하늘까지 도달하려고 높디높은 마천루를 세웠다.

그 야망이 신의 진노를 사서, 인간들은 서로 다른 언어를 쓰는 저주에 걸렸다.

그래서 세계에 수많은 언어와 그로 인한 다툼이 생겼다고 한다.

구약성서의 한 구절이다.

공화국에서는 300년 전 혁명 때, 왕권을 뒷받침하던 종교도 부정했다. 그래서 현재 공화국에서는 성서에서 유래하는 전설이 거의 알려져 있지 않다. 매년 치르는 성탄절과 부활절조차도 그 유래를 모르는 사람이 많을 정도다.

"성서 이전의 신화에서는 인간의 기도가 닿을 수 있도록 마천루를 세웠지만, 인간들이 쳐들어온다고 신들이 착각한 것이 저주의 이유라고 말하는 모양이라더군. 신들을 상대로도 완전한 의사소통은 어려워. 하물며 불완전한 인간끼리라면 더더욱──이라는 아이러니일지도 모르지. 아무튼……."

자파르는 말을 끊고 천장을 올려다보았다.

과거에 다른 나라에서. 인간이 그 소원을 담아서 세운 마천루를 올려다보듯이.

"나는 말이지. 고작 말이 통하지 않는다고 싸우게 된 자들은 애초에 말이 통했을 때부터 우호적이지 않았을 거라고 생각하네."

싸우는 것은, 서로 이해하지 못하는 것은 차이 때문이 아니라.

서로를 믿을 수 없었기 때문이라고.

믿음에 마땅한 것을, 서로에게 보여주지 않았기 때문이라고.

그 말이 레나의 가슴을 때렸다.

자파르는 그럴 생각으로 말한 게 아니다. 레나와 신이 지금껏 주고받은 말을, 만난 적도 없는 자파르는 당연히 모른다.

그래도 마치.

자신과 그에 대해서——말하는 듯한 기분이 들었다.

"말은 달라도, 바라는 바는 같다. 그걸 알았다면, 말이 갑자기 통하지 않게 되더라도 믿을 수 있었겠지. 마찬가지야. 아무리 냉혈한 뱀이라도 형님, 형님 하면서 따르는데 귀엽지 않겠나. 적어도 그 정만큼은 믿을 수 있어."

설령 다른 무언가가 결정적으로 다르다고 해도.

"그 아이는 인간이 무엇을 슬퍼하는지, 왜 슬퍼하는지 모르지만, 나나 아바마마가 슬퍼한 것은 이해하면서, 그걸 피하려고 하지. 그렇다면 내게는 그걸로 충분해. 그 아이는 나와 다른 논리와 가치관으로 살지만, 그래도 그 아이 나름대로 나를 사랑하려고 하는…… 내 귀여운 동생이야."

"……."

뒤집어 보면.

자신은, 어땠을까.

——나는 그게 너무나도 슬픕니다.

신은——에이티식스들은, 인간을, 세계를, 추악하고 잔혹하다고 보았다. 세계를 향한 신뢰와 기대를 모조리 버리고, 기억하던 행복과 미래에 바라야 할 행복도 버리고, 그것을 긍정했다.

그것이 슬퍼서. 하지만 동시에—— 전했던 말이 닿지 않았던 것이. 레나가 어째서 슬퍼하는지 그 원인조차 이해하지 못하는, 마치 인간의 모습을 한 순수한 괴물 같은 신의 이질성이.

그렇게 드러나 버린, 어찌할 수 없는 단절이—— 슬퍼서.

그래서는 서로 이해할 수 없다고 생각했다.

서로 이해하고 싶다고. 그러니까 그걸 위해서.

자신과 같아졌으면 한다고—— 무의식중에 바라고 있었다.

서로 이해하고 싶다고 말하면서 그들을 이해하자고, 모르더라도 존중하자고, 조금도 생각하지 않았다.

그저 이해해달라고만…… 바랐다.

——경은 제법 오만하군.

그렇다. 지독하게 오만했다. 독선적이고, 도량이 없었다.

"자파르 전하께서는……."

연지를 바른 입술을 깨물고, 삐걱대려는 목소리를 필사적으로 추스르다 보니 이상한 목소리가 나왔다.

자파르는 모르는 척해 주었다.

"뭐지?"

"그렇게나 다른 빅토르 전하와…… 어떻게, 지금과 같은 관계를……."

"뭐, 극히 평범한 일이지. 무엇을 양보할 수 있고 무엇을 양보할 수 없는가. 무엇을 이쪽에 맞춰 주길 바라고, 무엇을 그 아이에게 맞춰 줄 수 있는가. 그 경계를 서로가 찾고, 서로 납득하는 타협점을 찾았을 뿐. 인간과 인간 사이에선 평범한 일이겠지. 몇 년이 걸리긴 했지만."

"그렇……습니까. 그렇군요."

단절이 있어도, 세계를 보는 법이 다르더라도. 그렇게 서로 이해할 수 있는 점을 하나씩 찾아갈 수만 있다면. 자신과 그도 함께 있을 수 있다.

그리고 믿을 수 있는 점은 있다. 이미 2년 전, 서로 얼굴도 모른 채 말만 나누었던 무렵부터.

박해의 가해자와 피해자. 정말이지 모든 것이 달랐지만.

드레스 자락 속에서 두 손을 꼭 움켜쥐었다.

"감사합니다, 전하."

"본래 숙소까지 바래다주는 것이 매너겠지만. 미안하게도 나는 아직 이쪽에서 할 일이 있지. 사람을 불렀으니까 그를 따라 숙소로 돌아가도록 하게."

대회의에서 레나가 열석해야 할 시간이 끝나고 비카가 레나를 데려온 곳은 왕성 부지 밖이 아니라 안으로 향하는 길, 그중 하나가 이어진 출구였다. 기동타격군이 숙소로 쓰는 별궁으로 이어지는, 정원과 정원 사이의 돌바닥 오솔길.

밝고 따뜻한 궁전과 달리, 밤의 눈 덮인 정원은 차갑고 어두웠다. 살을 에는 듯한 그 추위를 느끼면서, 레나는 건물과 바깥의 딱 중간 지점인 곳까지 나가서 주위를 살폈다.

생각보다 밝아서, 하늘에 별이 있는 것을 깨달았다.

레비치 요새기지가 아직 함락되지 않았을 때, 신과 함께 올려다보았던 것과 같은 별.

그때 신은 뭔가 말하려다가 말없이 입을 다물었다. 나중에 말해주겠거니 생각했지만, 그 공성전 때문에 그럴 겨를이 없었기에 그걸로 끝나버렸다.

신은 무슨 말을 하려고 했을까. 무엇을 전하려고 했을까.

이제 와서 먼저 물어봐도. 과연 괜찮을까——.

레나의 눈에는 푸르스름한 어둠으로 보이는, 눈 덮인 오솔길 너머를 바라보며 비카가 목소리를 흘렸다. 아무래도 그는 밤눈이 밝은 모양이었다. 어둠 속을 보는 고양이처럼. 빛에 의존하지 않고도 세계를 보는 뱀처럼.

"왔군. 밀리제. 잘 쉬도록."

마중 나온 사람과는 말을 섞을 생각이 없는지 그대로 몸을 돌렸다. 털이 길고 두터운 융단이 발소리를 죽여주었다. 옷자락이 스치는 소리와 희미한 향수 냄새만이 멀어졌다.

그리고 얼마 지나지 않아 이번에는 바깥에서 들려오는, 얇게 쌓인 눈을 밟는 가벼운 발소리.

엉성하게 쌓이는 형태로 얼어서 발이 잘 빠지는 눈길에서는 아무리 그라도 발소리를 내지 않고 걸을 수 없는 모양이었다.

눈이 반사하는 빛과 별빛으로 드러난 그 모습을 보고, 레나는 얼굴을 환하게 폈다.

"신——!"

"신——!"

이쪽을 보고 얼굴을 활짝 펴는 레나를, 눈 덮인 정원의 어둠 속에서 쳐다보고.

신은 문득 우두커니 멈춰 섰다.

——아하.

갑작스럽게 깨달았다.

뭐가 계기였을까. 올려다본 곳에 있는 레나가 어둠에 익숙한 눈에는 눈부시게 느껴지는 빛을 등지고 있었기 때문일까. 군복이 아니라 처음 보는 드레스 차림에 화장을 하고 있었기 때문일까.

왜? 라고 물어도 스스로는 잘 알 수 없었다.

그저 갑작스럽게 깨달은 듯했다.

군 기지도 전장도 아닌, 전쟁의 기운이 없는 장소에서. 낯익은 군복이 아니라 전쟁과는 상관없는 옷차림을 하고 서 있는 그 모습에서.

이전에 느꼈던 레나와의 단절. 그 돌이킬 수 없을 정도의—— 깊이와 거리를.

보는 세계가 다르다. 바라는 세계가 다르다. 그것은 다시 말해서—— 있어야 할 세계, 있어도 되는 세계도 다른 것이라고.

레나에게, 자신은—— 사실 필요하지 않다고.

지금 차려입은 그녀의 모습과 같다. 레나는 본래 혼돈 속 전장이 아니라 평온과 안녕의 세계에 속하는 존재다. 전쟁이 없는 평화 속에서 살아야 하는 인간이다.

그녀의 세계에, 전장은 필요 없다.

그녀의 삶에는 투쟁도, 전투도…… 그 가혹함도, 부조리함도 존재하지 않아도 된다.

전장밖에 모르는, 전장에서만 스스로의 형태를 지킬 수 있는 자신도——.

계속 싸우기로 결의했으면서, 끝이 보이지 않는 이 전쟁이 끝난 뒤를 아직 막연하게나마도 상상할 수 없는, 아직 평온을 생각해 보지도 않는 자신 따위는……. 그녀가 바라는 세계의 형태를, 하나도 바랄 수 없는 자신 따위는.

바다를 보여주고 싶었다. ——아직은 그녀를 통하지 않고는 미래를 바랄 수 없다.

하지만 레나가 살아가기 위해서는, 자신 따윈 필요 없다. 오히려 상처가 된다. 모두가 행복해지기를 바라는 그녀에게, 미래도 행복도 바라지 않는 자신은 그 존재 자체가 상처를 주는 흉기가 된다.

몇 번이나 들었던 말이다. 신으로서는 이해조차 할 수 없었던 말이다.

——나는 그게 너무나도 슬픕니다.

미래를 바라지 않는 신의 삶은, 레나에게.

상처밖에 되지 않는다.

그런 단순한 것조차 이해할 수 없을 정도로 자신과 그녀는 서로 극과 극에 있다. 그리고 서로 이해하려고도 하지 않았다. 다가가려고도 하지 않았다.

슬프다고. 상처 입었다고 하는데도, 상처를 그대로 두었다.

늑대와 사람은 교류할 수 없다. ——아득히 먼 전장에서 시체를 짓밟고, 전장의 피와 광기에 물들기를 바란 괴물은 세계의 악의나 전장의 광기도 더럽히지 못하는 그녀와 함께할 수 없다.

바라는 세계가, 살아가는 세계가—— 서로의 존재마저도, 모조리 달랐다.

그러니까 사실은.

처음부터 함께 있을 수—— 없었다.

스스로 긴장했음을 알기는 했지만, 생각했던 것보다 정신적으로 지친 모양이다.

상대의 모습을 보자마자 어깨에서 힘이 빠진 것에 쓴웃음을 지으면서, 레나는 정원으로 내려가는 짧은 돌계단을 뛰어 내려갔다. 익숙하지 않은 얼음길 때문에 걸음걸이가 이상해진 것을 걱정했는지 조용히 다가온 신을, 같은 눈길에 서서 올려다보았다.

"마중 나와 주었나요?"

"예. 궁전 안이라고 해도 밤길이니까요."

담담히 대답하는 목소리가 왠지 모르게 그리웠다. 고작 몇 시간 밖에 떨어져 있지 않았는데.

대기하던 위병이 쫓아와서 내민 코트를 받아 신의 도움을 빌리면서 드레스 위에 걸쳤다. 눈이 반사한 차가운 빛 때문일까. 어깨 너머 돌아본 곳에 있는, 평소보다 더 냉철하고 조용하게 보이는 하얀 얼굴.

"미안해요. 기다리게 했네요."

"아닙니다."

짧은 대답. 눈길에 전혀 맞지 않게 굽이 높은 힐을 신은 레나를 배려했는지, 조금…… 아니, 꽤나 주저한 뒤에 조심스럽게 한 손을 내밀었다.

그 순간, 레나는 굳었다. 이럴 때는 손을 내밀어 주는 것이 신사의 매너님을 잘 알지만.

천박하게, 보이진, 않겠죠……?

애초에 레나는 어지간하면 파티 회장에서 구석 자리를 지킨다. 에스코트를 받은 적도 사실은 별로 없다.

그렇다고 해도 걷기 힘든 건 사실이다. 감사히…… 용기를 내서 그 제안을 받아들이기로 했다.

그래도 옆에서 보기엔 꽤나 조심스럽게 붙잡은 모습이었다. 팔짱을 낄 용기까지는 도저히 나지 않아서, 옆에서 팔을 붙잡는 듯한 형태로.

그걸 확인한 뒤에 신이 걷기 시작했다. 레나도 따라서 걸었다. 신으로서도 여성을 에스코트하는 것이 익숙하지 않다 보니 참으로 어색한 걸음이었지만.

사박, 사박. 눈을 밟는 발소리가 겹친다.

레나의 걸음에 맞추다 보니까 평소보다 다소 느렸다. 평소에 신은 소리를 내지 않고 걸으니까 발소리가 겹치는 것도 왠지 모르게 신선했다.

그렇다——신은 레나에게 맞춰 주고 있었다.

항상, 분명 레나가 모를 때도. 그녀를 배려하여…… 손을 내밀고 다가와 주었다.

레나가 멈추고 만 단절에서…… 그 단절을 끌어안은 채로. 그래도 레나를 이해하고자 질문하려고도 했다.

응하고 싶다.

"신. 혹시——."

몇 번인가 물었던 말이다. 그랑 뮬과 100킬로미터 거리를 사이에 두고, 아직 이름도 얼굴도 그를 기다리는 죽음의 운명도 모른 채로. 재회를 이루고, 그 운명에서 해방되었다고 생각하고.

"이 전쟁이 끝나면. 아뇨, 끝나기 전이라도—— 하고 싶은 일이 있습니까? 가고 싶은 곳이나, 보고 싶은 것은."

흠칫. 옆에서 본 신의 얼굴이 얼어붙었다.

그리고 너무나도 쌀쌀맞은 목소리로 말했다.

"또 그 이야기입니까."

아, 역시 이 이야기는 싫어하는구나. 레나는 그렇게 생각했다. 그럴 마음은 없었지만, 신이 들었을 때는 자꾸 책망하는 것 같을 테니까.

세계에 절망한 당신이, 나처럼 세계를 보지 않는 당신이, 슬프다——는 말로 들릴 테니까.

신은 탄식하며 말을 이었다. 차갑게, 내치듯이.

내치면서도 어딘가, 견디기 어려운 아픔을 품듯이.

"아무것도 없습니다. 당신 말씀처럼 나는 세계를──아름답다고 생각할 수 없으니까요."

"그렇지요. 그게…… 당신이 보는 세계, 니까요."

여태까지는 도저히 그렇게 생각할 수 없었던 말을, 중간중간 멈춰가면서 말했다.

이런 세계에 바라는 것은 하나도 없다고. 기대하는 것도 없다고.

그렇게 보이는 것은…… 나무랄 수 없다.

슬프지만──하지만 그것이 잘못이라고 규탄하는 짓은, 사실 누구도 할 수 없다.

가족을, 고향을, 인간의 존엄과 자유를 빼앗기고, 반드시 죽을 수밖에 없는 운명만이 주어져서. 모든 것이 깎여나간 그 눈에, 세계는 더 이상 아름답게 비치지 않는다.

원망하지 않으려면, 증오하지 않으려면, 아름다워서는 안 된다. 그러니까 아름답지 않다.

그것은 레나에게 슬픈 견해지만…… 그렇다고 꼭 잘못된 것만은 아니다. 적어도 신에게는 그것이 진실이다. 그에게 세계는 그런 것이다.

──당신들은 상처를 긍지로 삼았다.

그래, 상처겠지. 레나가 있던 공화국이 새긴, 더없을 정도로 깊은 상처다. 그래도 요새기지의 별하늘 아래에서 생각했던 것처럼, 없애라고 할 수 있는 것도 아니었다. 상처라고 해서 대수롭지 않게 빼앗아도 될 게 아니었다. 그 상처는 신의 일부니까. 수많은 것을 잃어버린 그에게는 어쩌면 그 상처조차도 얼마 안 남은 것의 일부이며, 레나가 생각하는 것보다도 무거운 것일지도 모른다.

그렇다면. 정 그렇다면 그 상처도, 절망도 인정하자.

단절이 있더라도, 그것도 그의 일부이고…… 그렇다면 그 단절까지 받아들이자.

믿을 수 있는 점도 있다. 그것은 저 86구에서, 서로 얼굴도 모른 채 이야기했을 무렵부터 있었다. 강함이라거나, 긍지라거나. 때때로 보여주는, 나이에 맞게 앳된 모습이나. 본인은 전혀 모르는 눈치인, 냉철함에 숨겨진 자상함 같은.

그러니까 그것을 믿자.

서로 통할 수 없는 것이 있더라도, 그것이 아무리 멀리 떨어지더라도, 믿을 수 있는 것을.

"그래도——."

"그래도."

계속되는 레나의 말을, 신은 반쯤 의식하지 않고 들었다.

그만 자기 생각에 푹 잠긴 탓이다. 본인에게 그럴 의도는 없더라도, 그녀의 질문이 마치 무슨 결정타처럼 들렸기 때문이다.

——이 전쟁이 끝나면, 하고 싶은 일이 있습니까?

여태까지 레나가 자주 했던 질문이지만, 신은 여전히 대답할 수 없었다. 아무것도 없어서 그런 것이 아니다. 있기는 하지만, 대답할 수 없었다.

　바다를 보여주고 싶다.

　하지만 그 소망은 결국 자기 혼자 바란 것도 아니고, 이미 레나에게는 바랄 수 없다.

　상처가 된다고, 알아버렸다.

　자기의 존재가, 그녀의 존재에.

　함께 있으면 상처를 준다고. 그러니까 곁에 있을 수 없다고.

　그러니까 응하고 싶지 않다. 지금 다가온 손을 잡고 싶지 않다.

　레나의 소원을, 모두가 행복하기를 바라는 그 기원을, 자신은 이룰 수 없다.

　짐만 된다. 상처만 준다.

　그러니까, 이제.

　바다를 보여주고 싶다고——바라지 않는다.

　그런데 그런 식으로, 레나와 신 모두 자기 생각에 반쯤 잠겨서.

　걸으면서 주의력이 부족해지는 바람에.

　"히악……?!"

　이상한 비명과 함께 시야 한쪽으로 보이던 은색 머리가 쑥 내려가고서야, 신은 제정신을 차렸다.

　"레나?!"

　조금 전까지 생각에 잠겼음에도 순간적으로 몸을 받쳐서 끌어안을 수 있었던 것은 범상치 않은 반사신경 덕분이다.

그래도 한순간, 주저했다. 몸에 손을 대는 것이, 왠지 모르게 몹시 두려웠다. 그래서 받아내는 게 다소 늦었고, 아주 엉망이고 불안정한 자세로 받아냈다.

멋진 포물선을 그리며 날아가는 투명한 청색 파편이 슬쩍 눈에 들어오니까, 얼음이라도 제대로 밟은 거겠지.

아무튼 신은 품에 안긴 소녀에게 물었다. 밟아도 깨지지 않을 정도로 단단한 얼음덩어리를 굽 높은 힐로 밟았다면.

"다친 데는 없습니까? 발목을, 삐었다면."

"괘, 괜찮아요. 아마도."

대답하는 고운 목소리가 어째서인지 묘하게 떨리는데, 신으로서는 그 이유는 고사하고 목소리가 떨린다는 사실조차 알아차리지 못했다.

애초부터 서로 거리가 가까운 상태에서, 뒤로 나자빠지려는 레나를 신이 끌어당기듯이 받아 안았다.

다시 말해 지금은 레나를 꼭 끌어안고 있다고 할 정도는 아니어도, 등에 손을 두르고 몸을 받친 밀착상태라서.

"아마도? 삐었을 때는 나중에 통증이 나타나는 일도 있습니다만…… 불안하다면 이대로 숙소까지 모시죠."

"아, 아뇨! 괜찮습니다. 저기, 신…… 혼자 설 수 있으니까요."

모기 소리처럼 작은 목소리를 듣고, 신은 그제야 비로소 자신과 레나가 어떤 자세로 있는지 깨달았다.

의식하지 않았던 은은한 향수 냄새가, 여태까지 경험하지 않은 거리에서 확 풍겼다.

"미, 미안합니다……!"

신은 다급히 손을 놓았다. 그래도 레나가 제대로 땅을 딛고 서는지 무의식중에 확인하는 것은 게을리 하지 않았다. 금방이라도 부러질 것처럼 가느다란 힐이 망가지지 않았는지도, 손을 놓은 그녀가 비틀거리지 않는지도.

레나는 처음 볼 정도로 새빨개진 얼굴을 숙이고 굳어 있었다.

그 얼굴이 너무 새빨갛고 경직한 상태로 침묵이 길어진 탓에, 신은 점점 불안해졌다.

다시금 사과하는 편이 좋을까. 그렇게 생각했을 때 갑자기 레나가 웃음을 터뜨렸다. 맑고 또랑또랑하게, 소리를 내어 웃었다.

"미, 미안해요…… 하지만……!"

그대로 허리를 굽히고 계속 웃었다.

차마 견딜 수 없어진 신이 물어본다.

"뭡니까?"

"아뇨. 신은 정말로…… 마음씨 착한 사람이구나 싶어서."

뜬금없는 말에 신은 당혹스러웠다. 여태까지의 대화와 행동에서 그렇게 여겨질 요소는 없다고 생각하는데.

"안 보는 것 같으면서 주위를 신경 쓰고, 아무도 저버리지 않으려고 하고…… 나를 항상 이렇게 도와주고요."

"말이 과합니다……."

"그런 거 아니에요. 지금도."

"몸을 받쳐 주고, 다치지 않았나 걱정해 주고, 배려해 주고."

레나는 너무 웃는 바람에 맺힌 눈물을 손가락으로 닦으며 말했다. 정말로 본인은 모를 정도로…… 누군가를 돕는 것을 마음씨 착한 행동으로 느끼지 않을 만큼, 당연하게 여기는 사람.

그러니까 믿을 수 있다. 부디 행복해지길 바란다고, 본인이 그것을 바라지 않는다고 알면서도 빌게 된다.

"신. 아까 하던 이야기를 마저 할게요. 슬프다고 말하고 싶은 게 아니에요. 철회하진 않겠지만, 그래도 더는 말하지 않겠어요. 다만."

철회하지는 않지만. 슬프다고는 생각하지만…… 신이 상처 입은 얼굴을 한다면, 더는 말하지 않겠다.

그저, 지금은 이것만을.

"당신이 보는 세계가 아름답지 않더라도. 인간과 세계가 추악하더라도……. 그래도 혹시 바랄 수 있다면."

바라는 것이 없어도 살아갈 수 있다.

과거가 없어도 나는 나다.

그렇게 생각해도, 혹여나 뭔가 바라는 날이 온다면.

"이런 세계에서, 그래도, 원하는 것을 찾거든. 그때는, 바라더라도 괜찮아요. 이런 세계라도, 여전히 무자비한 세계로 보이더라도. 여기는 이제 86구가 아니니까요. 아무리 원해도 이루어지지 않는 것이 아니니까요. 그것만큼은…… 기억해 주세요."

바라지 않는다면 그걸로 됐다. 사실은 바랐으면 하지만, 지금은 그걸로 됐다.

다만 이런 세계에서 바라면 안 된다는—— 저주만큼은 걸리지 않도록.

　지금은 그것만을 전하자.

　그렇게 생각했을 텐데, 입은 멋대로 말을 이었다. 그녀가 바라는 것을, 이번 기회에 조금 털어놓았다.

　언젠가 신이 뭔가를 바라게 되었더라도, 그때 자신이 곁에 있을지 알 수 없는데.

　그래도 부디 그때 함께 있을 수 있기를 무의식중에 빌면서.

　"그리고 혹시 괜찮다면, 그때 당신이 바라는 것을—— 가르쳐주세요."

　꽃처럼 활짝 핀 미소를 보고, 신은 할 말을 잃었다.

　레나는 신이 뭘 바라는지 모른다. 모르니까 그렇게 말할 수 있다. 아무것도 없다고 생각하니까 그렇게 말했다. 마치 어린아이가 언젠가 이루고 싶은 꿈을 말하기를 기원하는 것처럼.

　하지만.

　——바라더라도 괜찮아요.

　그래도 된다는 걸까. 간신히 소망할 수 있었던, 싸우는 이유를. 바다를 보여주고 싶다고. 낯선 경치를 보고 웃을 그녀를 보고 싶다는 소망을 가져도.

　바라고 싶다.

　강하게 샘솟은 그 마음에 놀라고, 이어서 자각했다. 그렇다. 바라고 싶다. 허락된다면. 아니, 설령 허락되지 않더라도.

상처만 된다고 알아도, 그녀의 곁에 있고 싶다. 간신히 바랄 수 있었던, 싸우는 이유를 놔주고 싶지 않았다.

건드려선 안 된다고, 놓아야만 한다고 생각하면서, 그만 끌어안았다. 그 순간은 단절도, 거리도 잊고——평소처럼 접했다. 그런 무의식중의 자기 행동이 보여주듯이.

이제 와서 손을——놓고 싶지 않다.

자신이 정말 얼마나 기막힌 괴물인지 생각했다. 상처를 준다고 잘 알면서도 왜.

그래도. 그러니까.

도저히 이대로 있을 수 없다.

아무것도 바랄 수 없는, 바라려고도 하지 않는 허무를 끌어안은 채로는, 미래와 행복을 바라는 그녀와 함께 있을 수 없다. 상처를 준다고 알면, 그러지 않으려고 애써야만 한다. 그렇다.

변해야만 하는 모양이다.

그녀와 함께, 싸울 거라면.

무엇을 목표로 할지.

어떻게 변하고 싶은지.

여태까지 생각해 본 적도 없었던 미래의 모습이, 무엇 하나——떠오르지 않는다고 해도.

제2장 Life is but a walking shadow

"다음. 포인트 183-570. 척후형으로 추정. 1개 소대 규모."

[대상을 확인. 척후형 1개 소대.──목표 포함, 3.]

[라저. 〈건슬링어〉, 사격 개시할게.]

†

옛 연합왕국 국경, 용해산맥 남부의 〈레기온〉 지배 영역에서는 다음 공세 준비가 진행되고 있다. 중량급으로 이루어진 기갑부대의 전선 집중배치와 후방에서의 공수 준비.

은색의 하늘과 눈이 아플 정도의 새하얀 설원 사이. 전자사출기형 3기와 척후형 소대는 서쪽으로 급경사를 이루는 사면에서 눈에 반쯤 파묻힌 상태로 몸을 웅크렸다.

그들에게 내려진 명령은 대기다. 지칠 줄 모르는 전투기계들은 헛되이 흐르는 시간에 불만이나 지루함을 느끼지 않고, 언젠가 찾아올 공격 명령을 계속 기다린다.

그때 고속, 고밀도의 금속이 장갑을 억지로 꿰뚫는 소리가 은색 하늘 아래에 울렸다가 곧바로 눈 속에 빨려들었다.

제어중추를 정확히 관통당한 전자사출기 1기가 주저앉았다.

실이 끊긴 인형 같은 움직임을 목격하고, 옆에 있던 척후형이 복합 센서를 돌렸다. 그사이 계속해서 나머지 2기가. 멀리서 희미하게 울린 포성이 도달할 즈음에는 전자사출기형을 올려다보던 척후형들이 초속(初速) 1600미터/초에 달하는 고속철갑탄에 꿰뚫렸다.

소속 부대의 상위 지휘관기에 피격을 보고할 틈도 없이.

자동장전장치의 한계에 가까운 속도로, 그러면서 신들린 듯한 정확함으로 연사된 88mm 마탄(魔彈) 앞에서, 척후형들은 속절없이 쓰러졌다.

†

[목표 회수 및 목표 외 처리. 완료했습니다, 저승사자님.]

[라저. 크레나, 이동해. 다음은 기만목표를 노린다. 류드밀라, 포인트 202-358. 전차형 주체의 기갑부대로 추정. 확인 바람.]

[잠시 기다려 주십시오. 말리노프카 중대, 전개 위치를 변경. 포인트——.]

신과 말리노프카 중대장—— 식별명 '류드밀라'인 〈시린〉의 대화를 들으면서, 크레나는 〈건슬링어〉를 사격 자세에서 일으켜 세웠다. 하늘을 향해 늘어선 창 같은, 지면에 엎드려 죽은 용의 등가시 같은, 검은 침엽수림 안.

포성의 충격파로 주위 나무들의 가지에서 떨어져 쌓인 눈이 기체 여기저기에서 흘러내렸다. 이 기온에서는 녹지 않으니까 가루눈 상태인 순백의 색채.

각축구역 깊숙한 곳, 〈레기온〉 지배 영역에 가까운 이 숲의 상공 역시 은색으로 갇혔다. 그 은비단을 자아내는 방전교란형, 나아가 그 상공을 선회하고 있을 경계관제형으로부터 몸을 숨기기 위해 크레나의 〈저거노트〉는 지금 동계위장 커버로 장갑색과 실루엣을 속이고 있었다.

그래도 포격을 하면 88mm 전차포의 요란스러운 포성으로 존재가 들키는 것은 피할 수 없다. 짜증 나는 하늘의 감시꾼들이 몰려들기 전에 이동해야겠다 싶어서, 나무들의 가지가 밀집한 지점을 택한 크레나는 〈건슬링어〉를 신속하면서도 신중하게 이동시켰다.

마찬가지로 각축구역에서 수색 중인 신, 지배 영역까지 침입하여 목표의 확인과 회수를 하는 〈알카노스트〉도 마찬가지로 잠복과 이동을 반복하고 있을 터이다. 스피어헤드 전대와 〈알카노스트〉 1개 중대로 이루어진 소규모 전력으로 습격을 거듭하는 이상, 〈레기온〉과의 교전은 최대한 피해야만 한다.

[수고 많으십니다, 저격수님. 다리야, 철수하겠습니다.]

전진 관측을 담당하는 〈시린〉── 다리야에게서 지각동조로^{파 라 레 이 드} 통신이 들어왔다. 핑크색 머리를 틀어올린, 소녀의 모습을 한 그녀들 중에서도 한층 어린 외모의 〈시린〉.

레비치 요새기지에서의 협동과 이번 예비진지대 기지로 이동한 뒤의 협동. 거듭된 협동작전으로 크레나를 포함한 기동타격군의 프로세서들도 〈시린〉과의 연계에 꽤 익숙해졌다. 이번 용아대산 공략작전에서는 전체적인 참가병력이 줄어든다지만, 이거라면 공략부대의 전력만큼은 지난 작전보다 향상되었을지도 모른다.

그렇게 말하더라도 역시나 쓰이고 버려지는 것을 당연히 여기는 그녀들을 어떻게 대할지, 크레나로선 익숙해지지 않지만.

[하지만 이 임무도 저희에게 맡겨 주셔도 됩니다. 〈레기온〉과의 각축구역이라고 해도, 지배 영역 근처에서의 작전행동입니다. 인간인 여러분에게는 너무 위험한 임무입니다.]

"나랑 똑같은 짓을 할 수 없잖아. 너희는."

'쓰고 버리는' 이라는 말이 나올 뻔했기에 간신히 도로 삼켰다. 그런 말은 하고 싶지 않다.

그것은 자신들 에이티식스가 하얀 돼지들에게 들었던 말이다.

이 녀석들은 아니다.

자신들과 이것들은 비슷할지도 모르지만, 똑같지 않다.

[여태까지 접근전을 주로 수행했던 저희에게는 저격수님에게 필적하는 저격기술이 없는 것도 사실이지만, 저격수님의 사격 데이터와 〈저거노트〉를 빌려서 해석하고, 그걸 기반으로 학습하여 실전에서 경험을 축적하면——.]

그 말에 크레나는 입술을 다물었다.

"그런 건……."

나에게는 이것밖에 없는데.

내가 신의 곁에 있을 수 있는 장소는 이 전장밖에 없는데.

언젠가 쓰러졌을 때, 데려가주기를 바랐다. 그때부터 자신은 신과 대등하지 않게 되었다. 구원을 받는 자이지, 구원자가 아니게 되었다.

자신은 신의 버팀목이 될 수 없다. 신은 크레나에게 기대지 않는다.

뭔가 고민하고 있는 지금조차도.

그러니까.

하다못해 이것만큼은, 누구에게도.

"양보할 리 없잖아."

"라저. 스피어헤드 전대, 말리노프카 중대, 철수합니다."

멀리 떨어진 예비진지 기지의 지령소에 있는 레나가 내린 철수 명령에 응답하고, 신은 한 차례 숨을 내쉬었다. 〈언더테이커〉의 광학 스크린에 투영된, 오늘도 변함없이 순백인 세계.

그날의 결의로부터 보름 정도.

도망치지 말라고 내심 생각했다.

작전 준비에 임하여, 연일 이어지는 전투와 그에 따르는 잡무를 핑계 삼아서, 자각했을 터인 과제를 뒤로 미뤘다.

무언가를 바란 적도 없는 자신이 미래를 생각해야만 한다.

하지만 그렇게 생각하고 벌써 보름 가깝게 경과한 지금도, 구체적으로 어떻게 해야 좋을지 모르고 있었다. 제자리걸음 상태임을 자각하지만, 움직일 수 없었다.

애초에 목표로 할 곳이 없다.

하고 싶다고 생각하는 일도, 가고 싶다고 생각하는 장소도, 어떻게 하고 싶다고 생각하는 자신의 모습조차도. 몇 번이나 자기 자신에게 물어보아도, 그런 것이 하나도, 막연하게도 떠오르지 않는 공허함만이 돌아온다.

정체 모를 절박감만이 가슴을 불태웠다.

의식한 순간 솟구쳐서, 가만히 있으면 안 된다고 독촉한다.

——바라더라도 괜찮아요.

그렇게 말해 주었는데.

응하고 싶은데.

그런 것은. 하나도.

"없습니다. ——레나."

입으로만 중얼거린 말은 끊어진 지각동조나 무전으로는 전해지지 않는다.

모두가 행복해지기를 바란다고, 레나는 말했다.

하지만 그것을.

"바랄 수도 없는 인간은—— 어떻게 하면 좋습니까……?"

그 바람에 응할 수 없는 인간은.

식당 벽면 전체에 색채가 선명한 꽃밭이나 푸르른 하늘을 그리는 것은 아무래도 연합왕국 전선기지의 특징인 모양이다.

"하지만 레나는 용케도 그런 작전을 연이어 생각하네."

연합왕국군 제2전선, 예비진지. 그 한구석에 있는 기지가 기동타격군의 현 배치 장소다.

깊은 산과 숲, 그 양분이 흘러드는 큰 강. 북쪽 대지라는 척박한 느낌이 드는 단어와는 다르게 그러한 자연의 은총이 가득한 연합왕국에서는 요리할 때 대량의 재료를 사용한다. 더불어서 오래 가열하고 졸여서 맛이 진한…… 아니, 타국 사람들에게는 맛이 다소 과한 생선 조림을 먹으면서 라이덴이 말했다.

레나는 쓴웃음처럼 미소 지었다.

"브리싱가멘 전대의 지휘를 맡았던 무렵에도, 대공세 때도, 쓸 수 있는 건 뭐든지 쓰면서 싸웠으니까요. 시스템 개발 담당자들은 다소 수면이 부족하겠지만요."

그녀가 말한 '쓸 수 있는 것'으로 비카가 추가로 내놓은 물체에 대해서는 생각하지 않기로 했다.

포크를 내려놓고 세오가 말했다.

"그렇다면 이번에 앙쥬와 크레나는 용아대산 공략부대에서 제외되는 거잖아. 다른 전대의 면 제압이나 저격 담당들도."

"뭐, 나는 요새 내부의 전투에선 실력을 낼 수 없으니까."

"나는 좁은 곳이라도 명중시킬 자신이 있는데."

크레나가 툴툴거리는 바람에 라이덴이 탄식했다.

"그러니까 그 기량으로 적기를 때려 달라는 거잖아."

"이번에는 우리 공략부대의 진격을 지원하기 위해 연합왕국군에서 양동전력을 추출할 수 없다. 동행하는 것보다 후방에서 적 부대를 한꺼번에 때려 주는 편이 우리로서는 고마워."

이어서 신이 한 말에 크레나는 의기양양한 표정을 지었다.

"응! 나만 믿어!"

"그대는 참으로 쉽게 넘어가는구나. 못된 남자에게 걸리지 않도록 하거라."

"뭐라고!"

덜컥! 소리를 크게 내며 크레나가 일어서고, 프레데리카의 양 옆과 맞은편에 있던 신과 라이덴과 세오가 말없이 자기 접시에서 프레데리카의 그릇에 연합왕국 특산물인 버섯 소금 절임을 추가했다.

"아앗?! 뭣들 하는 것이냐?!"

"아무리 그래도 지금 그건 좀 심했으니까, 프레데리카."

"흥~이다! 신도 라이덴도 세오도 내 편이니까!"

어른스럽지 못한 크레나는 가슴을 폈고, 그 말보다도 그 풍만한 곡선에 열받은 기색으로 프레데리카가 신음했다.

그 모습을 지켜보며 레나는 가볍게 소리 내어 웃었다.

보아하니 레비치 요새기지에서의 전투 이후로 폐쇄적인 느낌이던 에이티식스들도 다들 회복된 모양이다.

사실은 완전히 해소되지 않았겠지만, 이 전선기지에 온 뒤로는 ── 전쟁터로 돌아온 뒤로는 마음을 정리한 모양이다. 신 일행도, 다른 전대의 프로세서들도, 평소처럼 소란스러움과 전투 능력을 되찾았다.

10대 중반에서 후반의 나이여도, 그들은 에이티식스──86구에서 몇 년에 걸쳐 싸우고 살아남은 전사들이다. 그렇게 의식을 전환하는 것도 자연스럽게 익혔겠지.

"그래서 남는 건 두 사람과 마찬가지로 후방 지원인 녀석들과 직속 부대인⋯⋯."

"오냐! 맡겨 달라고, 저승사자 꼬마!"라는 대답이 맞은편 테이블에서 들려오자 발언하던 라이덴이 힐끔 시선을 주었다. 신은 무시했다.

그러고 보니 전선기지에 온 뒤로는 일 말고 신과 이야기하지 않았다고, 레나는 문득 생각했다.

시선을 돌려도 신은 이쪽을 보지 않았다. 살짝 눈을 내리깔고, 보아하니 레나의 시선도 알아차리지 못한 눈치로 생각에 잠겨 있었다. 그러고 보면 그것도 언제부터더라.

마지막에 이야기한 것은, 그렇다.

대회의가 끝난 뒤, 별과 눈이 보이는 정원.

잠깐 보여주었던── 뿌리친 듯한, 그러면서도 길을 잃은 것처럼 보이는 얼굴.

그건 대체⋯⋯.

"시덴의 부대인가. 연합왕국군 주력도 꽤 당했는데, 본부의 방어, 그걸로 충분할까?"

"야, 저승사자 꼬마. 무시하지 말라고, 꼬마 저승사자 양반? 쨔샤, 들릴 거 아니야!"

"그렇게 자꾸 떠들지 않아도 들린다. 평소처럼 잠자코 잘 지키기나 해."

"하하하, 드디어 인정했군! 그래, 여왕 폐하는 우리가! 잘 지켜주겠어, 저승사자 꼬마가 아니라 우리가!"

바로 옆에서는 참으로 아무래도 좋은 말싸움이 시작되었다.

그 떠들썩함과 평소처럼 대수롭지 않은 모습에 흐뭇하게 새어 나온 쓴웃음 덕분에, 한순간 스쳤던 불안은 곧바로 레나의 마음속에서 사라졌다.

그때는.

†

왕족의 집무실이라고 해도 최전선이다. 왕궁에 익숙해진 눈에는 너무나도 살풍경하게 비치는 그 방에 레르케가 돌아와 보니, 그 주인은 아직 홀로스크린의 전자서류에 시선을 주고 있었다.

"전하. 슬슬 등화관제 시간입니다. 이제 그만 주무심이…… 아니, 그 전에 잠시 숨을 돌리시겠습니까. 지금 차를 대령하겠습니다."

"부탁하지. 하지만 그 전에…… 어이."

데스크워크용 안경을 벗고 그녀의 주인은 조용히 말했다.

"레르케."

대수롭지 않은 주인의 부름이었지만, 레르케는 올 게 왔구나 싶어서 입술을 꾹 다물었다. 시각과 청각 이외의 감각도, 호흡이나 소화 기능도 없는, 전투에 불필요한 기능이 거의 없는 〈시린〉이지만, 표정을 만드는 기능은 예외적으로 전원에게 부여되었다.

비카는 싸늘한 보라색 눈으로, 문 앞에서 걸음을 멈춘 레르케를 보았다.

입 싼 자들이 그를 뱀이라고 부르는 것도 조금은 이해할 것 같았다. 이렇게 시선을 받고 있으면, 마치 인간이 아닌 자 같다.

아름답고 냉혈한, 정이 없는 검고 가느다란 뱀.

진한 보라색 두 눈동자가 마치 모든 것을 꿰뚫어 보는 듯해서, 정말이지 너무나도 무시무시하다.

"너, 저번 작전에서 노우젠에게 무슨 말을 했지?"

"딱히, 아무 말도……."

"거짓말하지 마. 저번 전투, 마지막 돌입 이후로 녀석은 너를 피하고 있다. 기계인형이라고, 죽음의 새라고 기피하는 감성 따윈 녀석에게 없다. 그렇다면 〈시린〉이 아니라 너를 기피하는 것이고, 원인은 너의 언동이다. 아닌가?"

레르케는 입술을 다물었다.

주인이 물어본 것이다. 지금의 몸과 의식과 역할을 내려준 인간의 질문이다.

대답해야만 한다.

피조물로서, 그의 검을 자인하는 자로서, 거부 따위는 허락되지 않는다.

그래도.

"전하. 소생에게도 숨기고 싶은 말은 있습니다."

자신은. 레르케라는 이름의 한 마리 〈시린〉은, 레르케리트라는 이름의 소녀가 될 수 없었던 못난이다.

그녀의 망골을 토대로 하면서, 그녀를 되돌리려는 소망이 담겼으면서, 결국 되돌릴 수 없었던 못난 그릇이다.

그래도 곁을 지키는 자로서 가까이 둔 비카에게, 신에게 던졌던 말을 그대로 전할 수는 없다.

자신은, 살아있지 않은 자인 자신은, 누군가를 결코 행복하게 할 수 없다고는.

자신을 곁에 두는 한, 비카는 행복해질 수 없다고는.

〈시린〉은 뇌 구조와 의사인격의 백업을 생산 공장에 보관하므로, 전장에서 스러져도 재생산이 가능하다.

하지만 레르케는. 그녀의 뇌 구조와 의사인격만큼은 재생산할 수 없다.

그녀의 뇌 구조 데이터와 의사인격에 백업은 없다. 그녀의 두개골 안에 있는 것 말고는, 그녀의 자아를 구성하는 정보는 존재하지 않는다.

레르케는, 레르케리트의 그릇은, 지금 여기에 있는 그녀만이 유일하다.

기술적인 이유가 아니다. 비카의 의지다.

레르케리트는 자기 의지로 〈시린〉이 되는 것을 승인했지만, 이는 주인인 비카가 바란 것이기 때문이다. 적어도 비카 자신은 그렇게 생각하고 있다.

그러니까 레르케리트에 한해서 되살리는 것은 한 번뿐. 지금의 〈레르케〉가 파괴되면, 그때가 그녀를 해방할 때라고.

그 정도로 레르케리트를 소중히 여기는 비카에게, 그 모습을 한 자신은 아무도 행복하게 할 수 없는 가짜라는 말은.

결코.

비카는 흥 하고 콧방귀를 뀌었다.

"그런 건 알고 있다. 내 명령에 무조건 복종하라는 초기 명령을 넣지 않은 이유가 뭐라고 생각하지. 그걸 알면서 묻는 거다. 무슨 말을 했지?"

대답하라고 명령하는 것이 아니라.

대답해 주었으면 한다고.

레르케는 얼굴을 일그러뜨렸다.

〈시린〉은 병기의 부품에 불과하지만, 표정을 만드는 기능은 모두가 가지고 있다.

더불어서 인간의 얼굴, 인간의 목소리, 인간의 눈, 인간의 피부도. 본래 전투에는 필요 없을 텐데, 생산성이 떨어질 뿐인데, 연구를 거듭하여 인공소재로 그럴싸하게 재현하여.

〈시린〉의 토대가 된 것은 죽은 어머니의 새로운 몸으로 삼기 위해 나이 어린 비카가 준비했던 기계 몸이었다. 그것을 전투용으로 강화하고 양산용으로 간소화한 것이 〈시린〉이다.

전투용이라도, 양산품이라도, 부족한 가짜라도. 그래도 그녀들 〈시린〉은 비카에게 어머니가, 사랑하던 소녀가…… 인간이 되었을지도 모르는 인형이다.

그런 〈시린〉을 전장에 보내고 소모품으로 사용하는 것을, 그녀의 주인은 사실 좋게 여기지 않는다.

그 정도로 기계장치인 자신들에게 정을 나누어준 그에게. 어떻게 말하지 못한다고 할 수 있을까.

설령 그 대답이—— 그에게 상처를 줄지도 모른다고 해도.

"알겠습니다. 전하."

†

"배속 이후로 보름 가깝게 집중적으로 사냥하니 아무래도 제법 손에 들어오는군."

제86기동타격군의 〈레긴레이브〉 정비반에는 상당수의 에이티식스 정비원이 소속 중이다.

〈언더테이커〉 담당인 그렌 아키노 중사와 토우카 케이샤 하사도 그런 정비원이다.

"특히나 전차형 같은 전투기계는 격파하면 제어계를 포함한 중요 부분이 기밀 유지용으로 타버리니까 재현이든 재이용이든 다 어렵지만. 후방지원용인 이 녀석은 제어계 이외의 기밀 유지 처리가 그다지 엄격하지 않은 모양이군. 남은 부분을 재이용하는 정도라면 어떻게든 되겠어."

사용되지 않은 예비 격납고에 잔뜩 벌려놓은 〈레기온〉의 잔해. 상황을 확인하러 온 신에게 등 뒤에 있는 것들을 엄지로 가리키며 그렌은 말했다. 햇볕에 퇴색된 빨강머리와 장신, 다소 야유가 어린 푸른 눈동자.

청옥종 순혈의 금발을 그대로 내린 모습, 정비원의 거친 작업복이 전혀 어울리지 않는 섬세한 외모를 움츠리며 토우카가 말을 이었다.

"그 자체는 전쟁 전부터 사용되던 기술이고, 연방에서도 실용화

되었다는 모양이니까, 〈레기온〉도 우리에게 넘어가도 신경을 쓰지 않는 거겠지만요. 처음부터 전부 만들지 않아도 되는 만큼, 이번 같은 작전에서는 고맙네요."

두 사람 다 86구에서 신과 같은 기지에 배속된 바 있는 정비원들이다. 그 무렵부터 신은 〈저거노트〉를 부숴먹곤 했으니까 자주 신세를 졌고——그 뒤로 몇 년이 지난 지금도 신을 기억해 주었다.

"하지만 설마 네가 전대장인가. 그 꼬맹이가 많이도 컸네."

다만 아무래도 같은 기지에 있었던 것은 7년 전, 86구에서 종군한 첫 1년이다 보니 이렇게 툭하면 애 취급을 받는 게 다소 열받는다.

무심코 말없이 노려보는 신에게 그렌은 입가를 일그러뜨리며 웃었다.

아주 약간 쓴웃음을 담아서.

"넌 아직 다 크지도 않았잖아. 〈레긴레이브〉도 〈저거노트〉처럼 부숴먹으며 여전히 무리를 해대고 말이야. 변한 게 없어."

그 말에 신은 눈을 껌뻑였다.

"변하지, 않았습니까?"

그렌과 같은 기지에 있었던 것은 7년 전이다.

레이에게 죽을 뻔했던 것을 아직 자기 탓이라고 생각했던 무렵. 격전구에만 배속되었고, 같이 싸우던 동료는 모두 신만을 남기고 죽어서…… 그것도 마음속 어딘가에서는 자기 죄처럼 생각하던 무렵.

그때 자신은…… 형을 없앨 수 있으면 언제 죽어도 상관없다고 마음속으로 생각했다.

하지만 그 뒤로 키도 자랐다. 목소리도 변했다. 함께 싸우는 동료가 몇 명 생기고, 그와 함께 자신의 마음속에서도 많은 것이 변했다. 그렇게 생각했었다. 하지만.

변하지 않았다? 그 무렵과?

그렌은 웃었다. 신의 마음속 의심을 전혀 모른 채.

"그래. 그 무렵보다 강해졌고, 얼굴도 꽤 좋아졌지만…… 위험천만한 점은 변함없어. 아직도 '이 꼬맹이는 뒈지고 싶은 건가?' 싶은 식으로 싸우잖아."

격납고를 떠난 신은 아직 그렌의 말을 생각하고 있었다. 옆에 있던 토우카도 쓴웃음을 짓긴 했지만, 그 말을 부정하지 않았다.

변하지 않았다──는 걸까.

변하고 싶다고 생각했던, 미래를 바라야만 한다고 깨달은 보름전부터가 아니라. 애초에 86구에 있을 적부터……?

"신."

연합왕국 기지 특유의 미로처럼 복잡한 복도의 교차로에서 목소리가 들려와서 눈을 돌리자 크레나가 보였다.

그건 문제없었지만, 신은 눈썹을 찌푸렸다.

"뭐야, 그 차림은?"

"어?──앗!"

그 말에 자기 복장을 본 순간 크레나는 얼굴을 붉혔다.

 신이 보자면 딱히 얼굴을 붉힐 만한 차림도 아니다. 겉에 걸친 군복을 벗어서 팔에 걸치고, 넥타이도 매지 않은 블라우스 차림일 뿐이다. 딱히 아랑곳하지 않는다고 해도 일단은 군기에 어긋나는 차림이었기 때문에 물어보았을 뿐인데.

 "이건, 저기, 그래…… 아무것도 아니야!"

 어째서인지 허둥거리며, 크레나는 말했다.

 의미도 없이 이리저리 휘두르는 한 손에 낯선 은보라색 초커형 디바이스가 쥐어져 있는 것을, 신의 동체시력은 어렵잖게 잡아냈다.

 그러고 보면 공략작전 때 크레나와 앙쥬에게 지급된다는, 지원용 장비 체크가 스케줄에 있었던가.

 그 지원 장비에 대해 아무도 자세히 말해 주지 않다 싶었다. 프레데리카도 레나도, 어째서인지 비카조차도 그 이야기를 신 앞에서는 하려고 들지 않았다. 마르셀에게 한 번 물어봤더니 얼굴이 창백해져서 굳어버렸다.

 간신히 마음을 진정시킨 크레나는 말을 이었다.

 "그게 아니라, 저기…… 있잖아, 신."

 올려다보는 금색 눈동자.

 "지금, 왠지 엄청── 초조해진 거 아니야?"

 "……."

 신은 한쪽 눈을 찌푸렸다.

 이런…….

숨길 작정이었다. 레나를 포함하여 다른 사람들에게 들키고 싶지 않았는데.

상처를 건드린 듯한 신의 반응을, 크레나는 가슴 답답한 심정으로 보았다.

마음속의 갈등을 들켰다는 반응과 표정이겠지. 다른 사람에게, 특히나 크레나에게 걱정을 끼치는 것을, 신은 좋아하지 않는다.

항상…… 언제까지나 크레나는 신에게 손이 많이 가는 여동생이고.

"미안해. 조금 신경이 곤두서 보였나."

"아니. 그건 아니야, 괜찮아. 그게 아니라, 다만 말하고 싶은 게 있어서."

신이 뭔가 초조해하는 기색이라고 알아차린 게 언제였을까.

연합왕국의 지금 기지에 온 뒤로. 공략작전 준비를 위한 전투를 거듭하는 최근 보름 정도의 기간인 것은 틀림없다. 그 전투 동안은 크레나가 신의 곁에 있었으니까. 레나보다도, 다른 누구보다도 가까이, 누구도 대신할 수 없는 저격수로서 그에게 힘이 될 수 있는 때.

그러던 도중에 깨달았다.

신이 품은 초조함을.

이 장소가 아닌 어딘가로 가려고 하는 듯한. 가야만 한다고 자꾸만 조바심을 부리는 듯한.

그게 어딘지는 신 자신도 모르는데.

그러니까 어디로도 갈 수 없지만, 마음만 급해지고 초조해져서. 한 발짝이라도 더 가야 한다고 괜히 더 애가 타서.

어디로 갈지 모른다면 안 가도 되는데.

"저기…… 괴롭거든, 억지로 변하려고 하지 마."

그 순간.

핏빛 눈동자가 천천히 크게 떠졌다.

그걸 똑바로 올려다보며 크레나는 말했다.

"연방에 온 뒤로. 86구를 나온 뒤로. 다들 우리에게 지금 이대로는 있지 말라고 하지만. 여태까지 우리는 이대로 잘 지냈고, 그러니까 지금 이대로도 괜찮다고 생각해."

말하면서 크레나는 깨달았다.

변하지 않아도 된다는 말이 아니다.

변하지 말아 달라는 말이다.

혹시나 지금의 에이티식스가 아니라 다른 모습으로 있기를 택하게 된다면── 크레나가 유일하게 함께할 수 있는 전장이 아닌 곳을 택하게 되면.

"그러니까 그렇게 괴로운 얼굴을 하고, 변하고 싶지 않은데도 변하려고 하지 않아도 돼. 지금 이대로의 우리로── 그걸로도 좋다고 생각해."

부디 변하지 말아줘.

그대로 있어줘.

지금 그대로, 나를 택하는 일은 분명 없겠지만, 그래도 마음 편한 관계인 채로.

같은 전장에서 싸우다 죽는—— 같은 에이티식스인 채로.

"변하지 않아도—— 된다고 생각해."

신은 그 말에 입을 굳게 다물었다.

딱 하나, 깨달은 듯했다.

"그래. 여태까지의 모습으로도 괜찮겠지."

힘이 모자라서 패배하고 죽는 그 순간까지 싸운다. 그것만을 긍지로 삼고, 그것밖에 바라지 않는 존재인 채로 있는다고 해도.

그것도 틀리지 않을 것이다.

그렇게 살고 그렇게 죽는 것은 결코 자기 자신에게 부끄러운 일이 아니다.

그 처절한 86구에서 그렇게 살려고 했다. 하다못해 그것만큼은 관철하려고 했다. 자신들의 그 긍지는—— 버릴 마음이 없다. 그러니까 결코 잘못된 게 아니다.

그래도.

"그래도 변하고 싶지 않은 건 아니야. 변하지 않기를 바라선 안 된다고 알았으니까. 그러니까……."

결코 잘못된 것은 아니었다. 그대로 있어도 괜찮았다. 혼자서 살 거라면. 아니면 그런 삶을 함께 긍정하는, 같은 에이티식스와 함께 살 거라면.

하지만 그렇지 않은 누군가와 함께 있고 싶다면.

누군가가 곁에 있기를 바라고, 지금 자신의 모습이 그 사람에게 상처가 된다면.

어딘가 필사적인 금색 눈에서, 잔혹하다는 걸 알면서도 눈을 돌렸다.

"지금 이대로는—— 있을 수 없어."

†

신의 낌새가 어딘가 이상하다.

그것은 요 며칠 동안 레나가 실감한 바였다.

표면상으로는 아무런 문제도 없다. 습격작전 입안에서도, 실행에서도, 보고에서도, 평소처럼 냉정침착한 모습이다.

하지만 뭔가 고민하는 듯하다.

뭔가를 골똘히 생각하는 것 같은—— 그런 느낌이었다.

하지만 당연히 겉으로만 봐서는 그 이상을 알 수 없다. 그래서 레나는 물어보기로 했다.

"신에게 무슨 고민이라도 있습니까?"

"본인에게 물어봐."

레나가 바라본 곳, 그녀의 오피스에 있는 작은 소파에 앉아서 홍차를 한 손에 들고 대답한 라이덴은 더없을 정도로 황당해하는 표정이었다. '그걸 왜 나한테 묻는데?'라고 말하는 듯한 분위기다.

그 말에 레나는 입술을 삐죽거렸다. 물어봐도 대답해 주지 않으니까, 신과 제일 사이좋은 사람에게 묻는 것 아닌가.

아니다.

'그렇게 말하는 걸 봐서는, 라이덴이 물어보면 신은 대답해 주는 거로군요…….'

라이덴이 들으면 말도 안 된다고 고개를 저을 생각을 하면서, 레나는 살짝 뚱한 기분이 되었다.

"시덴. 당신은 들은 게 없습니까?"

"여왕 폐하, 지금 너무 조바심을 내는 거 아니야? 저승사자랑 내가 그런 이야기나 할 만큼 친하지 않다는 건 보면 알잖아."

분명히 얼굴만 맞대면 아주 시답잖은, 어린애 같은 말다툼을 벌이긴 하지만.

"하지만 싸울수록 사이가 좋다는 말도 있고……."

"그건 아니지. 나랑 저승사자는 그냥 사이가 나빠서 싸우는 고거, 늑대와 호랑이가 싸우는 느낌이야. 천적이나 그런 것처럼 이미 유전자 레벨로 궁합이 안 맞는 게 아닐까 싶은 느낌."

"늑대와 호랑이는 천적이 아니고, 혹시나 싸워도 호랑이가 이겨. 애초에 누가 어느 쪽인데?"

라이덴의 지적을 싹 무시하고, 시덴은 차에 곁들여 나온 과자를 입에 넣었다.

그리고 무식하게 소리를 내어 씹으면서 말을 이었다.

"그야 내가 봐도 알 정도로 그놈이 좀 이상하긴 하지만. 무슨 일이 있으면 말하지 않을까. 아니, 그냥 명령하면 되잖아. 여왕 폐하가 상관이니까."

"그건……."

그렇긴 하지만.

부하가 작전 실행에 방해가 될지도 모르는 문제를 끌어안고 있다면 그걸 듣고 해결하든가 대처를 명령하든가, 둘 다 어렵다면 작전에서 제외하는 것도 상관의 역할이지만.

"그게 아니라……."

상관이 아니라, 동료로서.

의지해 주면 좋겠는데……라고 생각하며 레나는 어깨를 떨구었다.

그렇긴 해도 상관으로서 할 일은 해야 한다.

"신. 고민이 있거든 말해 주세요."

"갑자기 무슨 소립니까?"

말을 꺼내지 못해 끙끙거린 끝에, 결국 직설적으로 물은 레나에게 신이 의아하다는 얼굴로 대답했다.

우연히 오피스에 있던 프레데리카가 어째서인지 한숨을 푹 쉬었다.

"요즘 들어서, 저기, 생각에 잠길 때가 많은 모양이라서. 나라도 좋다면 들어주겠고, 필요하다면 정기 카운슬링을 늘리도록 손쓰겠습니다."

"아하."

신은 한순간 고통을 견디는 얼굴을 했다.

하지만 곧 그것을 억누르고 살짝 고개를 내저었다.

"개인적인 일입니다. 게다가 고민이라고 할 정도도 아니고."

"작전에 지장이 생기면 안 됩니다만……."

"임무 중에는 문제없도록 했다고 생각합니다만…… 무슨 문제가 있었습니까?"

그런 식으로 단언하면 레나로서도 더 말할 수 없다. 객관적으로 신의 근무 태도나 임무 수행 능력에 문제가 있는 것도 아니니까.

그래도 표정 변화가 빈약한 그 하얀 얼굴을 올려다보고, 레나는 꾸민 표정이라고 생각했다.

평소처럼 보여도, 뭔가 다르다. 뒤에서 뭔가 흔들리고 있다.

하지만 레나의 앞에서는 삼키고 있다.

"그런 건, 없습니다. 하지만……"

할 수 있는 말이 없다.

침묵하는 레나에게, 신은 여전히 아무 말도 해 주지 않았다. 프레데리카가 미묘한 얼굴로, 말없이 두 사람을 번갈아 보았다.

똑똑. 노크 소리가 어색한 침묵을 깨뜨렸다.

얼굴을 비친 것은 아네트였다. 부족한 인원을 채우기 위해서 그녀와 그레테도 기동타격군과 함께 전선으로 왔다.

"레나, 이야기 끝날 것 같아? 대충 끝나거든 노우젠 대위를 빌려 가고 싶은데. 저번의 그거 때문에."

시선으로 무슨 일이냐고 묻는 신을 무시하고 레나는 다소 곤혹스러워하면서도 끄덕였다. 전에 들었던 이야기인가. 그렇게 사람들의 눈을 피하며 말할 정도의 일도 아니었을 텐데.

"예. 하지만 여기서 말해도 괜찮아요."

그렇게 말하자, 아네트는 쓴웃음을 지었다.

"너 말이지. 혹시나 실현이 힘들 때, 그건 불가능하다고 상관 앞에서 말하라고? 뭐, 대위는 신경 쓰지 않고 말할 것 같지만, 일단 신경은 써 줘."

아하, 과연.

"그렇군요. 그렇다면…… 알겠어요. 대위, 미안하지만."

아네트와 함께 오피스를 나서면서 신은 슬쩍 숨을 내뱉었다.

우연이겠지만, 덕분에 살았다.

무슨 고민이 있냐고 레나가 물었을 때는 솔직히 좀 초조했다. 그녀에게만큼은 들키지 않을 작정이었는데, 얼굴이나 태도에서 드러났던 걸까.

걱정하듯이 고개를 갸웃거리던 때의 표정과 곱게 울리는 목소리가 되살아났다.

──고민이 있거든 말해 주세요.

말할 수 없다.

자신은 그녀가 바라는 것을 이루어줄 수 없다는 소리를. 그것을 바꾸고 싶다고 생각하지만, 어째야 좋을지도 모른다는 말을. 그녀에게만큼은.

짐이 되고 싶지 않다. 또다시 상처를 주고 싶지 않다.

"이쪽의 의도로서는 이러한데. 현장 지휘관의 판단은 어때? 작전수행상 어렵다고 당신이 판단한다면 허가는 낼 수 없다고 레나가 그랬는데."

"작전상의 문제는 없다고 생각합니다만……."

아네트가 신을 데려온 곳은 작전을 대비해 탄약이나 에너지팩 등이 반입되어 정신이 없는 창고 중 하나로, 그 한쪽에서 받은 전자서류를 보던 신이 시선만 돌리며 대답했다.

"〈레긴레이브〉의 전투기동은, 적응하지 않으면 몸이 망가집니다. 전투요원도 아닌 당신에게는 어려우리라 봅니다. 펜로즈 소령님."

아네트는 태연하게 어깨를 으쓱였다.

"동승만 했다고는 해도 프레데리카가 탄 적도 있잖아. 그렇게 조그만 애도 참을 수 있었으니까 견뎌내겠어."

"알겠습니다. 수송 담당자를 찾아보겠습니다. 소령님도 사전에 적응하는 편이 좋겠죠. 그 훈련 준비도."

"고마워. 귀찮게 만들었네."

아네트는 그렇게 말하며 살짝 장난기를 발동했다.

"뭐, 들어줄 거라고 생각했지만. 당신, 이전부터 내가 이상한 부탁을 해도 마지막에는 굽히고 들어주잖아."

신은 거의 기억하지 못하는 모양이란 것을, 사실은 정말 아무래도 좋은 것밖에 기억하지 못하는 모양이란 것을 알면서 말했다.

그런 건 모른다. 그랬을지도 모른다. 그 정도의 사소한 반응을 기대했는데, 돌아온 것은 침묵이었다.

"대위……?"

"딱히…….'

신에게 보낸 시선은, 당사자가 고개를 돌리는 바람에 마주치지 않았다.

"네가 나한테 부탁한 것 중에서 그렇게 이상한 것은 딱히 없었지……. 리타."

아네트는 한순간 눈을 크게 떴다.

그 다음에는 눈꼬리를 내리고 쓴웃음을 지었다.

"그래. 펜로즈 소령이 아니라 그쪽의 내 이야기."

리타.

강제수용소에 끌려가기 전, 신은 아네트를 그렇게 불렀다.

자살과 대공세로 부모가 죽고, 레나에게는 그 애칭을 가르쳐 주지 않았고, 재회한 신도 그녀를 기억하지 못하는 지금에 와서는 그렇게 불러 줄 사람이 아무도 없을 터인 이름.

"떠올랐어? 내 기억이."

"완전히 그런 건 아니야. 지금은 떠올릴 수 없는 게 더 많아. 하지만……."

신은 살짝 숨을 내쉬었다.

"정말로 잃어버렸던 것도 아니었으니까. 그러니까 여태까지 떠올리지 않았던 것은 사과하는 편이 좋을까 하고."

"그런 건 됐어. 떠올릴 수 없는 건 네 탓이 아니고…… 전부 기억해낸다면 오히려 내가 사과해야 해."

시선을 느끼고 돌아보자 컨테이너 뒤에서 파이드가 지켜보고 있었다. 그래서 아네트는 저리 가라고 손을 흔들었다. 의사나 감정 따위 없는 〈스캐빈저〉지만, 크고 동그란 광학 센서로 분위기를 살피는 모습은 왠지 모르게 신을 걱정하는 듯해서 조금 귀여웠다.

또 아무래도 좋은 일이지만, 파이드란 것은 신이 예전에 기르던 개——라고 해야 하나——에게 붙였던 이름이었다. 너무 단순하다고 할까, 네이밍 센스가 성장하지 않았다.

아무튼 아네트는 생각했다.

어느 타이밍에 떠올린 것인지는 모르지만, 신도 나름대로 기회를 엿보았던 거겠지. 최근 뭔가 고민하는 모양이라며 레나가 가슴 아파 했으니까, 어쩌면 그것과 관련되어 뭔가 심경의 변화라도 있었을지 모른다.

그렇다. 레나 말이다.

지금의 자신은 눈앞에 있는 그의 소꿉친구가 아니라…… 레나의 친구다.

"그건 그렇고, 아까 너랑 레나가 하던 이야기 말인데. 그대로 놔두면 귀찮을 것 같으니까 끼어들긴 했지만, 너무 레나한테 걱정 끼치지 마. 요즘 들어 좀 이상하다고 계속 걱정했거든. 아까도 레나 나름대로 용기를 쥐어짠 거니까 너무 무시하지 마."

"……."

자기한테 불리해지면 입을 다무는 버릇은 정말로 변함없다 싶어서 아네트는 반쯤 기막힌 심정이 되었다. 그런 건 이미 10년도 더 된 옛날 버릇일 텐데도. 지금도 어린아이처럼.

뭐, 하지만.

아이겠거니 하는 생각이 문득 들었다.

86구에서 5년 종군하는 동안 신과 같은 에이티식스들은 반드시 죽을 운명이었다. 5년 살아남아도 결사행에 보내져서 반드시 죽는다. 그걸 알면서도 계속 싸운 것이 그들이다.

미래는 없을 터였다. 하물며 어른이 되는 일은 생각도 하지 않을 것이다.

생각도 해 본 적 없는 존재가 될 수 있을 리가 없다. 어른부터 차례차례 이용당하고 버려져서 아이만 남은 86구에 있던 그들은 모범으로 삼을 부모나 교사나 연상의 형제자매의 모습도 제대로 보지 못했을 테고…….

어라? 싶은 생각이 들었다.

그건 꽤나 힘들지 않을까?

목표가 보이지 않는다는 것. 뭘 바라야 좋을지도 모르는 채로, 살아야만 한다는 것은…….

"저기. 기분 탓이라면 됐는데. 혹시 지금 네가 고민하는 건…….

그 순간.

갑자기 눈앞에 있는 핏빛 눈동자의 색채가 싸늘해졌다.

신의 분위기가 그렇게 변하는 것을 처음 본 아네트는 숨을 집어삼켰다.

그리고 깨달았다.

"〈레기온〉이지……?"

"그래……. 미안해. 아마도 내 부대가 출격하겠지."

가야만 한다는 소리일까.

"그래. 몸 조심해."

신이 나가고 시간이 다소 흘렀지만, 레나는 아직 어색한 기분을 지울 수 없었다.

조용히 있던 프레데리카가 입을 열었다.

"그렇게 서둘러도 좋을 것 없다고 생각한다만."

레나가 돌아본 곳에 있는 붉은 눈동자는 그녀를 보지 않았다.

신이 나간 복도 너머, 콘크리트의 두꺼운 벽 너머를 향해 시선을 주고 있었다.

"그대가 생각하는 것만큼 신에이는 강하지 않다. 자기 자신을 잘 이해하지도 못하지. 그저 당혹스러워할 뿐이다. 꽤 오래전부터. 그리고 지금도. 그러니까 그렇게 서두르다간…… 몰아넣게 되지."

"……?"

강하지 않다고? 신이?

"그럴 리는……."

"그대, 신에이와 처음 만났을 때를 잘 기억하지 못하는 건가?"

그 말에 레나는 한 차례 눈을 껌뻑였다. 처음에 만났을 때. 〈저거노트〉의 묘비 옆에서.

아니.

"전자가속포형과 싸웠을 때—— 말이군요."

"그래. 그때의 신에이를, 그대는 기억하지 못하는 건가. 그 게…… 그것도, 신에이다. 그대에게 보여줄 의도는 없었던, 그것 도…… 신에이의 일부지."

그때. 양귀비꽃이 흐드러지게 핀 전장에서 보았던, 엉망으로 망 가진 〈레긴레이브〉.

들은 목소리.

그래. 그때 말했던 사람은—— 신은…….

그때, 날카로운 경고음이 좁은 오피스에 울려 퍼졌다.

"뭐지?!"

"이건……!"

오늘은 사냥이 없다.

하지만 작전 목표의 기만을 위해 몇 개의 전대가 각축구역에 침 입했다. 그 전대가.

"〈레기온〉의 반격을 받아 패주하고 있다……!"

격납고에 도착해 보니 이미 스피어헤드 전대원 몇 명이 먼저 와 있었다.

이웃한 대기실로 앞서 달려가는 크레나의 뒷모습과 빨강머리를 재빨리 쫓아가면서, 신은 돌아와 있던 그렌에게 말을 걸었다. 원 호를 위해 대기하던 전대가 구원을 나가는 모양인데, 적의 숫자 가 많다. 패주하여 태세가 무너진 아군을 안전권까지 후퇴시키기 에는 전력이 부족하다.

"그렌, 스피어헤드 전대도 나갑니다. 바로 갈 수 있지요?"

"당연하지. 자기 담당기를 놔두고 〈레기온〉만 만지작거리고 있으면 정비원이라고 할 수 없단 말이다."

시선을 준 곳에서는 〈언더테이커〉에 달라붙어 있던 토우카가 탄창 교환을 끝마치는 참이었다. 파이드를 포함하여 옹기종기 모여든 〈스캐빈저〉에 전용 기기가 예비 탄창과 에너지팩을 싣고 있었다.

"밖에선 눈보라가 친다. 조심해."

"예."

고개를 끄덕이고 걸음을 옮기면서 잠시 스카프를 벗고 레이드 디바이스를 달았다. 스카프를 다시 매면서 지각동조를 기동. 패주하는 클레이모어 전대와 관제를 맡았던 작전참모에게 동조를 연결했다. 정규 훈련을 받은 장교가 적은 기동타격군에서는 관례와 다르게 참모가 지휘권을 쥐고 있다.

말을 걸지는 않았다. 어디까지나 브리핑 전에 상황을 파악하기 위한 동조.

상황은 매우 나쁜 모양이다. 정신없는 상황에 혼란에 빠진 상태다. 제2소대가 고립. 탄약 고갈. 주행 불능. 구원 요청—— 이리나 미사 소위 전사.

클레이모어 전대의—— 리토의 부대에서 차석을 맡았고, 리토와는 정반대로 어른스러운 소녀의 얼굴이 뇌리를 스쳤다. 과거에 86구에서 신이 스피어헤드 전대로 이동하기 전, 리토와 같은 전대에 있을 때 그 리토와 동기로 배속되었던 소녀. 그 뒤로 대공세까지 항상 그와 함께 있었다는 소녀. 그 얌전한 미소와 몇 번 나누었던 대화가 되살아났다.

되살아났을 뿐.

그것들은 전투를 앞두고 예리해진 의식에 아무런 감흥도 불러일으키는 일 없이 동결되어 어딘가로 내몰렸다. 이미 전투 모드로 들어간 의식이 지금은 그런 감정 따윈 필요 없다고 쫓아내었다.

상황실의 문에 손을 대었을 때, 옆에서 목소리가 들렸다.

"신."

다소 숨을 헐떡이며 서 있는 것은 레나였다.

목에는 역시 레이드 디바이스가 감겨 있으니, 작전지휘관인 그녀도 당연히 방금 전사 보고를 들었겠지. 은색 눈동자에 한순간 강한 비애가 스쳤고, 다음 순간 그것을 의지의 힘으로 억눌렀다.

"전원이 모이는 대로 브리핑을 시작하겠습니다. 짧게 끝낼 테니 서둘러 주세요."

"라저."

문을 열었다. 레나가 먼저 들어가고, 이미 모여 있던 전대원들의 시선이 한곳에 모였다. 뒤늦게 격납고로 뛰어든 자들의 군화 소리와 긴박한 목소리가 뒤에서 들렸다.

은색의 장발이 눈앞을 흘러갔다. 뒤따라 들어가려다가.

갑자기 깨달았다.

지금.

레나는 한탄했다. 말로도 태도로도 드러내지 않았고, 그것이 지휘관에게 필요한 일이기에 순간적으로 억눌렀지만, 이리나의 죽음을 분명히 애도했다.

하지만 자신은 슬퍼하지도 않았다.

마음을 전투에 집중하고 있으니까. 그것은 사실이다. 전장에서는 동료의 죽음을 슬퍼할 겨를이 없다. 슬퍼하든 애도하든 전투가 끝난 뒤에 한다. 그렇지 않으면 죽은 그 사람의 뒤를 따를 뿐이라고, 7년에 걸쳐 전장에서 살아온 신은 싫을 만큼 그것이 몸에 배었다.

하지만, 그 이상으로.

에이티식스는 죽는 존재니까. 에이티식스가 죽는 것은 당연한 일이니까.

모두가…… 자신조차도.

그렇다. 무의식중에 그렇게 생각했으니까——…….

오한이 들었다.

그것은 괴물의 모습이라고.

동료의 시체를 밟고, 그것을 길로 삼아 전쟁터를 나아가는 것은. 바로 곁에 있는 죽음을 당연히 여기는 것은 괴물이라고.

절실히 깨달았을 터였다.

그렇게 살아서는—— 마치 내일 죽을 것처럼, 죽음으로 향하고, 죽음을 짓밟고, 죽음만을 목표로 살아서는 안 된다고 생각했을 터였다.

미래를 생각해 본 적도 없지만 어떻게든 미래를 바라야만 한다고, 그렇게—— 생각했을 터인데.

누군가가 손을 잡아끄는 듯했다.

나아가려는 순간에, 붙들어놓기 위해서, 뒤에서, 뿌리칠 수 없을 정도로 세게.

돌아본 곳에 있는 것은 자신이었다. 아직 제대로 키가 자라지 않았고 변성기도 오기 전의 자신. 86구의 전장에 갓 나왔을 때의 자신이.

모두가 자기를 두고 먼저 죽었던, 그렇기 때문에 저승사자라고 불리기 시작했을 무렵의 자신.

그 녀석이 웃는다.

왜냐면⋯⋯.

내일 죽을 것처럼 살면. 에이티식스는 죽는 존재라고 생각하면.

손에 들어오지 않을 미래 따위는—— 장래의 일은 생각하지 않아도 되니까.

너도 마찬가지다.

그 죽음의 86구에서, 시체들의 산에서 죽음만을 바라보고—— 죽음에 썬 괴물이다.

"큭⋯⋯!"

한 가지 기만을 자각했다.

그리고 그것에 느낀 전율조차도, 다음 순간에는 거의 자동으로 의식 밖으로 지워버렸다. 인간보다도 전투기계에 가까워진, 전장에 너무 적응해 버린 의식이 저지른 행위.

에이티식스로 있기를 버릴 수 없었던 것은. 끝까지 싸운다는 그 긍지를 버릴 수 없었기 때문이 아니라.

반드시 죽는 존재라는 그 운명을, 마음속으로는 아직 바라고 있었으니까…….

그렌의 말처럼, 아군 구원에 나선 전장은 쏟아지는 눈보라에 갇혀 있었다.

새벽녘부터 내리기 시작했다는 모양이다. 쏟아지는 하얀 비단 장막에 몇 겹으로 가로막히는 바람에 광학 센서의 시야가 좁고 사격 관제 레이저도 잘 통하지 않는 악조건이지만, 그건 〈레기온〉도 마찬가지다. 시야에 의존하지 않고 적기의 위치를 파악할 수 있는 신과 그 지휘하에 있는 스피어헤드 전대에는 오히려 유리한 전장이라고 할 수 있다.

폭풍 속에서 때때로 옆에서 불어닥치는 듯한 눈보라도, 이 하얀 어둠 속에서는 검은 그림자 같은 자연의 침엽수림 안이면 다소 약해진다. 영하의 기온에 얼어붙지 않고 힘없이 꺼지는 눈밭 위에서, 신은 스피어헤드 전대를 이끌고 조심스럽게 〈언더테이커〉를 몰았다.

귀에 닿는 망령의 한탄이 들리는 거리가 그에게 전투 영역에 들어갔음을 말해 주었다. 잠시 후 레이더 스크린에 가까스로 잡히는 아군기의 푸른 마크.

그것을 확인하고 불렀다.

"리토."

지각동조는 연결되어 있다. 그러니까 그 상대는 죽거나 의식을 잃지도 않았을 터였지만, 응답하는 목소리는 이상할 만큼 느렸다. 움츠러들고, 동요한 탓에 쉽게 말이 나오지 않기라도 한 것처럼.

[대장.]

그 목소리의 울림.

전장에서 몇 번이나 들은 목소리다.

동료가 죽었고 자신도 죽을지도 모른다. 그런 죽음의 공포에 사로잡혀서 떠는 자의 목소리.

[대장, 저는—— 역시 그 녀석들처럼은, 〈시린〉처럼은 될 수 없어서. 그렇게 되고 싶지 않아서. 그래서.]

콕핏 안에서 무심코 하늘을 올려다보았다. 아직도 그걸 떨쳐내지 못하고 사로잡혀 있었나.

웃으면서 헛되이 죽은 그녀들에게, 자신들 에이티식스의 말로를 포개어 보고.

계속 싸우기로 스스로에게 맹세한 그들의 명예도 결국은 헛것이 된다고. 유일하게 남은, 유일하게 스스로를 지탱하는 그것을 의심하고.

"리토, 후퇴해라. 살아남은 인원을 모두 데리고 전투 영역에서 이탈해."

지금의 너는 싸울 수 없다고, 들리지 않는 말로 냉철하게 찔러 주었다.

죽음과 전쟁터의 광기에 겁을 집어먹고, 스스로를 의심하고, 움츠러든 자에게 전쟁터에 있을 자격은 없다고.

그러지 않으면 리토는 죽는다. 어쩌면 그 부대의 프로세서들도 거기에 휘말려서 생환할 수 없게 된다.

[라저…….]

"후속으로 시덴이—— 브리싱가멘 전대가 오고 있다. 일단 그쪽에 합류해."

간신히 고개를 끄덕인 듯한 리토가 본인의 전대를 후퇴시켰다. 그 대신 앞으로 나서며, 신은 계속해서 지휘하에 있는 전원에게 동조를 연결했다.

"스피어헤드 전대원에게. 이제부터 전투에 들어간다. 배치를 보면 근접엽병형과 대전차포병형이 각각 1개 대대 규모. 그리고."

깨닫고서 눈살을 찌푸렸다.

이 거리에서는 아직 먼 우렛소리 같은, 멀리서 울리는 포성 같은, 모든 것을 깔아뭉개는 듯한 살벌한 울부짖음.

전사자의 뇌를 흡수한, 지금은 숫자가 적어진 〈검은 양〉과 그 상위호환인 〈목양견〉. 병졸인 그것들 사이에 있어도 잘 들리는, 망령 군단의 지휘관기.

죽었을 터인 전사자의 뇌를 흡수하여 생전의 지능과 기억과 지식을 남기고 있는 기체.

"〈양치기〉. ——아마도 중전차형이다."

중전차형은 양산형 〈레기온〉 중에서 최대의 화력과 장갑방어를 자랑하는 강철의 괴물이다.

　기체와 기체의 간격을 다소 벌리고 그 습격을 경계하면서, 신이 지휘하는 소대는 눈 내리는 삼림을 전진했다. 강력한 적기에 대처하기 위해 신중히 선택한, 덩치 큰 적기의 기동력을 줄이고 자신의 발판으로 삼을 만큼 복잡하고 뒤얽힌 대지의 융기 틈새.

　그때 가루눈이 두껍게 쌓인 바위에서 눈이 부자연스럽게 흘러내렸다.

　그 순간 푸른빛이 감도는 눈을 뚫고, 그 하얀 바탕 속에서 그림자 그 자체처럼 어두운 쇳빛의 거구가 튀어나왔다.

　두껍게 쌓인 눈 속에서 말 그대로 매복하고 있었던 모양이다. 높이 4미터, 중량 100톤의 거대한 몸뚱이를 역시나 〈레기온〉 특유의 무음기동으로 움직이며, 중전차형은 눈앞에서 대열의 선두를 가는 〈언더테이커〉의 측면을 노렸다.

　──낚았다.

　"사격 개시!"

　그 매복 위치를 미리 지시받았던 소대 전체가 바로 대응한다. 구르는 듯한 회피로 중전차형의 돌진을 피한 신의 눈앞에서 88mm 고속철갑탄의 집중 사격이 중전차형에 쇄도했다.

　표적이 되었음을 알고 〈언더테이커〉를 미끼로 내놓으면서 완벽하게 노린 카운터였지만, 〈양치기〉와 〈레기온〉의 반응 속도는 그것조차도 회피했다. 막대한 중량을 지닌 기체가 뒤로 펄쩍 뛰어 착지하자, 그 자리에 두껍게 쌓였던 눈이 뭉게뭉게 피어올랐다. 그 몸에 부딪쳐서 부러진 침엽수가 굉음을 내며 쓰러졌다.

이어서 중전차형의 포탑 상부에서 중기관총 두 정이 각각 다른 표적을 찾아 선회하고, 155mm 전차포와 동축 부포가 기총과는 별개의 〈저거노트〉를 노렸다. 그 사선을 피해 전대의 모든 기체가 산개한다.

〈언더테이커〉를 몰아서 정석대로 중전차형의 사각으로 파고드는 진로를 따르며 신은 그 쇳빛 거구를 눈으로 좇았다.

지금 공격에서.

이 중전차형은 신과 그 소대가 어느 진로를 택할지 예상하고 숨어 있었다.

같은 펠드레스라고 해도 연합왕국과 연방에서는 운용 사상이 다르다. 사상이 다르면 기체의 설계도 다르고, 기체가 변하면 전술도 변한다. 장사정 125mm 포와 고성능 화기관제 시스템을 이용한 일격필살의 포격을 특기로 삼는 〈바르슈카 마투슈카〉와 운동 성능을 살린 고기동 전투가 특기인 〈레긴레이브〉는 같은 전장, 같은 지형이라고 해도 취해야 할 작전과 이에 따른 배치가 당연히 다르다.

그리고 여기는 연합왕국의 전장이다. 〈레기온〉들이 〈바르슈카 마투슈카〉와 대치하고, 그 전술에 대한 방책을 축적해 온 전장이다.

하지만 이 중전차형은 〈레긴레이브〉를 운용하는 스피어헤드 전대의 진로를 정확하게 예측했다.

그건 즉.

[——에이티식스인가.]

"그런 모양이군."

낮게 신음하는 라이덴에게 짧게 답했다.

스피어헤드 전대의—— 에이티식스의 전술을 가장 잘 아는 것은 같은 에이티식스다.

주변국 중에서는 전투 경험자가 가장 많이 〈검은 양〉이나 〈양치기〉로 흡수된 것도.

더불어서.

신은 살짝 눈을 가늘게 떴다.

이 중전차형의 이 단말마…… 이 목소리.

들어본 적 있는 것 같다.

86구의 어딘가에서, 한때 함께 싸운 누군가겠지. 거듭되는 최후의 말 자체는 기억하지 못하니까, 눈앞에서 죽은 자는 아닌 모양이지만.

——우리도, 구해줘.

언젠가 그렇게 바랐던 카이에는 이제 없다.

성능에서 뒤지는 〈검은 양〉은 현재 대부분이 〈목양견〉으로 교체되었고, 〈검은 양〉이 되었던 카이에 역시 아무래도 폐기된 모양이다.

그래도 몇 명은 아마 아직도 〈레기온〉에 사로잡혀 있다. 〈양치기〉가 된 자는 아직 모두가 남아있겠지.

돌려보내 줘야 한다.

데려가겠다고 약속했으니까.

그 약속 정도는 아마도…… 의심하지 않아도 될 테니까.

"라이덴. 저건 내가 상대하지. 평소처럼 주위 다른 놈들의 상대와 원호의 지휘를 부탁해."

다소 의문 섞인 목소리가 돌아왔다.

[아니, 이건 철수 지원이잖아? 리토 쪽 애들이 무사히 돌아가면 되는 거야. 저 중전차형도 저지하기만 하면 돼. 무리해서 격파할 필요는 없지 않아?]

"에이티식스다. 그렇다면 돌려보내주고 싶어."

라이덴은 잠시 침묵했다.

[라저. 그래도 무리하지는 마. 소대 애들에게도 확실히 지원하게 시켜.]

[또 중전차형과 대결을 벌이고 있나, 저 녀석은.]

수십 킬로미터나 떨어진 곳에서는 디지털 맵에 있는 광점이 이동하는 형태로밖에 표시되지 않는 중전차형과 〈언더테이커〉의 싸움에, 프레데리카가 씁쓸하게 중얼거렸다.

다소 두려움의 빛이 섞인 그 목소리에 레나는 시선을 내렸다.

인류의 기갑병기를 압도하는 성능을 가진 〈레기온〉 중에서도 중전차형은 최강의 기종이다. 본래 인간이 모는 펠드레스가 혼자서 도전할 만한 상태가 아니다.

백병전용 무장도, 중전차형이나 전차형의 견고한 장갑 목표를 정면에서 대치하는 것도, 신이 필요하다고 판단했으니까 하는 일이다. 그 점에서 레나가 뭐라고 할 수는 없다. 전투 지휘라면 계속했어도 최전선에서 〈레기온〉과 사투를 벌인 경험이 아직 없는 레나에게, 그러한 사투 속에서 7년 동안 살아남은 신의 판단을 의심할 자격은 없다.

그래도 걱정되는 마음은 억누를 수 없었다.

신의 소대에 속한 프로세서가 외치는 목소리가 들렸다. 노우젠, 거리를 벌려 줘. 그런 난전이면 사선이 나오질 않아. 제발 부탁이니까 물러나.

신에게서는 대답이 없었다.

아마도 너무 집중해서 들리지 않는 거겠지.

지하철 터미널에서 있었던 지난번 전투에서 고기동형과 대치했을 때처럼.

언젠가 레이의 망령이 깃든 중전차형과 싸웠을 때처럼…….

그렇게 된 그는 사실 조금 무섭다.

죽음의 벼랑 끝에 스스로 몸을 드러내는 것 같아서……. 언젠가 그대로 돌아오지 않게 될 것 같아서.

"신…….."

끝까지 싸우는 강함을 가졌을 터인 당신이. 이래서는 마치.

"정말로 괜찮은 건가요……?"

상대는 정면 장갑이라면 155mm 활강포의 초근접 사격조차 튕겨내는 중전차형이다.

〈레긴레이브〉의 88mm 포라도 정면에서는 뚫을 수 없다.

가루눈을 박차고, 얼어붙은 눈을 깨뜨리고, 막대한 중량으로 나무들을 쓰러뜨리는 중전차형의 함성을, 복잡하게 융기한 지형이나 노출된 바위, 마지막에는 늘어선 침엽수의 줄기마저도 발판으로 삼고 눈이 핑 돌아갈 정도의 난수회피로 희롱하면서, 신은 장갑이 얇은 부위를 노려서 〈언더테이커〉를 몰았다.

　역시 원래는 에이티식스였던 모양이다. 본래 전차에게는 불리한 삼림 속을 억지로 질주하는 것처럼 보이면서도, 측면, 후방, 더불어 위쪽에서도 접근을 허락하지 않는 교묘한 위치를 잡고 있었다. 와이어 앵커를 날려 가벼운 기체를 이동시키고 건물 위에서 기습하는 〈저거노트〉 특유의 기동을 경계한 움직임.

　솔직히 다소 껄끄럽다.

　그래도 정면 장갑 이외라면 유효타가 될 수 있는 88mm 포, 중전차형의 상판 장갑도 관통할 수 있는 각부의 파일 드라이버, 서툰 프로세서라면 몸이 상할 정도로 뛰어난 운동 성능. 힘겨운 싸움이긴 하지만, 지금 이 〈레긴레이브〉라면 승산이 희박한 전투도 아니다.

　언젠가 그 알루미늄 관짝을 타고 혼자서 형의 망령에게 도전했을 때 정도는 아니다.

　움직이면서 탄막을 뿌려대는 두 정의 기총이 거슬린다. 근접신관으로 설정한 성형작약탄을 꽂아서 포탑 상부에 달린 기총을 파괴하고 재빨리 접근한 다음, 100톤의 전투 중량을 지탱하는 다리하나를 베어버렸다.

　반격이 온다는 것을 왠지 모르게 알 수 있었다. 내리꽂히는 쇠말

뚝 같은 발차기를 보지도 않고 회피했다. 그리고 이어지는 두 번째, 세 번째 공격을 짧고 재빠른 도약으로 피했을 때, 오른쪽 뒷다리가 얼어붙은 눈에 깊이 박혔다.

"칫……!"

다리가 눈에 걸려서 〈언더테이커〉의 움직임이 멎었다. 이쪽을 향하는 155mm 포, 묘하게 느리게 느껴지는 그 모습을 지켜보면서 눈에 박힌 다리의 파일 드라이버를 강제로 사출해서 작동시킨다. 57mm 천공 말뚝을 쏘아내는 장약의 그 강렬한 반동으로 다리를 움직여서 강제로 뽑아내고, 나머지 세 다리로 왼쪽으로 뛰는 것으로 사선에서 벗어났다. 그 직후에 포효한 전차포의 포성과 스치는 고속철갑탄의 충격파에 〈언더테이커〉의 장갑이 찌르르 울렸다.

이걸로 주포는 다음 탄을 장전할 때까지 잠시 시간이 걸린다. 주포의 오른쪽에 있는 부포는 이 위치에서 공격할 수 없다. 기총 두 정은 이미 파괴했다. 즉, 이 순간만큼은 이쪽이 일방적으로 공격할 수 있다. 시선을 따라가게 설정해서 이미 조준이 끝난 88mm 포의 방아쇠를……

경고음. 파일 드라이버 손상. 우측 후각.

프로세서의 주의를 끌기 위해 일부러 귀에 거슬리게 만들어진 그 음량에 억지로 끌려온 것처럼 정신이 들었다.

그 뒤에야 신은 깨닫고 눈을 치떴다. 지금.

또, 마치 전투기계 그 자체가——죽음에 씐 괴물이 되어서.

돌아와 달라고, 바라던 말조차도. 쉽사리 잊어버리는, 죽음을 찾아서 전장을 방황하는 괴물이——.

정신이 팔렸을 때, 그 한순간이 빈틈이 되었다.

귀를 찢는 접근 경보가 적이 치명적인 거리로 침입했음을 알렸다. 이 거리에서는 메인스크린을 거의 채우는 중전차형의 거구가, 그 자체가 흉기 같은 앞다리를 쳐들었다.

"큭……!"

재빨리 조종간을 당겨서 〈언더테이커〉를 뒤로 물렸다. 회피하기는 이미 늦었다. 그래도 조금이라도 충격을 완화하려는, 판단보다는 반사적인 행동에 가까운 조작.

〈언더테이커〉의 두 쌍의 다리가 지면에서 떨어졌다. 그 직후에 찾아오는 충격. 방패로 삼은 왼쪽 앞다리와 와이어 앵커가 순식간에 우그러지는 소리와 제어 장치의 경고음.

그걸 마지막으로 신의 의식은 끊겼다.

"어——……?!"

그 순간, 무슨 일이 일어났을까.

〈바나디스〉의 메인 스크린에 비친 그 광경을, 레나는 순간적으로 인식할 수 없었다.

믿기지 않는 일이 일어났다. 예상도 하지 않았던 일이 일어났다. 그것이 그녀가 이해하는 것을 순간적으로 방해했다.

〈언더테이커〉의 광점이, 원래 있던 자리에서 회피 운동과는 다른 움직임으로 날아갔다.

프로세서의 제어를 벗어나서, 희롱당하는 나무토막처럼 무참하게 나뒹굴다가 멈추었다. 그대로 무력하게 움직이지 않았다. 눈앞에 적기가 있는데도 불구하고.

공격을.

맞았다……?

다음 공격에 들어가려는 중전차형의 진로를 〈베어볼프〉와 〈래핑폭스〉가 가로막았다. 각자가 포격을 날려서, 가장 위험도가 높은 목표의 섬멸을 우선하는 전투기계의 주의를 끌었다. 그 틈에 다른 〈저거노트〉가 〈언더테이커〉에 달려갔다.

레이더 스크린 안에서 〈언더테이커〉는 움직이지 않았다.

신호는 오고 있으니까 대파된 건 아니다. 하지만 움직이지 않는다. 지각동조도 끊긴 채로 연결되지 않았다.

마르셀이 신음했다.

"저 녀석, 지금 왜……?!"

레나도 같은 생각이었다.

지금 그건 피할 수 있었다.

피할 수 있었을 터이다. 적어도 신의 기량이라면. 요 몇 달 동안에도 몇 번이나 보았으니까 레나는 그걸 알 수 있었다. 연습에서. 크고 작은 작전에서. 어지간한 오퍼레이터라면 몸이 부서질 만큼 운동 성능이 높은 〈레긴레이브〉를 가볍게 모는 신이라면.

아니, 애초에, 그 이전에.

중기관총탄도 막을 수 없는──〈레기온〉의 공격을 족족 피해야만 하는 그 알루미늄 관짝으로, 적진에 혼자 돌진하는 근접무장을 사용하며, 적기에 포위되어서도 치명상을 한 번도 허용하지 않으며 5년 동안 86구의 전장을 살아남은 것이 신이다.

〈양치기〉라고는 해도 고작해야 정면에서 대치한 〈레기온〉 한 기의── 그 공격을 맞을 리가 없다.

그런데 왜.

망연자실했던 것은 한순간, 레나는 한 관제관에게 시선을 주었다. 무인기라는 전제였던 공화국의 〈저거노트〉에는 탑재되지 않았던 기능이지만, 연방의 〈레긴레이브〉에는 그것이 있다.

"바이탈사인은?!"

"잡히고 있습니다. 심박, 혈압, 호흡수, 모두 허용 범위 안. 다만 경고에 대한 반응이……."

창백해진 얼굴로 프레데리카가 덧붙였다. 크게 뜨고 있는, 붉게 빛나는 핏빛 눈동자. 그녀의 이능력이 발동된 것이다.

"큰 부상은 보이지 않는다. 그냥 실신한 모양이구나. 다른 아이들이 부르고 있는 모양인데, 반응하질 않아."

"회수와 후퇴를 서둘러 주세요. 시덴, 브리싱가멘 전대, 지원 바랍니다!"

†

나라나 문화가 달라도 병실은 다 하얀 법인 모양이다.

눈을 뜬 순간 보인, 기억에 없지만 기시감이 있는 천장을 올려다보며 신은 멍하니 생각했다.

의료시설은 감염을 막기 위해 청결을 지키는 것이 원칙이다. 그러니까 더러움이 눈에 띄도록 일부러 하얗게 만드는 걸까.

다음에는 자기가 하찮고 무의미한 생각을 했다고 깨닫고, 시트를 잡고 몸을 일으켰다.

뭔가가 달라붙는 듯한 위화감. 그리고 왼쪽 눈의 시야 한쪽에서 그늘이 느껴져서 뺨에 손을 대 보니, 붕대와 고정용 테이프의 메마른 감촉이 든다. 왼쪽 눈 위, 흉터가 남은 곳 근처를 또 베인 모양이었다.

2년 전에 형과 싸울 때 생긴 흉터였다. 의료시설 같은 게 있을 리가 없는 〈레기온〉 지배 영역에서, 의료기술도 없는 이들이 적당히 꿰맸으니까 남은 흉터.

그때도 상대는 중전차형이었고, 〈양치기〉였고── 하지만 눈앞에 있던 그 거구에서 의식을 돌린 적은 없었다.

빠드득 하고 무심코 이를 악물었다. 이마에 대고 있던 손의 손톱이 무의식중에 이마 피부에 살짝 파고들었다.

이런 일은 여태까지 없었다.

적기를 앞에 두고 집중력을 잃다── 전투 중에 고작 고뇌 따위에 정신을 빼앗기다니.

느슨하게 쳐진 얇은 커튼 너머에서, 딱딱한 군복이 스치는 소리가 났다. 침대 옆에 있던 누군가가 몸을 뒤척였다.

"오……? 일어났냐?"

목소리에 이어서 촤르륵 소리와 함께 커튼이 걷혔다.

콕핏의 어둠에 익숙해지고 눈을 감고 있었던 터라서 전등 불빛은 눈부셨다. 순간적으로 눈을 가리며 눈살을 찌푸린 신의 앞에서 진청색과 순백색의 눈동자가 껌뻑였다.

그리고 가볍게 한 손을 들었다. 볕에 탄 갈색 피부. 여기저기 뻗친 빨강머리.

"안녕."

"왜 네가……?"

찌푸린 얼굴로 묻는 신에게 시덴은 딱히 신경 쓰는 기색도 없이 깔깔 웃었다.

"흥, 누구면 좋았는데? 아니, 진짜로 그냥 인사일 뿐이야, 저승사자. 라이덴 녀석은 널 대신해서 보고하고 있고, 여왕 폐하는 뒤처리로 바쁘고, 그러니까 대신 이렇게 내가 있어 줬는데. 애초에 너를 회수해 온 게 나거든?"

"……."

돌아보니 예비진지 기지의 의료구역, 침대가 줄지어 놓인 방이었다. 집중치료가 필요하지 않은 경상자를 수용하기 위한 방.

치료에 방해되었기 때문일까, 무겁고 두꺼운 기갑탑승복^{판 처 아 케}은 벗겨낸 상태고, 그 대신에 입을 군복이 사이드테이블에 잘 놓여 있었다.

그 위에 아무렇게나 놓여 있는, 익숙한 연청색 스카프를 깨닫고 목에 손을 댔다. 당연하지만 목에 스카프의 감촉은 없어서, 이쪽도 치료할 때 푼 모양이다.

목을 한 바퀴 도는 흉터를 시덴이 힐끗 바라보았지만, 거기에 대해서는 아무 말도 없었다.

"군의관 말로는 머리를 부딪친 건 아니고, 뇌진탕도 일으킨 것 같지 않다던데. 만일을 위해 오늘하고 내일은 휴양이란다. 일단 몇 바늘 꿰맸으니까."

검지로 자기 이마를 툭툭 두드리는 시늉을 했다.

그리고 웃음을 지우고 물었다.

"무슨 일이 있었는지는 기억해?"

"일단은."

기억하고 싶지 않을 정도로 선명히.

"그 중전차형은……?"

"제일 먼저 묻는 게 그거냐? 아, 〈양치기〉랬지? 그것도 에이티 식스의. 애석하게도 놓쳤어. 애초에 이쪽도 그 녀석을 해치우는 게 목적도 아니었고."

"〈저거노트〉는."

"일단 수리할 수는 있는 상태라던데. 말은 그래도 담당인…… 으음, 그렌이 시끄럽게 굴었으니까 나중에 얼굴 좀 보러 가라고. 결국 또 부숴먹었다고, 그 바보는 전혀 성장하지 않았다고 하던데."

"음……."

뒤로 뛰어서 다소 충격을 죽였다고 해도 중전차형의 발차기를 정통으로 맞았다. 수리할 수 있는 정도의 파손으로 끝난 것은 오히려 행운이라고 해야겠지.

"그래. 또 수고를 끼쳤으니까."

이번에는 시덴이 눈살을 찌푸렸다.

"알고서 하는 말이지, 너? 그게 아니야. 네가 다친 것 때문에 그러는 거야."

신은 기지로 돌아와서 바로 의료 센터로 옮겨졌고, 격납고에는 대파된 〈언더테이커〉만이 돌아왔으니까 더더욱 걱정했던 모양이다.

"네가 그렇게 말도 안 되는 실수를 하다니. 야——."

시덴이 앉아 있던 접이식 의자에서 상체를 팍 굽히며 몸을 내밀었다. 이쪽을 올려다보는, 웃음도 야유도 전혀 없는 두 가지 색깔의 눈동자.

신에게 다소 뒤진다고 해도 오랫동안 86구의 전장을 살아남은 자의 눈.

냉철한 눈.

"너, 정말로 괜찮은 거야?"

"⋯⋯."

신은 시선을 내려서 그 눈을 피했다.

말하지 않아도 안다.

괜찮지 않다.

목표로 할 미래를, 바라야 할 것을 모르겠다. 몇 번 생각해도 자신이 바라는 것은 하나도 없고, 그 공허함을 어떻게 메워야 할지 모르겠다.

죽음을 향해 직진하듯이 살면 안 된다고 알면서도, 바로 곁에 있는 죽음에 집착하고 있었음을 깨달았다. 죽음을 직시한다고 하면서도, 실제로는 미래를 바라지 않을 구실로 삼고 있었다.

게다가 여태까지는 잘 다스릴 수 있었던 전투 중의 정신 상태조차도 흔들리게 되었다. 여태까지는 전투 중이라면 다 잊어버릴 수 있었던 고뇌에 발목을 잡혔다.

지금은 자기 자신의 모든 것이 의심스럽다. 문제가 없다고——더는 말할 수 없다.

"너도 계기는 저번 그 요새기지로군. 그게 전부는 아닌 것 같지만…… 그건 내가 봐도 기분 좋은 게 아니었어. 우리 에이티식스의 말로 같은 거니까. 하지만 지금은 그딴 생각이나 할 때가 아니야. 지금 그건 뻘짓이라고."

시덴은 서로 색깔이 다른 두 눈을 가느다랗게 떴다.

"말해두겠는데. 지금 네 상태로는 공략부대에 참가할 수 없을 테니까, 전대 총대장. 레나에게 진언해서 본부 대기로 바꾸게 하겠어. 애초에 이능력을 생각하면 너는 본부에서 관제를 맡아야 했고……. 아무튼 네가 리토에게 했던 말하고 똑같아. 어떻게든 해결하든가, 그게 아니라면 교대해. 전투에 집중할 수 없는 녀석은 성가시기만 해."

"알고 있어."

씁쓸하게 대답했다. 맞는 말이다. 시덴이 한 말처럼, 신 자신이 리토에게 했던 말과 같다.

시덴은 그런 신을 보고 "흥." 하고 콧방귀를 뀌었다.

"진짜 심각하잖아. 내가 하는 말에 말대꾸도 않다니. 휴양이야. 군의관 말대로 오늘하고 내일은 그냥 쉬어. 지금 생각해야 할 일 같은 건 생각하지도 하지 마. 그리고 레나가 엄청 걱정했으니까 잘 좀 달래고……. 어차."

구둣발로 가볍게 달려오는 소리가 다가오고, 그대로 누군가가 병실에 뛰어들었다.

"시덴! 신이 눈을 떴다고……."

상관의 위엄도 숙녀의 조신함도 다 내버리고 달려온 레나가 신과 눈이 마주쳐서 걸음을 멈추었다. 그리고 탑승복 상의를 벗고 속옷 차림인 신의 모습에 한순간 얼굴을 붉혔다가 고개를 세게 내젓는다.

그리고 은색 눈동자가 확 누그러졌다.

"신…… 다행이에요."

시선이 신의 눈보다 다소 위에서 멈추더니, 고운 얼굴이 고통을 참듯이 살며시 일그러졌다. 거기에 감긴 붕대와 그 밑에 있는 상처의 존재.

문득 목의 상처가 보이는 것이라고 깨달았다.

치료를 위해 탑승복과 함께 스카프도 벗겨진 상태였다. 순간적으로 목에 손을 대서 가렸다.

레나에게는 형이 낸 상처라고 말하지 않았다. 앞으로도 말할 생각이 없다.

그러니까 되도록 보이고 싶지 않았다.

반사적인 그 동작에 살짝 숨을 삼키고 슬픈 기색으로 눈썹을 찌푸린 레나의 표정을, 그때 시선을 내리고 있던 신은 알아차리지 못했다.

"다친 데는……."

"이마가 찢어졌을 뿐입니다. 그것 말고는 딱히."

사소한 부상은 그 밖에도 몇 군데 있는 모양이지만, 그 말은 하지 않았다. 지금으로선 거의 아프지도 않다. 신에게는 부상이라고 할 것도 아닌 경상이었다.

"그런 말을 해도 붕대나 반창고가 보이니까요……. 정말이지……. 내일까지는 휴양이라고 군의관에게 지시를 받았습니다. 방에 돌아가서 푹 쉬세요."

"죄송합니다……."

"예. 이번만큼은 잔소리를 좀 하겠어요, 대위. 대체 어떻게 된 건가요? 당신답지 않게."

"아, 여왕 폐하. 그쪽으로는 내가 따끔하게 말했으니까 여왕 폐하가 너무 질책하지 않아도 돼."

일단 말하겠다는 느낌으로 끼어든 시덴을 무시하고 대답했다. 레나가 내려다보는 게 어딘가 이상한 느낌이 들어서, 침대에서 나와 근처에 개어져 있던 옷을 걸쳤다.

"정신을 놓고 있었던…… 방심했던 모양입니다. 다음에는 반드시."

"방심이라고 할까……."

레나는 한순간 주저하다가 지금 이 자리에서는 상관으로서 질책해야 한다고 판단한 모양이다. 아름다운 눈썹을 살짝 곤두세우며 날카로운 시선을 했다.

"요즘 들어서 고민한 것 때문에 그렇죠? 그 탓에 반응이 늦었다. 아닌가요?"

"……."

"작전에 지장이 생기면 안 된다고 했잖아요. 카운슬링을 받든 가, 혼자서 해결하기 어렵다면 내게 이야기하세요. 나는 어떤 이 야기라도 듣겠습니다. 그게 내 직무고…… 내가 그러고 싶습니 다. 자꾸 뭔가 초조하고, 절박한 얼굴을 해서…… 걱정하고 있어 요. 모두도. 나도. 무슨 일이 있었나요?"

그렇게 말하면서 차츰 표정을 펴고 그저 진지하게 올려다보는 은색 눈동자로부터…… 신은 눈을 돌렸다.

말할 수 없다.

그녀가 바라는 세계를 다름 아닌 내가 해친다는 것을. 그녀가 바 라는 미래 대신 아직도 죽음을 향해 가고 있는 자신의 모습을.

지금 이대로 그녀의 곁에 있어선 안 된다며, 그것을 바꾸고 싶 다고 생각하면서도 바꿀 방법도 모르는―― 어찌할 수도 없는 공허 함을.

그녀에게만큼은…… 알리고 싶지 않다.

"별일 아닙니다."

레나는 걱정스러운 표정을 지었다.

"얼굴에 그렇지 않다고 적혀 있어요. 말하기만 해도 편해지니까 요……."

"아무 일도 아닙니다."

"거짓말이군요. 신은 항상 그렇게 말하지만, 그렇다고 괜찮은 것도 아니잖아요. 힘들거든 힘들다고 말해도 괜찮아요. 아니, 말 해 주세요. 나는 당신의, 저기, 힘이 되고 싶어서……."

무의미하게 오가는 말에 갑자기 짜증이 일어서, 그 감정 탓에 날이 선 목소리가 나왔다.

"아무것도 아닙니다. 당신과는 관계없습니다. 말하고 싶은 일도 아닙니다."

말한 뒤에야 깨달았다.

레나는.

커다란 은색 눈동자를 크게 치뜨고, 얼어붙은 것처럼 그를 올려다보고 있었다.

크게 치뜬 그 은색 눈동자가 갑자기 금이라도 간 것처럼 젖어들었다.

"왜 그런 말을 하나요."

그 목소리는 여태까지 들어본 적 없을 정도로 떨리고 있었다.

"아무것도 아니라니. 아무것도 아닌 얼굴이 아니잖아요. 그렇게 아파하는 얼굴을 하고, 계속 괴로워하면서, 그래도 아무 말도 않고. 내게 이야기하기 싫다고…… 그렇게 내가 못 미더운가요. 나로서는 신의 힘이 될 수 없나요. 함께——."

넘쳐나서 흘렀다. 흘러내렸다.

하얀 뺨을.

눈물이.

계속해서.

감정이 무너진 듯한 그 눈물을 신은 멍하니 바라보았다.

뭐라고 말해야 할지는 알고 있었다.

하지만 그 어떤 말도 목에서만 맴돌 뿐이지, 나와 주질 않았다.

말없이 서 있는 신의 눈앞에서, 레나는 얼굴을 일그러뜨렸다.

"싸우는 것 아니었나요……?"

그 질문은 비명처럼 울렸다.

대답을 기다리지 않고 레나는 몸을 돌렸다.

"어, 어이?! 여왕 폐하—— 레나!"

다급히 시덴이 뒤쫓았다. 무거운 군홧발 소리가 병실을 뛰쳐나가고 멀어졌다.

그래도 신은 움직일 수 없었다.

그저 멍하니 서서, 멀어지는 발소리가 들리는 쪽을 바라보았다.

그렇게 얼마나 서 있었을까.

그 소동에 군의관이 살펴보러 오고 나서야, 신은 간신히 정신을 차렸다.

쫓아가려고 해도 레나의 발소리는 더 들리지 않았다. 탄식을 한 차례 흘리고, 감사의 말을 한 뒤 혼자서 의료 센터를 나섰다.

그때 말을 걸어오는 사람이 있었다.

"쫓아가지 않아도 괜찮은 건가, 노우젠?"

"보고 있었나……."

고개를 돌려보니, 의료 센터의 슬라이드 도어 바로 옆 벽에 등을 기댄 비카가 태연하게 어깨를 으쓱이고 있었다.

"아무리 나라도 나서기 어려운 분위기란 건 있고, 내가 끼어들 상황인지 아닌지는 이해하니까 말이지. 그래서——."

시선으로 복도 저편을—— 레나가 달려간 방향을 가르쳐 주었지만, 신은 살짝 탄식하고 답했다.

"사과해야 한다는 건 알고 있지만."

지금 그건 분명히 신이 잘못했다.

그건 알고 있다.

하지만 그렇다면 무엇을 잘못한 걸까. 신으로서는 그걸 알 수 없었다.

화풀이를 한 건 당연히 신의 잘못이다. 상처를 준 것도. 하지만 레나가 상처받은 이유는 마음 없는 대답 때문이 아니라 그 이전의 대화에 있었다.

그중에서 뭐가 잘못이었을까.

말의 흐름을 생각해 보자면, 아무런 말도 하지 않았던 것 때문이겠지.

하지만 신이 지금 끌어안은 문제는 레나와 관계가 없다.

괜한 걱정을—— 무거운 짐을. 지우고 싶지 않다.

말하자면 한심한 이런 고민을 들키고 싶지 않다.

"뭐가 잘못이었는지 모르는 채로 사과해도—— 괜히 상처만 더 줄 뿐이니까."

자꾸 상처만 준다.

아까도. 여태까지도.

——나는 그게 너무나도 슬픕니다.

비카는 현재 미소도 짓지 않고 말쑥한 얼굴로 살짝 고개를 갸웃 거렸다.

"경은 의외로 겁쟁이로군."

뜻하지 않은 말이었다.

"겁쟁이……?"

"그래. 말해두겠는데 전투 이야기가 아니야. 오히려 경은 전투 때 목숨 아까운 줄 모르지. 그건 그거대로 보고 있으면 아슬아슬 하다 싶을 때도 많지만——아무튼."

비카는 등을 벽에 기댄 자세에서 팔짱을 낀 채로 살짝 고개를 숙 이고 시선만 슬쩍 들었다.

비카와 신의 신장은 거의 비슷하지만, 신이 아주 약간 더 크다. 그 약간의 고저차에서 보라색 눈동자가 핏빛 눈동자를 올려다보 았다.

그러고 있으면 인공물 같은, 모종의 마물 같은 보라색 눈동자.

"옆에서 봐도 알겠는데, 경은 어딘가에서 생각이 멈췄군."

생각하는 척하면서.

생각하지 않으려고 한다고.

"모르는 게 아니야. 생각하고 싶지 않은 거겠지. 그러고 보면 부 모님에 대해서도 그랬던가. 기억하지 않는 게 아니라 떠올리고 싶지 않다고. 거기에는 건드리기 싫은 상처가 있으니까. 경이 모 른다고, 못 한다고 생각했던 몇 가지는 사실—— 생각하고 싶지 않다고, 바라고 싶지 않다고 여긴 것 아닌가?"

"그건……."

그 말을 듣고 바로 반박하고 싶지 않아졌다.

미래를 바랄 수 없다. 바랄 미래가 자신에게는 없다. 그렇게 생각했지만, 사실 바랄 수 없는 게 아니라 바라고 싶지 않았다고 깨달았다. 바라지 않기 위해서, 죽는 존재인 에이티식스로 있으려고 했다고.

그렇다면 바라는 미래가 없는 것이 아니라.

미래를. 거기에 있을 터인 희망을 바라는 것을, 나는.

도출해서는 안 되는 답에 도달할 것만 같았다.

그걸 깨달은 순간, 신은 무의식중에 생각을 멈추려고 했다.

모르는 척 넘어가려고 했다.

그걸 놓치지 않고 보라색 눈이 웃었다.

"그나저나 여태 이 말을 하지 않았는데. 나는 경의 부군을 알고 있다. 이야기한 적도 있지. 제레네와 마찬가지로 부군은—— 레이샤 노우젠은 인공지능 연구자였으니까. 그때 이야기를 해 줄까? 상처가 아니라면 들을 수 있겠지."

"⋯⋯?!"

갑작스러운 말에 숨이 멎었다.

—— 착하게 있어라, 신.

지금은 떠올릴 수 없다. 하지만 사실은 기억한다고 깨달았다. 어머니의 목소리와 말과 웃는 얼굴. 어머니와 아버지, 형, 그 모두의 얼굴도 목소리도, 사실은 모두.

기억하고 있다.

그리고 떠올리고 싶지 않다. 그것도 사실은 자각하고 있다. 떠올리면 분명 증오하게 되어서만은 아니다. 바라야 할 것의, 바라고 싶은 것의 모습이 거기에 분명히 있다고 알기 때문이다. 레나가 말했던 행복의 형태. 사실 거기에 가까운 것을 자신도 알고 있다. 하지만 그걸 떠올렸다간. 그러니까.

생각하고 싶지 않다.

떠올리고 싶지 않다.

왜냐면.

떠올렸다간.

손을 뻗으면.

바랄 것이고.

그리고.

또.

것이, 무섭다.

"그럴지도 모르지."

"이제 인정했군. 경과 같은 나이의 인간은 타인에게 약점을 보이면 죽는 생물인 모양이지만, 그런 건 귀찮을 뿐이야. 아프면 그냥 아프다고 말을 해. 귀찮으니까 가르쳐 주겠는데, 밀리제 쪽의 문제도 그 탓이다. 짐이 되고 싶지 않다고 말한다지만, 경만큼 완강히 도움을 거부하면 전혀 신뢰하지 않는 것으로 보이지. 그렇게 하면 밀리제도 상처를 받겠지."

자기 나이를, 그리고 아마 자각하지 않을 자신의 대단한 자존심을 싹 무시한 발언을 하고 왕자 전하는 어깨를 으쓱였다.

"뭐, 가능하다면 사과하고 와라. 이건 내 경험담인데, 해야 할 말을 제때 하지 않으면 말할 수 없게 되었을 때 괴로워."

"오늘만큼은 묘하게 자상하군. 살모사."

앙갚음으로 야유를 날렸지만, 비카는 전혀 아랑곳하지 않았다.

"그래…… 레르케가."

거기서 튀어나온 이름에 눈을 가늘게 떴다.

"그 일곱 살 꼬맹이가 괜한 소리를 한 모양이니까. 뭐, 사과랍시고 이러는 거지. 경이 하는 고민에 관해선 내가 알 바 아니지만, 아무래도 녀석이 방아쇠 하나 정도는 되었다고 알았으니."

그리고 비카는 말했다.

어딘가 감정이 없는, 두 번 다시 손이 닿지 않는 곳에 있는 것을 보는 눈으로.

"누군가와 언젠가 행복해지고 싶은 주제에."

"……"

"진실인지는 나는 모르지. 다만 혹시 그게 옳다면."

그러고 보면 레르케는 그와 젖을 나눈 소녀를 토대로 만들어진 존재였다고, 문득 생각했다.

비카는 아무 말도 하지 않지만, 레르케에게 다소 들었다.

누군가와, 언젠가 행복하게.

그것은―― 사실 누구 이야기였을까.

"그걸 지금 경이 바라고 싶지 않다고 치고, 그렇다면 그걸 바라지 않는다고 해서 불행해지지 않을 수 있나? 그럴 리는 없겠지.

원하든 원하지 않든, 잃을 때는 잃고, 잃어버리면 아파. 정말로 무엇보다도 견디기 어렵게."

그렇게 말하고 살모사 왕자는 희미하게 웃었다.

그렇게 웃는 채로, 마음속으로는 화를 내듯이.

"경이 바라는 상대는 아직 살아있지? 그렇다면 해야 할 말이든, 하고 싶은 말이든 서둘러 하는 게 좋아. 잃어버리면 아무 말도 할 수 없다는 걸——설마 경이 모를 리가 없겠지."

시덴으로서는 낯선 타국의 군사기지다. 애초에 연합왕국은 86구와—— 공화국과 연방과도 문화가 다르니까 기본적인 건물 구조가 미묘하게 다르다. 하물며 이곳은 일부러 침입자가 길을 잃도록 만들어진 것처럼 편집적인 구조를 한 예비진지의 기지다.

뛰기 힘든 구두를 신고서, 애초에 빨리 달리지도 못하는 주제에 어디를 어떻게 뛰어간 걸까. 실컷 돌아다닌 끝에 간신히 따라잡은 여왕 폐하는 인기척 없는 상황실 한쪽에 설치된 책상 위에 엎어져 있었다.

이상한 분위기를 걱정했는지 그레테가 옆에 붙어 있고, 멀지도 가깝지도 않은 미묘한 거리에서 말을 걸지 말지 망설이는 기색인 라이덴이 이쪽을 보고 입만 움직여서 물었다.

무슨 일 있었어?

시덴도 입만 움직여서 대답했다.

그 멍청이 신이랑 싸웠어.

그렇군, 그래서.

역시나 입 모양만으로 말한 뒤에 라이덴은 진절머리 내듯이 어깨를 늘어뜨렸다.

시덴도 솔직히 똑같은 기분이었다.

신이 뭘 끌어안고 있는지는 보면 알 수 있었고, 그건 시덴 자신도 마음속에 가둬두었을 뿐이지 똑같으니까 그 점에서는 어쩔 수 없다고 생각했지만, 그렇다고 해서 하필이면 레나에게.

신은 언뜻 보면 침착한 듯하지만, 사실은 끓는점이 꽤 낮은 부류다. 마음에 안 드는 일이 있으면 대개 무시하고, 관계가 희박한 상대가 악의를 보내더라도 무관심하니까, 그렇게 보이지 않을 뿐이지.

뭐.

싸웠다는 사실은…… 그 언동에 무관심을 유지할 수 없어서 짜증을 냈다는 사실은, 레나는 신에게 가까운——— 혹은 가깝게 있고 싶은 존재임을 증명하는 것이겠지만.

아무튼 지금은 눈앞에 있는 여왕 폐하가 문제다.

말을 걸지 못하고 있는 라이덴도, 달려온 시덴도, 옆에 있는 그레테도 알아차리지 못한 걸까. 비를 맞아 떨어진 나비처럼 긴 은발을 펼치고 엎어진 채로 미동도 하지 않았다.

"저기…… 괜찮아, 여왕 폐하?"

은발의 머리를 그대로 엎드린 채로, 기어들어가는 목소리로 희미한 대답이 돌아왔다.

"미안합니다."

"왜 사과하는데……?"

"그야."

레나는 아무래도 코를 훌쩍였던 모양이다.

"지휘관이나 되는 자가 부하가 좀 거절한 정도로 그 부하 앞에서 울다니——."

한심한 작태를 보였다고 말하고 싶은 모양이다.

지켜보던 그레테가 쓴웃음을 지었다.

"조금 아픈 데를 찔리는 기분이네."

의표를 찔린 기색으로 레나가 고개를 들었다.

"왜……?"

평소 고지식한 것치고 어쩐 일인지 반말인데, 그레테를 포함한 모두는 아랑곳하지 않았다.

쓴웃음을 짓는 채로 그레테는 말했다.

"지휘관이 부하 앞에서 감정을 드러내면 안 된다. 물론 그 말은 맞지만, 지휘관도 사실은 당신들보다 조금 더 나이를 먹어서 그 자리에 앉은 거야. 애초에 어느 정도 감정을 제어하는 게 당연한 나이가 되었으니까, 울거나 화를 내지 않는 것도 당연해."

장교는 본래 고등교육을 이수하는 게 조건이니까, 제일 아래 계급인 소위라도 20세 이상. 그래도 처음에는 베테랑 부사관에게 햇병아리 취급을 당하며, 그 보좌를 받으면서 간신히 부대를 지휘할 수 있는 정도다.

중위나 대위로 승진하려면 개인마다 차이가 있긴 해도 몇 년이 걸리고, 영관쯤 되면 아무리 빨라야 30대. 10대의 중위나 대위, 하물며 영관은 그 자체가 이상하다.

"아직 제어하는 방법을 배워야 할 나이인 당신들에게 이렇게 큰 임무를 떠맡긴 지금 상황이 잘못된 거야. 그렇게 되기 전에 이기지 못한 우리 어른이 잘못했지. 그러니까 그렇게 마음 쓰지 않아도 돼."

그 말에 레나는 미안한 표정을 했다.

"하지만…… 저기, 그래서는 프로세서들에게, 모범이."

결국 그걸 제일 견딜 수 없는 거라고 레나는 깨달았다. 지휘관의 체면 같은 건 사실 아무래도 좋다.

그저 에이티식스들을 실망시키고 싶지 않다.

금방 상처받고 우는 연약한 아가씨로…… 여겨지고 싶지 않다.

그야 신의 앞에서 몇 번이나 꼴사나울 만큼 울었지만, 그러니까 더더욱 그런 울보 아가씨와 지금의 자신은 다르다고 보여주고 싶다.

그렇게 여겨지고 싶다.

"대령이 여태까지 애썼다는 사실은 모두가 알고 있으니까, 이제 와서 조금 운 정도로는 아무도 뭐라고 안 해. 오히려 귀엽다고 생각할지도. 그렇지……?"

심술궂게 보내는 시선에 라이덴은 노골적으로 모른 척했다. 여기에는 없는 누군가를 생각한 행동이었지만, 그레테는 그렇다고 해서 딱히 뭐라고 하지는 않았다.

"그래서?"

그 질문에 레나는 이번에야말로 답했다.

"신과, 다퉈서."

말하고 나니 또 슬퍼져서, 레나는 은색을 띤 두 눈동자를 눈물로 적셨다.

"요즘 계속해서 무슨 고민이 있는 모양이니까요. 저번 전투 때부터 벽에 부딪힌 기색이었지만, 요즘은 한층 분위기가 이상해서. 그러니까 나라도 좋으면 들어주겠다고 했는데요."

선혈의 여왕은 꼬맹이 아이처럼 코를 훌쩍였다.

"아무것도 아니라고. 아무 말도 해 주지 않고. 의지해 주지도 않고……"

그레테와 라이덴은 속으로만 '아하.' 라고 중얼거렸다. 그야 그러면 레나는 상처받겠지. 그보다도.

그레테로서는 '노우젠 대위도 남자구나.' 라는 심경이었다.

라이덴으로서는 '아무튼 그 바보는 당장 여기 와서 교대해야 하는 것 아닌가.' 싶은 심경이었다.

"당신에게는 말하고 싶지 않다고, 그러고. 나는 싫다고 해서."

"어머나."

이번에는 그레테도 어이가 없어졌다.

"그건…… 하지만. 전에도 말했잖아. 엇갈리는 것도 싸우는 것도 아직 당연하다고. 게다가 싸움도 안 하는 건 그만큼 거리가 멀다는 뜻이야. 서로 부딪칠 만큼 마음이 가깝지 않다는 소리니까. 싸우고 화해할 수 있다면…… 그럴 수 있는 사이에 많이 해 두는 편이 이런 전쟁 중에는 좋을지도 몰라."

"그래, 여왕 폐하. 그 왜, 싸울 만큼 사이가 좋다고, 여왕 폐하도 말했잖아."

"······."

레나에게는 그렇게 생각되지 않았다.

"라이덴이라면······."

스스로도 놀랄 만큼, 토라진 아이 같은 목소리가 나왔다.

"라이덴이나 세오라면, 신은 제대로 이야기했겠죠. 의지하는 사이니까요."

나랑은 달리.

그 말만큼은 너무나도 한심하니까 간신히 삼켰다.

애초에 신이 라이덴이나 세오나 앙쥬나 크레나, 연방의 사관학교 동기라는 마르셀과 있을 때는 묘하게 끼어들기 어려운 분위기가 있다. 이야기는 할 수 없지만 파이드도 그렇고, 비카라든가, 최근에는 더스틴과 이야기할 때도 때때로 그렇다. 자신과 이야기할 때와는 다른 느낌이다.

다른 얼굴을 하고 있다.

더 편하게, 적당히, 마음 쓸 것 없이······ 그래, 거리낄 것 없는 느낌이다. 괜히 감싸지 않는다고 할까.

대등하게 이야기하고 있다. 그런 느낌이다.

그게 분하다.

라이덴이 훗 하고 웃었다.

"그건······ 과연 그럴까."

의외인, 그리고 기묘하게도 의미심장한 탄식이었다.

고개를 들어서 보니, 라이덴은 쓴웃음을 짓고 있었다. 레나를 보지 않고, 어딘가 쓸쓸한 느낌의 웃음을.

"우리는 결국 녀석과 같은 에이티식스고, 녀석은 우리의 저승사자고…… 그러니까 함께 싸울 수는 있어도, 그 이상은 해 줄 수 없었어. 너처럼은 말이지."

"대장."

기지 거주구역. 자신에게 할당된 방으로 돌아오니 앞에서 리토가 기다리고 있어서, 신은 발을 멈추었다.

"다쳤다고 들어서. 저 때문이군요. 죄송합니다."

"아니……."

살짝 고개를 내저었다. 다친 것은 리토의 책임이 아니다. 게다가 솔직히 지금 상태로는 리토를 탓할 수도 없다.

스스로를 의심하고 겁먹은 것은 자신도 똑같다. 탓할 수 없다.

리토는 커다란 마노색 눈동자로, 그 절박한 느낌의 색채로, 똑바로 신을 올려다보았다.

"대장. 다음에 있을…… 용아대산 공략작전 말인데, 그……."

"본부에서 대기하겠나."

주저하는 리토의 말을 빼앗았다. 〈레기온〉과 이쪽의 전력 차이를 생각하면 참으로 불안한 작전이다. 리토 한 명도 빠지는 게 아쉽지만…… 싸우고 싶지 않은 자를 억지로 싸우게 하고 싶지 않다. 그런 짓을 하면…… 그 녀석은 대개 돌아오지 못한다.

하지만 리토는 힘주어 고개를 내저었다.

"반대입니다. 빼지 말아 주세요. 그때까지는 확실히 마음을 정리할 테니까요."

"하지만…… 무섭지 않나?"

전투 끝에 오는 죽음이.

에이티식스의—— 그 말로가.

"무섭습니다."

그렇게 말하며 리토는 입술을 다물었다. 그 입술은 핏기가 없어 파르스름하다.

그리고 그 상태로 말했다. 얼버무리는 일 없이. 여전히 겁먹은 눈빛으로.

그래도.

"하지만 저는—— 역시 싸움에서 도망치는 것도, 그렇게 한심한 꼴도 싫으니까요."

목숨이 다하는 마지막 순간까지 계속 싸운다. 스스로를 그렇게 규정한 에이티식스는 그런 한심한 꼴을 스스로에게 허락하지 않는다.

그 앞에 무릎 꿇는 일은.

"내가 나 자신이기를 버리는 것은—— 싫으니까요."

스스로를 의심하더라도, 결코 그럴 수 없으니까——라고.

제3장 Shoot the moon

　연합왕국군의 공세가 조만간 시작된다.

　그 예측은 연합왕국과의 전선에 배치된 모든 〈레기온〉에 공통된 인식이었다.

　〈레기온〉이 방전교란형의 방해 전파를 항시 전개하여 지배 영역 내부 상황을 인류에 숨기는 것과 마찬가지로, 인류 또한 내정이나 작전행동을 〈레기온〉에 숨기려 하고 있다. 하지만 통신량의 증감과 수송량의 증대, 부대 이동이나 병력의 추가 배치 같은 대규모 공격의 조짐은 그리 쉽게 숨길 수 있는 게 아니다.

　장소는 제2전선. 과거 제1기갑군단 주둔지. 이전에 공세를 계획했다가 패배하여 후퇴했던 지역에 질리지도 않고 또다시.

　따라서 〈레기온〉들은 해당 지역의 경계를 강화하고, 배치를 늘려서 기다렸다. 다시금 쳐들어오겠다면 이전과 마찬가지로 분쇄하기 위해서.

　그리고 쳐들어오지 않는다면—— 자신들이 용해산맥을 돌파하는 마지막 공세에 나서기 위해서.

연합왕국과의 전선의 하루는 남쪽부터 하늘을 가두는 은색으로 시작된다.

시각은 인간들이 말하는 새벽녘. 밤이 가장 깊은 시간대. 아직 태양이 떠오를 조짐도 보이지 않는 이 시간에 방전교란형 대군이 우선 침공을 개시한다. 배터리를 재충전하기 위해서 밤에는 지배 영역으로 물러났던 수억 마리의 나비. 지배 영역에서 각축구역에 걸쳐, 용해산맥을 넘어 연합왕국의 영공에 두껍고 무겁게 퍼진다.

이윽고 떠오르는 태양이 하늘을 뒤덮은 은색 날개에 난반사하고 하늘 전체를 피처럼 붉게 물들이는 것은 반년도 더 넘은 대공세 때 연방 서부 전선에서 관측된 현상과 마찬가지다. 노을과 비슷하면서도, 그보다 훨씬 흉흉한 핏빛 노을.

이윽고 그 진홍색도 걷히고, 하늘은 최근 몇 달과 다름없이 음울하기 짝이 없는 은회색으로 물들었고.

그 은색을 무언가가 갈랐다.

연합왕국군이 현재 주둔 중인 산 정상 부근의 예비방어진지대. 그 배후. 하늘을 톱니무늬로 하얗게 가르는 능선 너머에서 시작된 사격이었다.

하늘을 지배하는 경계관제형이, 초계 중인 척후형이, 지배 영역에 숨은 대공포병형의 대공 레이더가 즉각 그것을 감지했다. 그리고 가장 가까운 위치에 있는 척후형들이 광학 관측을 위해 그 예상 진로로 급행했다.

대공 레이더가 해당 반응을 놓쳤다. 비상체가──항공기나 미사일, 포탄이 아니다. 육상을 고속 이동하는 무언가, 데이터베이스에는 없는 미상 비행체다.

침엽수림을 빠져나온다. 하얀 눈으로 칠해진 전장을, 〈레기온〉의 푸른 광학 센서가 올려다보았다.

머지않아 척후형은 그것을 복합 센서에 포착했다.

그리고 판단을 내리지 못해 우두커니 섰다.

척후형의 광학 센서가 본 그것은.

스스로 불을 뿜고 고속으로 회전하면서 경사면을 빠르게 굴러떨어지는, 거대한, 너무나도 거대한 수레바퀴 같은 물체들이었으니까.

†

[돌입. 전기 기폭을 확인.]

[제2파, 기동타격군 사격관제 지대(支隊), 투사 개시. 기습은 적이 혼란에 빠진 동안이 중요하다. 놈들에게 상황 파악의 시간을 주지 마라.]

[라저. 사격관제 지대, 투사 개시해. 조준. 전자 캐터펄트, 캐퍼시터 접속. 〈스로네〉 제2파 투사!]

연합왕국군, 예비방어진지 후방. 능선을 넘어 용해산맥 북쪽 사면에 전개한 포병진지 여기저기에서.

남쪽 산 정상을 향해 레일을 전개한 모든 전자사출기형이 등에 달린 전자 캐터펄트를 작동시켰다.

대기에 날카로운 신음소리를 울리면서 셔틀이 투사물을 견인하고, 레일 위를 질주했다. 접속부가 벗겨지고 그것을 내던져서 능선을 넘는 포물선을 그리게 했다.

전자사출기형은 모두 제어부가 파괴되었고, 레일의 접속 부위에는 본래 존재하지 않는 대량의 코드가 연결되어 있었다. 일종의 기생식물처럼, 생리적인 혐오감마저 유발하는 모습으로 전자사출기형 내부에 파고들어서 그 등에 달린 캐터펄트를 제어했다.

코드의 반대쪽 끝은 줄줄이 늘어선 대용량의 캐퍼시터와 사격관제반의 장갑지휘차, 거기 있는 〈저거노트〉의 콕핏으로 이어져서 그 조작을 전달했다. 전자사출기형 자체는 제어할 수 없더라도, 전자 캐터펄트를 작동시킬 뿐이라면 비교적 단순하다.

이 전자사출기형은 작전 전에 기동타격군이 사냥해서 모은 것이다. 정확하게는 그 등에 달린 전자 캐터펄트를 모았다.

〈레기온〉에 하늘을—— 제공권을 빼앗긴 전장에서, 하늘에서 공격하기 위해.

캐터펄트가 웅웅거린다.

연결된 수십 톤의 중량을 순식간에 시속 300킬로미터까지 가속시킨다. 비거리를 희생하고 캐터펄트의 손상을 전제로 해서, 잠깐 동안만 투사 중량을 늘린 것이다. 본래라면 하늘을 날 수 없을 정도의 중량이지만, 레일이 비명을 내지르면서 억지로 중력을 뿌리치고 내던졌다.

제어부가 파괴되어 인간의 무력한 도구로 전락한 전자사출기형은 한때 아군이었던 진지를 향해 전력으로 투사를 감행했다.

한편, 투사된 그것은 능선을 넘어 공중에서 연결을 해제하고, 남쪽 사면, 〈레기온〉의 방어선이 두껍게 깔린 곳 앞에 떨어졌다.

직경이 3미터에 달하는 한 쌍의 강철 수레바퀴. 사이에 훨씬 작은 원통을 끼운 그 모습은 실을 감은 패나 케이블 릴에 가깝다. 그것들이 연이어서 대기를 가르며 떨어졌다.

내장된 센서가 자신의 자세를 감지하고 수정하여 착지. 산의 경사면에 착지한 원통형의 그것은 당연히 중력에 이끌려서 경사면을 굴러떨어졌다. 얼어붙은 눈덩어리나 지형의 융기에 따라 이따금 튀어 오르면서 가속했다.

남쪽 경사면 기슭, 〈레기온〉들의 방어선을 향해.

피아식별장치와 레이더를 작동했다. 물론 이 자리에는 수레바퀴 자신과 〈레기온〉밖에 존재하지 않는다. 탐지범위에 있는 적 집단을 타깃으로 설정한다.

추적을 개시.

장착된 로켓 연료가 점화한다. 안 그래도 중력에 이끌려 매섭게 가속하던 바퀴를 더욱 맹렬한 추진력이 부추겼다. 눈더미들을 연이어 무너뜨리며, 혹은 흘러내려가는 눈을 타고, 불을 뿜는 강철의 눈사태로 변하여, 사냥을 시작하는 맹금류의 속도로 산을 뛰어 내려갔다.

THE BASIC DRONES

[〈레기온〉 통상전력]

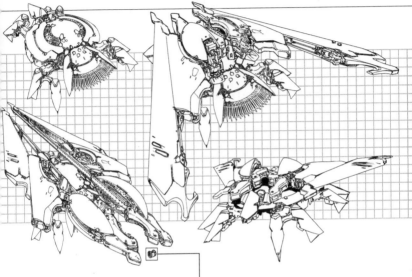

[젠 타 우 어]

전자사출기형

[A R M A M E N T]

없음

※초대형 전자 캐터펄트를 장비.
호위 척후형 등과 행동을 함께 한다.

[S P E C]

[전장] 약 35m
  ※캐터펄트 미포함
[캐터펄트 최대 길이] 90m

스로네▲

전자가속포형에 맞먹는 크기를 자랑하는 거대 〈레기온〉. 자체적인 전투 능력은 없지만, 십여 톤의 질량을 초장거리에 투사 가능한 대형 캐터펄트를 가지고 있다. 지난번 레비치 요새 공방전에서는 장거리포병형이나 고기동형을 요새 안으로 보내어, 기지 안에 있는 레나 일행을 궁지에 몰아넣었다. 이번에는 중추부가 파괴되고 노획되어 인류 측의 전력이 되었다. 용아대산 공략전의 후방화력지원으로, 대전차병기 〈스로네〉를 비롯한 물체를 캐터펄트로 사출하여 전위부대의 돌입을 원호한다.

낙하 속도와 로켓 추진을 합친 그 속도는 양산형 〈레기온〉 중에서 가장 빠른 근접엽병형과 비교해도 더 빨랐다. 순식간에 〈레기온〉 방어선에 접촉하고, 돌입한다.

근접신관이 작동했다.

원통 내부에 꽉꽉 들어찬 1.8톤의 고성능 폭약이——〈레기온〉들의 대열 한복판에서 일제히 터졌다.

그 광경은 전진관측을 위해 방어선 부근에 전개한 〈시린〉의 광학 센서의 영상으로 예비진지에 전해졌다.

수레바퀴 형태의 자주자폭병기는 겉만 봐서는 구별이 가지 않아도 두 종류가 존재하여서, 하나는 폭발하면서 대량의 파편을 흩뿌리는 대(對)경장갑 대응 사양, 또 하나는 성형작약탄을 뿌리는 대전차 사양이다.

파편이 경량급인 척후형과 근접엽병형, 장갑이 얇은 대전차포병형을 날려버렸다. 가까이서 날아온 성형작약탄이 전차형을 강타하여 무릎을 꿇게 했다. 자폭병기는 단순 중량으로 전차형이나 중전차형을 상대할 수 없지만, 이 경우는 산을 넘어 날아온 낙하 속도와 로켓 추진 속도가 가산된다. 직격을 맞은 중전차형이 비틀거리다가 작렬에 휘말려서 폭발했다.

처절한 그 모습을, 레나는 할당된 예비진지의 관제실 메인스크린을 통해 보았다.

그 몸에 걸친, 한 치수 큰 군복 안쪽에서 〈찌카다〉가 은보라색으로 빛났다. 그 빛을 일렁이면서 자기가 입안한 투사공격의 전말을 쭉 지켜보았다.

이 포격으로 시작되는 용아대산 거점 공략작전. 그 기동타격군에게 했던 브리핑을 떠올리면서.

✝

"지금부터 용아대산 거점 공략작전을 설명하겠습니다."

그 자리에는 모든 프로세가 모인 게 아니었다. 그래도 각 전대의 전대장과 차석들로 100명이 넘는 인원이 넓은 상황설명실을 가득 메웠다.

"작전 목표는 지난번과 마찬가지로 거점 내부의 발전공장형(아트미랄) 및 자동공장형(바이젤) 파괴. 이것이 최우선입니다. 이어서 해당 거점 지휘관기, 식별명 〈무자비한 여왕〉의 노획."

단상에 올라가 투영된 작전도 앞에 서서, 레나는 설명에 따라 표시를 바꾸면서 그 앞에 나란히 놓인 의자의 제일 앞줄에 앉은 신을 바라보았다.

그 다툼 이후로 아직 이야기를 나누지 못했다. 물론 작전에 필요한 이야기는 하고 있지만, 그것 말고 다른 이야기는 할 수 없었다. 작전 직전이라서 피차 바쁜 탓도 있고, 서로가 다소 거리를 둔 탓도 있다.

지금 단상에서 내려다본 신은 고민하는 기색이 전혀 없는, 평소처럼 조용한 얼굴이었다. 살짝 시선을 내려서 레나와 눈을 마주치지 않지만, 손에 있는 자료를 내려다보는 시선에서 불안정한 흔들림은 찾아볼 수 없었다.

전대 총대장으로서 작전에 종사할 수 있을 정도로 회복한…… 회복시킨 모양이다. 라이덴 등과도 평소와 다름없이 잡담을 하는 모양이었다.

"참가 병력은 기동타격군 및 빅토르 전하의 직할 연대. 이렇게 두 부대로 용아대산 거점의 제압, 제압 중의 작전지역 봉쇄, 또한 진격 개시부터 철수 완료까지의 이동 경로 유지, 그 모든 것을 수행합니다. 지난번 작전처럼 다른 사단이 양동 및 〈레기온〉 전력을 유인하는 일은, 연합왕국군 본대의 전력 부족 상황 때문에 이번 작전에서는 실행할 수 없습니다."

그 자리에 있는 프로세서들이 조용히 술렁거렸다.

기동타격군과 〈알카노스트〉 1개 연대. 고작 두 부대를 이용한 적진 돌파.

너무 무모하다. 그런 목소리가 퍼졌다. 그런 가운데에서 고개를 든 신이 질문이 있다는 뜻을 알리며 가볍게 한 손을 들었다.

눈이 마주쳤다.

조용히 올려다보는 붉은 눈동자.

괜찮냐고 속으로 물어봐도 대답은 돌아오지 않지만.

"대령님. 확인사항이 두 가지 있습니다. 연합왕국군의 지원을 전혀 얻을 수 없는 건 아니겠지요. 또 하나, 지금 설명으로는 공략 부대의 행동에 진로 개척이 포함되지 않습니다만—— 그건 누가 하는 겁니까?"

질문은 조용하고 예리하게 울렸다. 이건 주위에게 알려주기 위한 질문이었다. 전대 총대장인 신은 그 대답을 이미 알고 있다.

"물론 〈레기온〉 전선의 압박 및 소규모 양동은 작전 중에 항상 이루어집니다. 이것은 연합왕국의 전쟁입니다. 돌파당해선 안 되는 최종방어선에서 전력을 추출할 수는 없어도, 〈레기온〉의 전선부대를 그들이 붙잡아주는 것은 당연하지요. 그리고 진로 개척 말입니다만."

레나는 살짝 고개를 끄덕였다.

"이것은 다른 부대가 실행합니다."

†

[밀리제도 참으로 근심했는데…… 어떻게든 작전 전까지는 회복했나.]

"이 정도로 불안정한 작전에서 내가 본부 대기로 있을 수는 없으니까."

발진 명령을 기다리며 예비진지 안의 침엽수림에 숨은, 용아대산 공략부대의 장갑수송차 안.

그 안에서 정보단말의 홀로스크린으로 작전서를 최종 체크하면서, 신은 지각동조 너머로 말한 비카에게 대답했다.

그리고 물었다.

"다른 부대, 아니, 다른 병기라고 해야겠는데. 무얼 위한 병기지? 저 수레바퀴 괴물은?"

홀로스크린 표시를 전환하여, 숲속 깊은 곳인 여기서는 보이지 않는 〈레기온〉측 최전선 영상을 불러내었다. 그 안에서 벌어지는 처절하면서도 다소 황당하다는 느낌이 들기도 하는, 〈스로네〉인지 뭔지 하는 저 이상한 수레바퀴의 돌격.

[중세 공성전의 방어병기 중에 비슷한 게 있어서 말이지. 거기서 착상을 얻은 고모님이── 선대 '자수정'이 시험 생산한 것이야. 무엇에 쓸 생각이었는지는 나도 모르지. 고모님의 취미 아닐까?]

성벽 위에서 무거운 물체나 가연물질을 떨어뜨려서 그 운동 에너지나 불길로 공성 측을 공격하는 것은 농성전의 정석이다. 그걸 합쳐서 무거운 가연물로 삼는 경우도 종종 있었고, 동물을 이용하여 추진력을 추가한 사례도 없는 건 아니다.

하지만 인간보다 훨씬 큰 직경의 수레바퀴 한 쌍에 고성능 폭약을 싣고, 로켓 추진력으로 폭주하는 유도병기라니── 이건 아무래도 전례가 없다.

"취미……?"

['자수정'의 특기분야는 개개인마다 달라서 말이지. 나는 인공지능, 고모님은 유도 시스템이었다. 〈레기온〉 전쟁을 생각하면 최근 200년 사이에 펠드레스에 특화된 개체가 태어나지 않았던 것이 연합왕국으로서는 뼈아프군. 그렇긴 해도 인위적으로 어떻게 할 수 있는 것도 아니지만.]

즉, 필요하니까, 유익하니까, 그렇게 생각해서가 아니라.

그걸 잘하니까.

그게 다라는 뜻.

"⋯⋯."

신은 무심코 입을 다물었다.

담담히 그렇지 않을까 생각했는데.

"혹시 *블루 피콕 같은 게 있지는 않겠지?"

[아무래도 그건 없지. 우리 나라의 추위에서는 동사하니까.]

"⋯⋯."

[⋯⋯.]

두 사람 다 입을 다물었지만, 그 침묵의 의미는 다소 달랐다.

[혹시 지뢰견이 〈레기온〉에게 먹힐까⋯⋯?]

진지한 목소리로 묻는 비카에게 신은 가만히 탄식했다.

프레데리카는 레비치 요새기지 전투에서 비카를 '머리만 좋은 바보'라고 평했던 모양인데, 솔직히 조금 맞는 말 같다.

[〈레기온〉은 다각병기인 만큼 무한궤도를 채용한 병기보다 지면과 떨어져 있지만. 지뢰를 도약식으로 만들어서 다리 접속부에서 터지게 하면, 어쩌면⋯⋯.]

"그냥 한 발짝 물러나 피할 것 같은데."

[하긴, 그런가.]

비카는 아쉬운 듯이 수긍했다.

그러다가 퍼뜩 고개를 든 기색이었다.

[치타라면 어떨까?]

---

* 블루 피콕(Blue Peacock) : 현실의 영국에서 개발하려고 한 핵지뢰. '기폭장치에 닭을 넣어서 사용하는 핵폭탄'으로도 알려졌다. 그리고 핵폭발에 따른 낙진은 태양광을 가려 핵겨울을 초래할 수 있다.

"어떻게 데려올 거지?"

[하긴, 그렇군…….]

남쪽 대륙에 사는 치타는 포유류 중에서 가장 빠른 질주 속도를 자랑하지만, 그 남쪽 대륙은 〈레기온〉 지배 영역을 넘어 아득히 남쪽에 있다. 당연하지만 연합왕국에서는 살지 않는다.

애초에 온난한 남쪽에 사는 생물을 연합왕국의 눈 덮인 전장에 투입하더라도 지뢰에 들어간 새와 똑같은 말로를 맞지 않을까 하는 점은 너무나도 바보 같기에 신도 말하지 않았고, 비카도 다 알면서 그런 소리를 한 거겠지.

아마도.

상황에 별로 어울리지 않는 대화를 이어가는 소년들을 무시하고, 연합왕국군의 화력투사는 계속되었다. 공격준비사격. 전투부대가 진격을 개시하기 전에 적 방어진지를 파괴하고 적병을 최대한 때려서 공격을 막고 진격을 성사시키기 위한 화력투사.

그게 끝나는 때 공략부대는 진격을 개시한다. 그 긴장을 생각하면 소년병들의 잡담을 뭐라고 나무랄 수는 없다.

무리한 연사 때문에 사출기구가 망가지고 침묵하는 전자사출기형이 줄을 잇는 가운데, 모든 〈스로네〉를 투사했다. 이어서 다른 컨테이너가 운반되고, 사격관제관이 관제 프로그램을 그쪽으로 연결했다.

〈스로네〉의 목표는 〈레기온〉 대열의 제1열. 연합왕국군의 방어선 돌파를 위해 집결한 중량급이다. 다음 목표는 달리 있다. 그걸 위한 컨테이너이며, 관제용 프로그램이다.

그동안에는 계속해서 포효하는 중포, 박격포 사격이 메웠다.

〈스로네〉가 연 돌파구, 그 뒤에 있는 대열에 집중사를 퍼붓는다. 뒤에 줄줄이 있는 부대와 방어시설을 차례차례, 사거리 한계까지 때려댄다. 공들여서, 집요하게, 철저하게 포탄의 폭풍으로 진격로를 닦는다.

진지 변환의 시간도 아끼고, 사거리 연장용 *베이스 블리드탄^B도 아낌없이 투입하며.

전자사출기형용 사격 프로그램 전환이 완료되고 새로운 투사물이 세팅된 전자 캐터펄트가 투사를 재개한다. 굉음을 내면서 하늘 높이 발사된 대형 포탄이 포물선을 그리며 고폭탄의 호우에 추가되고, 혹은 그대로 하늘을 내달려서 방전교란형의 은색 구름에 묻혔다. 비스듬히 달려 내려가는 궤도로 〈레기온〉 집단에 돌진하고, 혹은 나비 날개를 충격파로 찢으면서 구름 너머로 달려갔다.

시한신관 작동.

기폭.

반경 45미터를 충격파와 파편으로 날려버리는 155mm 고폭탄조차도 비교할 수 없는, 반경 1500미터의 범위를 맹렬한 폭발의 충격파가 훑고 지나갔다.

같은 반경으로 하늘에 원형을 그린 폭풍이 약해 빠진 나비들을 한꺼번에 으깨며 하늘 한곳에 구멍을 뻥 냈다.

---

* 베이스 블리드(Base bleed)탄 : 포탄 뒤에 가스를 발생시켜 난기류를 줄여 사거리를 늘린 포탄.

데이지커터.

잔디 깎기라는 속칭으로 불리는, 광범위를 폭풍으로 날려버리기 위한 폭탄이다. 항공기에 탑재하여 지상에 투하하는 성질상, 제공권을 빼앗긴 〈레기온〉과의 전투에서는 창고에서 썩힐 수밖에 없었던 병기. 7톤 가까운 중량은 도무지 통상 화포로는 투사할 수 없다.

하지만 10톤이 넘는 척후형을 하늘 높이 쏘아 올리는 전자사출기형의 전자 캐터펄트라면.

애초에 실전 투입된 적도 없는 〈스로네〉는 물론이고 데이지커터도 본래 지상에서 투사를 상정하지 않은 병기다. 하물며 공중에서 터뜨리다니.

상식을 초월하는 그 일을 실행하기 위한 사격관제 시스템도 당연히 사전에 준비되지 않았다. 이 작전을 위해서 촌각을 다퉈 만들어낸 급조품이다.

시스템 담당이 심혈을 기울이고 수면 시간을 줄여서 만들었다고 해도, 실제 사격에서는 역부족을 인정할 수밖에 없다. 경험이 풍부한 사격관제관, 혹은 포수의 도움이 필요하다.

그 도우미 중 한 명으로서, 담당하는 전자사출기형들의 조준을 조정하면서.

"아하. 이건 정말 다들 입기 싫겠네……."

장착한 〈찌카다〉의 옷깃을 가볍게 당기면서 앙쥬는 탄식했다.

〈스노윗치〉의 콕핏 안이니까 그나마 낫지만, 다른 사람들의 눈이 있는 지령소나 〈바나디스〉에서는 죽어도 입기 싫다. 하다못해 겉옷이나 코트가 필요하다.

물론 만일의 전투나 고립에 대비하여 콕핏의 비품함에는 탑승복이 준비되어 있지만, 그런 문제가 아니다.

[레나는 저번 전투에서도 이거 입었다고 했지? 필요했다고 해도, 으음…… 용케 이런 걸 입었네.]

마찬가지로 사격관제원으로 〈찌카다〉를 입었을 터인 크레나가 〈건슬링어〉 안에서 어딘가 기어들어가듯이 말했다. 불안한 기색으로 다리를 꼬물거리고 있을 것이 눈에 선한, 그런 목소리였다.

기동타격군에서도 최선임이고, 과거에 동부전선 최정예인 제1전구 제1방어전대에서 포 지원을 맡았던 두 사람이다. 포 지원을 위해 남은 프로세서 중에서도 가장 많은 전자사출기형을 맡는 것이 당연했고, 그걸 보조하는 〈찌카다〉를 장착할 수밖에 없었던 것도 이치상 어쩔 수 없다는 건 알지만.

[돌아오거든 그 왕자 전하한테 꼭 눈덩어리를 씌워주겠어.]

"그 정도 벌은 달게 받아야겠지. 이건 아무리 봐도 장난으로 만든 걸 테니까. 아, 크레나. 벤체르 대령님에게서 다음 목표 지시가 왔어."

어디든 사람이 부족하다. 지난번 작전에서는 왕도에 남았던 그레테도 지금은 이 포병 진지에서 기동타격군에서 파견 나온 사격관제 지대——다시 말해 앙쥬나 크레타를 비롯한 인원들의 총지휘를 맡고 있다.

그레테는 에이티식스와 달리 정규 교육과 훈련을 받은 장교지만, 정말 뭐든지 할 수 있는 인간이라고 앙쥬는 생각했다. 괜히 20대에 영관 자리에 앉은 게 아니다.

[아, 라저. ……전자사출기형, 사격관제 지대 제3반 전원. 조준 조정──.]

가볍게 발소리가 다가오더니, 이윽고 둔한 금속음이 들리는 것을 보면 아무래도 콕핏 장갑을 노크한 모양이다.

그런가 싶더니 캐노피가 밖에서 열렸다.

"앙쥬. 눈이 올 것 같으니까 추가로 코트를……."

그렇게 말하면서 연방제가 아닌 연합왕국의 코트를, 올이 촘촘하여 두껍고 따뜻한 코트를 내밀려던 더스틴이 어정쩡한 자세와 표정인 채로 굳었다.

앙쥬와 마찬가지로 포격 지원을 나왔지만, 그는 전자사출기형의 캐터펄트의 냉각이나 캐퍼시터 교환으로 시간이 좀 남았던 모양이다. 그동안 동료들에게 방한구를 나눠주려고 그것을 산더미만큼 껴안고 〈저거노트〉 사이를 뛰어다닌 것은 정말로 그답긴 하지만──.

그 은색 눈동자가 앙쥬를 바라보며 크게 떠졌다. 정확히는 〈찌카다〉를 둘러서 뚜렷하게 드러난, 그녀의 호리호리한 몸매를.

그를 바라보며 앙쥬도 굳었다.

그 하얀 얼굴에 순식간에 붉은 기운이 올라왔다. 목소리가 저도 모르게 목구멍 안에서 솟구쳤다.

"꺄."

포병 진지 한곳. 전자사출기형 관제 지대 제2반의 전개 위치에 갑자기 찬바람을 꿰뚫는 비명이 울려 퍼졌다.

"꺄아아아아아아아아아아아아아아아아아아아아아아아아아아아아아아아아아아아아아아!!"

"우와아아아아아아아아아아아아아아아아아아아아아아아아아아아아아아아아아아아아아!!"

두 개의 비명은 두꺼운 눈에 빨려들어서, 주위에서 따뜻하게 지켜보거나 필사적으로 웃음을 참는 제2반의 프로세서들 이외에는 아무도 듣지 못했다.

마지막 거대 포탄이 하늘 한곳에 폭염의 꽃을 피웠다.

마지막 일제사격이 40킬로미터 거리를 넘어 〈레기온〉 지배 영역에 꽂혔다.

이러고도 아직 공격준비사격은 끝나지 않았다.

마무리라는 듯이 제트 연료의 날카로운 포효를 울리며 검은 날개의 무리가 능선을 넘었다.

순간, 머리 위가 쇳빛과 검은 그림자로 메워졌다. 북쪽 하늘에 어두운 그림자가 졌다. 그 정도로 많은 숫자로 편대를 이룬 그것들은 폭격기들이었다. 연합왕국 영내의 활주로에서 날아올라서 자동 조종되는 채로 〈레기온〉 지배 영역으로 돌입했다.

방전교란형과 대공포병형이 기다리는, 제공권이 없는 하늘로.

물론 살아남은 〈레기온〉들은 즉각 반응했다.

록온 경고가 폭격기의 텅 빈 콕핏에 울렸다. 방전교란형들이 눈사태처럼 공기흡입구로 날아들었다.

고온의 엔진에 대공 미사일이 착탄하고, 날아든 기계 나비들이 엔진 내부에서 폭발하고, 중량 200톤의 폭격기를 하늘에 띄우기 위한 네 대의 엔진이 차례로 불을 뿜었다.

하지만 그래도 폭격기는 멈추지 않았다.

산 정상을 넘어서 완만한 강하를 시작한 폭격기는 계속해서 속도를 올리면서 그대로 비스듬하게, 일직선으로 추락했다. 방전교란형이 파괴한 항공기 엔진은 추력을 만들기 위한 장치다. 중력을 뿌리치고 금속의 새를 하늘 높이 띄우기 위한 장치.

상승 도중에 그것이 사라졌다고 해도, 그때까지 벌어놓은 고도와 진행 방향으로 나아가는 관성, 그리고 폭격기의 덩치를 땅으로 잡아당기는 중력은 사라지지 않는다.

목표 방향은 변함없이—— 공략부대의 진격로 전방과 그 주위.

다급히 대공포화가 이어진다. 회피운동도 할 수 없는 강철 새들은 정통으로 맞지만, 그걸로는 부족했다. 고작 대공포 정도로는 200톤의 대질량을 막거나 부수기에 부족하다. 대공 미사일은 그 성질상 열원인 엔진에 집중된다. 산탄이 날개를 찢고 엔진을 날려버려도, 그래도 폭격기는 그들을 향해 계속 추락했다. 도중에 폭발한 몇 기조차 그 파편은 역시나 관성과 중력에 따라서 지배영역으로 향했다.

동체가 무사한 기체들은 폭탄고를 개방하고 그 안에 있던 것을 투하했다. 도저히 정상적인 폭격으로 부를 만한 모양새가 아니다. 상처 입은 새가 피와 내장을 뿌리면서 마지막 힘으로 날아가 듯이, 탄약이나 폭약을 담은 컨테이너, 종국에는 잉여 항공연료까지 뿌리면서 강하했다. 나뭇가지들에 기체를 스치고 설원에 접촉했다가 튕기고 구른 끝에 땅울림과 함께 기체의 파편을 뿌렸다. 도망치지 못한 〈레기온〉들을 짓뭉개고.

단말마의 비명을 지르듯이, 누출된 연료에 불이 붙는다.

만들어낸 진격로의 주변 일대에── 조만간 〈레기온〉들이 밀려들 틈새를 메우면서 하늘을 찌르는 화염의 장벽이 생겼다.

그것은 입안한 레나의 눈에도 너무나도 처절하게 비치는 진격로 개척이었다.

포병부대의 지휘관 중 하나에게서 통신이 들어왔다. 그에게는 자국 영토, 자국의 병기다. 그걸 아낌없이 희생하며 길을 여는 그 행위에 대한 두려움이 장년의 영관의 목소리를 떨리게 만들었다.

[모든 투사 스케줄을 소화. 진격로, 확보 완료.]

"라저. 용아대산 공략부대, 발진하세요."

대답하는 목소리에서 감정이 드러나지 않도록 의식해서 말했다. 입안한 것은 레나 자신이다. 그러니까 레나가 움츠러든 모습을 보일 수 없다.

그 냉철함을, 포병부대 지휘관은 어떻게 받아들였을까. 한순간

숨을 삼키고 압도된 상태로 입을 열었다.

[바나디스. 귀관은…….]

"뭡니까?"

[아니.]

머뭇거리던 지휘관은 고개를 내저은 듯했다.

여기서 입을 다물면 두 번 다시 말할 수 없을지도 모른다. 전장에 몸을 두고 죽음의 곁에 있는 군인의 각오를 가지고.

두려움 없이 결사행에 나아가는 에이티식스들과 〈시린〉들. 그리고 그 결사행에 흔들림 없는 목소리로 부하를 보내는 레나에 대한 두려움과 경의가 뒤섞인 목소리로.

[무운을. 우리의 전하와, 당신과 당신의 부하들에게.]

✝

초계하는 척후형이, 하늘을 뒤덮은 방전교란형이, 마지막에는 적 방어선 돌파를 위해 최전선에 집중시켰던 비장의 중전차형들까지도 연락이 끊겼다.

연합왕국군의 공세가 시작되었음을, 그녀는 깨달았다. 새하얀 장갑. 달에 몸을 기댄 여신의 퍼스널마크. 〈무자비한 여왕〉으로 불리는 지휘관형.

수단과 방법을 가리지 않는, 아니 이미 앞날도 생각하지 않는 듯한 연합왕국군의 화력 투사였지만, 수단은 몰라도 공세와 규모 자체는 아직 상정한 범위 안이다. 비록 그 중간까지라고 해도 포격과 자폭병기만으로 진격로를 개척하고, 화염의 장벽으로 유지한다. 그렇게 해도 돌격부대의 부담은 다소 줄어드는 정도겠지. 예비방어진지대에 남은 대다수가 저래서는 제대로 된 포격 지원도 얻을 수 없다.

하지만 하지 않으면 멸망한다. 그런 이상 막대한 출혈이 강요되더라도 연합왕국군은 반드시 공세로 나온다.

그런 확신이 그녀에게는 있었다. 적어도 저 일각수 왕실은 그렇게 나올 거라고.

왕후귀족이란 그런 것이다.

자신들이 살아남기 위해서라면 재산이든 백성이든 물처럼 써버린다.

그러니까.

나는.

하찮은 생각이다 싶어서 복합 센서를 가볍게 흔들었다. 이미 의미가 없다. 내가 왜 〈레기온〉을 만들었는지 따위는.

나는 〈레기온〉 지휘관, 식별명 〈미스트리스〉다.

그것에 불과하다.

《미스트리스가, 제단 각기에.》

응답하는 목소리는 〈레기온〉에 없다.

그렇지만 이를 놓치는 자나 거스르는 자도 없다고, 그들을 만든 그녀는 알고 있다.

《요격 준비──돌출하는 적기를 섬멸하라.》

✝

　기동타격군에 발진 명령이 내려왔다.

　미리 정해진 짧은 말 한마디뿐, 이제 와선 격려나 응원도 없어서 무기질하게 느껴질 정도인 그 명령을, 신은 대기하던 장갑수송차 안에서 들었다.

　지금 눈과 침엽수림 너머의 불길은 사라지지 않았다. 집요한 포격에 구멍이 나고 불타 문드러진 대지에 움직이는 그림자 따윈 이미 없고, 초토화된 길의 좌우를 화염의 장벽이 에워쌌다.

　솟구치는 검은 불길이 하늘을 찔렀다. 화염에 약한 방전교란형이 일단 대피하자 하늘의 구름에 구멍이 뚫렸다. 하지만 거기서 보이는 하늘은 제트 연료와 금속이 불탄 검댕으로 검게 더러워져 있었다.

　그리고 화염 장벽의 주위와 초토화된 길 저편, 단말마의 절규와 신음과 비명과 오열의 무리들.

　지금도 전장에 사로잡힌 기계장치 망령들의 목소리.

　지옥과 같다고 문득 생각했다.

　『신곡』의 한 구절. 지옥편. 그 시작인 지옥의 문에 대한 한 구절.

　나를 지나는 자는 비탄의 도시로

　그 앞에 있는 것이 지옥이라고 해도. 어디로 가는지, 그것조차 모른다고 해도.

거길 지나지 않으면 어디로도 갈 수 없다.

"가자."

차량들이 내려가는 것을, 레나는 관제실 메인스크린을 통해 보았다.

적 포병의 반격에 휘말리지 않기 위해서, 개척한 진격로를 적기가 틀어막기 전에 통과하기 위해서. 북쪽 사면의 포병진지가 아닌 남쪽 사면의 예비방어선, 그 근처 침엽수림에 매복해 있던 공략부대. 기동타격군의 〈저거노트〉와 비카 지휘하의 〈알카노스트〉, 그것들을 실은 장갑수송차와 이를 따르는 〈스캐빈저〉의 대열.

10톤 이상의 중량을 가진 〈스캐빈저〉도 눈을 밟는 발소리를 거의 내지 않는다. 눈과 울창하게 우거진 숲의 나무들이 소리를 흡수한 걸까, 디젤 엔진의 배기음도 들리지 않았다. 소리 없이, 말도 없이, 대열은 눈 쌓인 경사면을 내려갔다. 마치 불길한 장례식 행렬처럼, 흉흉한 검은 뱀처럼 나아갔다.

공격준비사격의 사격관제에 앙쥬나 크레나처럼 장거리 사격을 특기로 삼는 프로세서가 차출되었으니까, 공략부대에는 프로세서 전원이 참가한 게 아니었다. 지난번 작전으로 괴멸한 〈알카노스트〉도, 〈시린〉은 모를까 〈알카노스트〉의 완전 충원은 이루어지지 않았다. 그러니까 애초에 용아대산 공략을 위해 예정했던 것과 비교하면 실제로 보낼 수 있는 전력은 적었다.

"……."

그래도 쓸 수 있는 수는 모두 쓰고 발진 명령을 내린 지금, 레나에게는 그들에게 더 전해야 할 말이 없었다.

제시해야 할 작전도, 내려야 할 지시도, 전달해야 할 정보도, 모두 전했다. 남은 건 전선지휘관인—— 신의 영역이다. 모종의 상황 변화가 있다면 모를까, 그렇지 않다면 레나가 끼어들 문제가 아니다.

하지만.

입술을 꾹 다물었다. 옆에 있는 프레데리카가 팔짱을 끼고 메인 스크린을 올려다본 자세로 시선만 이쪽으로 힐끗 보내는 기척이 느껴진다.

붉은 눈동자가 질문하는 것 같았다.

신과 마찬가지로 염홍종의 피가 진한 진홍색 눈동자.

정말로.

그걸로 괜찮은가? 라고.

괜찮을 리가 없다…….

전해야 할 말은 아니다. 하지만 그것은 지휘관일 때다.

레나 자신은 개인적으로 하고 싶은 말이 많다.

사과해야만 했다. 그때 엇갈렸던 것은, 분명히 레나 자신도 잘못한 것이다.

사실은 말을 걸고 싶었다. 그러지 않으면 〈시린〉의 사체로 이루어진 길 앞에 우두커니 서 있었을 때처럼, 언젠가 어딘가로 사라질 것만 같은 느낌이 들었다.

소망을 다시금 맡기고 싶었다.

작전 중에 지휘관이 그런 소리를 해선 안 된다며, 마음속에서 약한 부분이 고개를 쳐들었다. 어쩌면 긍지가. 선혈의 여왕으로 불릴 정도로 연마를 거듭한 지휘관으로서의 그녀의 긍지가 하고 싶은 말을 방해했다. 하지만 주저하는 머릿속에 아까 포병지휘관이 한 말이 되살아났다.

전투 후에는 말할 수 없을지도 모르니까, 전해야 할 때 말을 전하는 것을 아쉬워하지 않는 군인의 마음가짐.

작전이 끝나고 또 얼굴을 맞댈 수 있다고 해도. 어쩌면 두 번 다시 만날 수 없을지도 모르는 지금 이때, 단절을 겁내서, 다툼을 꺼려서, 긍지 따위에 져서, 하고 싶은 말을 하지 않은 것을 자신은 평생 후회하게 될 테니까.

지각동조를 기동했다.

동조 대상은 한 명.

"신."

서로의 잠재의식과 집합무의식을 꿰뚫는 길 너머, 신이 살짝 눈을 치켜뜨는 기척.

[대령님? 무슨 일이라도…….]

"저번 일, 미안해요."

그 말을 가로막듯이 레나는 말했다.

그러지 않으면 말할 수 없을 것 같았다.

"생각 없이 지나친 짓을 했습니다. 말해 줄 때까지 기다리지 않았어요. 말해 줄 거라고 믿을 수 없었어요. 그건 틀림없이 내 잘못이었습니다. 정말로 미안해요."

[…….]

"하지만 말해 주었으면 하는 건…… 의지해 주었으면 하는 건 사실입니다. 힘들거든 가르쳐 줘요. 나도 당신을 지키게 해 줘요."

전장에서도, 전장이 아닌 곳에서도, 때로는 앞에 서서, 때로는 눈에 띄지 않게 나를 지키려 해 주는 당신처럼.

힘이 되고 싶다.

"지금은 이야기할 수 없더라도 언젠가. 당신의 아픔을 말해 줘요. 당신이 말할 수 있는, 의지할 수 있는 내가 되고 싶어요. 그러니까."

[의지하지 않은 건 아닙니다. 나는.]

"예. 분명 당신은 그럴 생각이 아니었겠죠. 다만 여전히 서로 말이 부족했을 거예요."

전하기 위한, 믿기 위한 대화가. 노력이.

여전히.

그러니까.

"이야기하죠. 돌아오거든. 편하게 말할 수 있을 만한 가벼운 화제부터. 그리고 언젠가 당신의 고통을."

[…….]

여전히 대답할 수 없는 거겠지. 입을 다문 신에게 레나는 미소를 보냈다. 지각동조 너머로는 표정이 전해지지 않지만, 마주 보고 말하는 정도의 감정은 전해진다.

언젠가 가슴에 숨긴 상처를, 목에 숨기고 있는 흉터의 유래를, 말할 수 있게 된 날에.

"부디…… 가르쳐 주세요."

"그래서……."

되도록 오래 움직이지 않게 해야 기갑병기의 성능을 유지할 수 있다는 점은 〈저거노트〉를 포함한 펠드레스도 마찬가지다.

뒤쪽 화물칸에 〈저거노트〉를, 앞쪽 객실에 프로세서를 태운 장갑수송차는 불타버린 협곡을 달렸다. 적의 습격에 대비하여 3분의 1 정도의 프로세서가 화물칸의 〈저거노트〉에서 대기하기 때문에 빈자리가 많은 차량 내부에서, 세오는 조금 떨어진 좌석에 앉은 소녀를 바라보았다.

프로세서의 쇳빛 탑승복도, 차량의 조종사와 같은 색깔의 전투복도 아니다. 연합왕국의 자흑색도, 〈시린〉들의 붉은색 군복도 아니다.

기분 나쁜 군청색 공화국 군복. 레나와는 달리 짧은 은발.

"으음, 펜로즈 소령이랬나. 왜 댁까지 오는 거야?"

"실험."

짧고 단적으로 아네트는 대답했다.

공화국 부수도인 샤리테 시의 지하 터미널 전투에서, 〈레기온〉은 어찌 된 일인지 아네트를 노획하려고 했다.

저번 레비치 요새기지 전투에서는 부대 이동을 극비로 했음에도 불구하고 제86기동타격군을 정확하게 표적으로 삼았다.

어디서 정보가 샜을까. 파견처인 연합왕국일까, 아니면 연방일까. 감청한 거라면 무전일까, 지각동조일까.

확인할 필요가 있다. 기밀과 통신의 보안도 여의치 않으면 앞으로의 작전행동에 차질이 생긴다.

"지난번에 나는 전투 영역에 없었으니까 당연히 아무 일도 없었지만. 이번에는 전투 영역에 나서서 통신상으로 존재를 밝힐 거야. 그리고 〈레기온〉이 나를 노리는지의 여부를 확인하고 싶어."

어디의 무엇에서 유출되었는지 특정하기 위해.

"말하자면 미끼로 나선다는 소리? 참 괴짜도 다 있네?"

공화국 시민이 에이티식스를 위해.

그 말에 은근히 담긴 야유를 아네트도 느꼈던 모양이다.

그래서 슬쩍 어깨를 으쓱였다.

"앞으로 같은 추태를 보이고 싶지 않잖아. 적어도 나는 싫어. 전력을 한 명 덜 데려오게 된 꼴이라서 미안하지만."

그 말을 듣고 있었는지 유토가 평소와 비슷하게 기계처럼 평탄한 목소리로 말했다.

[펜로즈 소령을 동승시키는 사키는 지난번 전투에서 부상을 당했다. 단순 조종은 몰라도 본격적인 전투는 힘들지. 애초부터 전력으로 계산하지 않은 기체다. 문제없다.]

"그래. 마음을 써 줘서 고마워. 그리고 만에 하나, 왕자 전하가 전사하거나 부상했을 때의 보험이야. 폭파장치의 기동은 결국 스위치를 누르면 끝이지만, 무슨 에러가 발생할지도 몰라. 그때 조작하는 정보단말, 너희 에이티식스에게는 아직 어려울걸."

"그렇겠지……."

누구 때문이냐는 마음은 조금 있지만, 세오도 그런 말을 하지는 않았다. 자신들에게 교육을 베풀지 않은 것은 공화국의 하얀 돼지들이지만, 동갑내기라는 이 기술사관 소녀가 그 책임을 질 일은 아니다.

대신해서 농담을 던져 주었다.

"그럼 그러는 김에 평소에 우리가 쓰는 보고서 같은 것도 대신 좀 해 주면."

"그건 일이잖아. 월급의 범주. 싫어도 훈련으로 생각하고 해."

즉각 거절당했다.

"애초에 아직 어렵다고 말했잖아. 여태까지 해 본 적이 없었을 뿐이지, 이해하는 게 빠르다고 교육 담당자에게 들었으니까. 조만간 뭔가 하고 싶어졌을 때 스스로 할 수 없으면 힘들 거야. 야한 사진 검색은 내가 안 해 줄 거니까."

세오는 "흥." 하고 콧소리를 냈다.

그래. 레나와 방향성은 다르지만, 이쪽도 나약하기만 한 공주님이 아닌 모양이다.

이 정도로 기가 세다면 이쪽으로서도 신경 쓰지 않아도 되니까 편하다.

"그것도 그렇군."

†

연합왕국군의 공격준비사격으로 포격영역의 〈레기온〉은 대강 날아갔지만, 포격 영역 이외의 〈레기온〉은 아직 건재하다.

지휘관기가 내린 요격 명령을 받고 그들도 움직였다. 제일 앞쪽에 있는 부대는 다른 방향에서의 공격에 대비하여 전투태세로 들어가고, 예비로 대기하던 부대가 적 돌격부대의 추격과 요격 태세를 갖추기 시작했다.

적 돌격부대는 각축구역, 지배 영역의 삼림을 통해 전진하는 모양인지 척후형의 초계망에 걸리지 않았다. 하지만 침공 루트를 예측하기란 쉽다. 연합왕국군은 부족한 병력을 화력투사로 메웠다. 그런 이상 돌격부대의 위치는 그 포격영역, 포격으로 쓸려나간 일시적인 공백지대와 그 연장선 위에 있다.

대량으로 뿌려진 제트 연료가 일으킨 화염의 장벽은 아직 사라지지 않았다. 자칫하다간 숲에 옮겨 붙어서 며칠 동안 계속 타오르겠지.

하지만 그 틈새를 누비며, 아직 화염으로 갇히지 않은 지배 영역으로 우회하여.

도망치는 사냥감에게 몰려드는 늑대 떼처럼, 〈레기온〉들이 사방팔방에서 적 돌격부대에 접근했다.

†

"그걸."

높은 곳에 진을 치고 있기에 비교적 잡아내기 쉬운 레이더의 반응과 신의 이능력.

그것들로 얻은 적 부대의 움직임을 모조리 머릿속에 전개하며 레나는 말했다.

이 정도의 요격부대를 순간적으로 추출할 수 있는 〈레기온〉의 숫자와 그걸 가능케 하는 재생산 능력.

반대로 연합왕국군은 용아대산 공략부대 이상의 예비전력이 더 없다. 요격부대를 제압하기 위한 새로운 전력을 추출하기란 불가능하다. 거리상으로도 어렵다.

하지만 애초에 그 요격을.

"예측하지 않았을 리가 없지요. 비카……."

"확인했다. 경이 예측한 진로와 딱 들어맞는군, 밀리제."

전날부터 침투하여 대기하고 전개를 완료한 〈시린〉과 동조를 연결한 〈가듀카〉의 안에서, 비카는 웃었다.

〈시린〉들은 〈알카노스트〉의 재배치 숫자가 부족하여 탑승할 기체를 얻지 못했다. 괜히 병력을 놀릴 여유도 없어서 관측용으로 잠입시키긴 했지만, 진격로 주변 전역에 전개할 정도의 숫자까지는 아니었다. 〈시린〉의 이동 속도도 센서 감지 범위도 인간을 다소 웃도는 정도다. 정확하게 전진관측을 하려면 〈레기온〉이 가는 루트에 정확하게 〈시린〉을 배치할 필요가 있다.

적 요격부대의 진로는 그 예측에서 한 치도 벗어나지 않았다.

그것도 사방에서 밀려드는 적 부대 중 한두 개 정도는 놓치거나 하는 수준이 아니다. 밀려드는 적 부대의 진로, 그 모든 것을 레나는 정확하게 예측했다.

그야말로 괴물 같은 능력이다. 비정상적인 자신을 싹 무시하고, 비카는 그렇게 생각했다.

"포대장. 사냥감이 킬 존에 들어온다. 시험사격은 필요 없지? 가루로 만들어 줘라."

[물론입니다.]

공략부대의 대열 중간 즈음에서 답하는 나이든 포대장의 목소리는 늙은 사자처럼 사납게 웃고 있었다.

침공하는 적 부대의 앞에 포격 영역을 설정하고, 모든 포의 조준을 맞춘 채 기다리는 포병의 전술.

돌격파쇄사격.

시험사격 데이터는 지난 10년 동안의 전투에서.

포 사정권의 모든 곳에 쏘아대며 이미 확보해 놓았다.

"사격 개시."

[명을 받듭니다. 전 포문, 사격 개시!]

†

대열 선두에서 척후형들의 호위로 따라온 전차형의 광학 센서에 갑자기 인간형의 그림자가 비쳤다.

피아식별장치에 응답 없음. 적성존재. 형태를 보면 비무장 민간인으로 판정. 위험도는 극소. 전차형은 대수롭잖게 중기관총 하나를 돌리고──.

그 직후.

고개를 든 척후형들이 경고를 발했다. 그것도 허무하게 음속을 훨씬 넘는 고폭탄의 비가 약한 햇살을 더욱 약하게 만들면서 그들의 머리 위에 쏟아졌다.

농밀한 포탄의 비를 피하지도 못하고 날아가는 전차형의 광학 센서가 마지막으로 본 것은── 눈 덮인 전장에 전혀 어울리지 않는, 진보라색 결정을 이마에 박고 미소 짓는 핑크색 머리칼의 소녀였다.

†

눈 덮인 길을, 차량들이 나아간다.

애초부터 용해산맥은 연합왕국의 영토이긴 해도, 대부분은 인간이 사는 땅이 아니었다. 짐승들도 잘 다니지 않는 깊은 산림 속을, 수많은 나무들과 쏟아지는 눈 속에 몸을 감추고 〈레기온〉을 피하면서 이동한다.

퇴로를 확보하기 위한 전력이 정기적으로 주력에서 벗어나서 숨었다. 정기적으로, 차례대로 숫자를 줄이면서 〈레긴레이브〉들은 전쟁터를 달렸다.

첫날의 행군이 끝날 때 기묘한 숲을 통과했다.

그 숲에는 여태까지와 마찬가지로 북방의 침엽수들이 있을 테지만, 순간적으로는 그렇게 보이지 않았다. 기묘하고 거대한 괴물 같은 하얀 눈덩어리가 끝없이 늘어서 있었다.

처음 보는 광경에 수송차 안에서, 혹은 전투대기 중인 〈레긴레이브〉의 콕핏에서 에이티식스들이 술렁거렸다. "저게 뭐지?"라는 말이 지각동조에서 흘러나왔다.

"수빙(樹氷)이로군요."

그렇게 말한 것은 연합왕국의 핸들러였다.

어딘가 자랑스러워하듯이.

여행 가서 모르는 동물, 모르는 풍경을 보고 넋을 잃은 아이를 흐뭇한 마음으로 지켜보듯이.

"눈과 공기 중의 얼음이 나무에 두껍게 달라붙어서 생긴 겁니다. 여러분은 처음 보겠지요. 눈이 내리기만 해서는, 그저 춥기만 해서는 이 광경을 볼 수 없어요. 조건이 있습니다. 그게 갖추어져야만 볼 수 있지요."

"……."

듣고 있던 비카가 말을 이었다.

[너희들. 혹시 기회가 생기거든 다음에는 겨울에 와라. 눈도 비도 아니라 얼음이 내리는 모습을, 달도 별도 없는 밤을 뒤덮는 빛을 보여주지. 이런 가짜 겨울이 아니라…… 우리 연합왕국의 화려한 겨울을.]

그때 비카의 목소리는 살짝 감상적인 느낌을 주었다.

누군가와 함께 본, 그 누군가를 떠올리는 듯한 느낌을 주었다.

그게 누구인지는, 신을 포함한 에이티식스들은 알 수 없었다.

그저 그 감상에 이끌려서, 모르는 이야기에 흥미를 품고 귀담아들었다.

그 동료의 침묵을 깨뜨리며 신은 말했다. 들은 적이 있다. 본 적은 없지만.

"다이아몬드 더스트와 오로라……인가."

[본 적은 없겠지. 한 가지 가르쳐 주지, 86구의 에이티식스. 전쟁터를 알지만, 전쟁터밖에 모르는 사냥개들. 너희가 아는 것만이 세계가 아니다. 절망하는 거야 자유지만…… 너희는 아직 절망할 만큼 세계를 알지 못한다.]

†

[용아대산 거점 내부의 임시 지도 송신……. 이것으로 다시금 작전을 확인하겠습니다.]

곱게 울리는 목소리와 함께 홀로그램으로 된 서브윈도우가 전개된다.

어두운 콕핏 내부를 희미하게 밝히며 빛의 선으로 이루어진 입체지도가 표시되었다.

그 모습을 보면서 신은 생각보다도 깊다고 생각했다.

용아대산 거점은 〈레기온〉이 만든 거점이다. 샤리테 시 지하 터미널과는 달리, 인류 측에는 내부 지도가 존재하지 않는다.

하지만 내부 구조도 모르는 적 거점에 그대로 돌입하는 것은 너무 위험하다. 퇴로 유지에 전력을 할애한 지금의 공략부대로서는 더더욱.

그 대용으로 급히 제작한 것이 이 입체지도다.

신의 이능력으로 〈레기온〉의 목소리가 이동하는 것을── 거기서 유추되는 기지 내부의 주요시설과 경로를 파악하고, 그 데이터를 토대로 숙영 중에 하룻밤 동안 〈바나디스〉의 연산능력으로 입체지도를 작성했다. 신은 2차원 평면상의 위치 파악과 비교해서 3차원 입체의 파악이 약하지만, 전차형이나 중전차형은 한 대만 해도 50톤, 100톤이나 되는 초중량 기체다. 운용하기 위해서는 그만큼 튼튼한 구조가 필요하고, 발전, 생산거점인 이상 필수 설비라고 할 것은 있다. 그런 조건을 고려하면 완벽하지는 못하더라도 비슷한 형태의 지도를 작성할 수 있다.

무턱대고 돌진하는 것보다는 낫다는 정도에 불과하지만.

[보다시피 거점 내부는 몇몇 구역으로 나뉩니다. 제1구역은 지표, 산맥 근처의 자동공장형으로 유추되는 공간. 제2구역은 지하, 옛 *화도 근처의 발전공장형⋯⋯. 열원의 위치와 배기, 냉각 사정으로 이 위치에 만들어진 모양이로군요. 옛 화산도에 인접한 발전시설, 제어중추는 조금 떨어진 곳에 따로 있는 화구 부근. 각각을 통로가 연결하고 있습니다. 그리고⋯⋯.]

레나의 설명에 따라 지도상의 구역이 깜빡였다. 퇴로와 함께 유지되는 통신망을 이용한 데이터 전송이다. 반년도 더 지난 전자가속포형 토벌전에서 침투한 〈시린〉이 했던 광학관측과 같은 수법이다.

[제3구역. 옛 화도에 인접한 지하 깊숙한 곳, 〈무자비한 여왕〉이 있는 곳입니다.]

---

* 화도(火道) : 지하에서 마그마 등의 화산 분출물이 화구로 이동하는 통로.

입체지도의 용아대산 중심부 부근. 그 말처럼 지하 깊숙한 곳의 한 점이 깜빡였다.

지금은 정상에 있는 분화구가 식은 용암으로 막혔지만, 과거에 마그마가 이동했을 공간. 그 바로 옆에 설치된 구역이다.

[이 구역은 역할을 알 수 없습니다. 〈레기온〉의 지령소로 생각할 수도 있지만…… 그런 것치고 〈레기온〉이 적습니다. 노우젠 대위의 관측으로는 〈무자비한 여왕〉뿐입니다.]

비카가 코웃음을 쳤다.

[구역에는 이름이 필요하겠지. 일단 옥좌의 홀이라고 부를까.]

불경한 말을 툭 내던진 왕자 전하는 아무래도 어깨를 으쓱인 모양이다.

[역할 분담은 브리핑했던 바와 변함없군, 밀리제. 내 지대와 클레이모어 지대가 각각 발전공장형 제어중추와 발전 유닛을, 선더볼트 지대가 자동공장형을 제압. 작전지역 주변의 봉쇄는 노르트리히트, 뤼카온을 중핵으로 제1기갑 그룹의 나머지 전대가 맡고, 〈무자비한 여왕〉의 수색을 스피어헤드 전대가 담당한다. 여왕의 침소에 쳐들어가다니 꽤나 야만적이군.]

기동타격군은 소속된 모든 프로세서를 4개 그룹으로 나누고, 최대 2개 그룹이 임무를 맡는다. 이 작전에서는 퇴로 유지에 제2기갑 그룹의 태반의 전력을 할애했기 때문에, 신과 스피어헤드 전대가 속한 제1기갑 그룹으로 용아대산 주변의 봉쇄와 거점 내부 공략을 하는 형태다.

또한 다수의 목표를 동시에 추적하는 이번 작전에서는 통상편

성시의 부대 단위인 대대로는 임무를 수행하기 어려워서, 거점 내부의 공략부대는 〈저거노트〉와 〈알카노스트〉의 전대를 몇 개 합쳐서 임시로 특정임무부대를 편성했다.

[또한 고기동형의 위치는 현재도 확인되지 않았습니다. 용아대산 거점의 방어전력일 것은 확실하니까, 출현했을 경우는 지난번과 마찬가지로 대응해 주세요.]

사방이 벽으로 둘러싸인 좁은 공간에서 전투가 빈발하는 용아대산 거점은 고기동형에 절호의 전장이다. 더불어서 돌격부대는 스스로 적진에 돌입하여 고립되는 부대. 즉, 요격하는 적군으로서는 자기들 진지로 끌어들여서 섬멸하기 쉬운 상대라는 소리이기도 하다.

최강의 전력으로 확실하게 격파하려고 들겠지.

[다만 이번 작전에서 고기동형 격파는 우선도가 낮습니다. 상대할 필요가 없다면 교전은 피해 주세요. 퇴각 시간과 작전지역 봉쇄의 한계시간도 생각하면 작전에 들일 수 있는 시간은 네 시간 정도니까요. 신속하게 제압합시다.]

곱게 울리는 그 목소리를 들으면서, 신은 씁쓸한 심정으로 눈을 가늘게 떴다.

아직 지난번 다툼을 사과하지 못했다.

레나는 사과해 주었다. 그녀에게는 잘못이 없는데. 그런데도 나는 아직 사과하지도 않았다.

지금은 그런 대화가 허락될 때가 아니지만, 돌아가면. 이 작전이 끝나면 사과하자.

해달라고 하던 그 이야기와 함께.

[라저.]

용아대산.

연합왕국인이 두려움과 경의를 담아서 그렇게 부르는 용해산맥 최대의 산은 그 이름처럼 하늘을 향해 드러난 용의 이빨 같은 위용이었다.

기슭에서 올려다보는 자가 있으면, 하늘을 찌르는 그 모습을 잘 알 수 있으리라. 은회색 하늘을 도려내는, 새하얀 예각의 능선.

그 아래에 펼쳐진, 인간의 침입을 허락하지 않는 울창하고 어두운 침엽수림 틈새를 척후형이 경계하면서 초계 순찰했다.

인간의 지배를 떠난 지 오래된 땅이지만, 생산거점인 여기에는 회수수송형의 일상적인 출입으로 자연스럽게 길이 생겼다. 거기만 눈이 덜 쌓인 길을 따라가면, 바위 경사면 도중에 갑작스럽게 나타난 금속제 내폭문이 차갑게 얼어붙은 채로 자리 잡고 있었다.

그 앞에서 척후형은 경계 레벨의 상승에 따라 복합 센서를 쳐들었고.

그 직후에 위에서 덮친 〈알카노스트〉들이 그 경량 기체를 짓밟았다.

나무줄기를 발판 삼아 타고 올라가서, 숲 틈새로 높이 도약하여 덮친 선발부대였다. 척후형이 반격에 나서거나 적습을 보고하기도 전에 아래를 향해 포격하고, 짓밟은 그것들을 날려버려서 침묵시켰다. 그 굉음도 꿰뚫으며 레르케의 목소리가 지각동조를 타고 달렸다.

[클리어! 저승사자님, 이 틈에!]

말할 것도 없다.

폭염이 지워지기도 전에, 신은 〈언더테이커〉를 몰아 그 틈새를 달렸다. 바라본 시선 앞, 광학 스크린에 지금은 무방비한 방폭 구조의 문이 비쳤다.

"바나디스!"

[사출했습니다. 앞으로 5초, 2, 1—— 착탄!]

땅을 훑는 고도로 돌진하는 비장의 미사일이, 유도를 위해 〈저거노트〉 하나가 쏘고 있던 레이저를 따라 방폭 구조의 문으로 돌진했다.

기폭.

종잇장처럼 우그러지고 안쪽으로 날아간 금속문이 바위 표면에 튕기며 큰 소리를 울렸다. 운 없는 〈레기온〉 몇 기가 휘말려서 침묵하는 것을 이능력으로 포착하면서, 신은 라이덴 지휘하의 화력 제압소대에 일제사격을 지시했다. 건물에 들어갈 때는 침투 순간이 제일 위험하다.

어둠 속, 입구 부근에서 기다리던 〈레기온〉의 목소리가 끊기는 것을 확인하고 돌입한다.

광학 스크린이 어두워지고, 즉각 야간 모드로 전환한다. 금속 다리 끝이 딱딱한 바위를 밟는 소리가 카……앙 하고 울려 퍼졌다. 설원용 다리 장비를 해제하면서 폭발 볼트의 음향 또한 길게 메아리쳤다. 넓은 공간이다. 아마도 회수수송형이 파괴된 기체나 그 잔해를 가져오고, 생산, 수복된 〈레기온〉을 실어서 반출하기 위한 화물 출입장일 것이다.

그 높디높은 천장 전체에.

"〈알카노스트〉각기. 유산탄 장전. 공중 작렬 모드. 사격 개시."

즉각 고개를 든 〈알카노스트〉가 포성을 울리는 것과 마치 초계 부대가 당한 앙갚음이라는 듯이 공중에서 자주지뢰와 근접엽병 형이 덮쳐든 것은 거의 동시에 이루어졌다.

갠트리 크레인이나 엉성하게 굴착한 암벽의 기복이 가리는 곳에 숨어 있던 경량급 〈레기온〉들. 하지만 그들이 항상 내는 단말마로 그 존재를 간파하는 신 앞에서 그런 은폐는 도움이 안 된다. 발사된 105mm 포탄과 낙하하는 〈레기온〉들이 교차하고, 캐니스터가 기폭하면서 사방으로 산탄을 뿌린다. 폭발 범위에 있는 자주지뢰가 종잇장처럼 찢겨지고, 그 잔해와 함께 살아남은 근접엽병형과 자주지뢰가 착지했다. 그것을 피해 〈저거노트〉와 〈알카노스트〉가 흩어졌다.

한편으로, 공중에서의 습격과 함께 전차형 중심의 방어부대가 안쪽에서 습격에 가담했다. 이에 대비하던 〈저거노트〉가 맞서고, 120mm와 88mm, 두 종류의 전차포탄이 교차했다.

암흑으로 가득한 광대한 공동은 삽시간에 난전의 양상을 드러내기 시작했다.

†

　연합왕국 사람이 용아대산으로 부르는 화산 내부를 파서 만든 거점의 제일 안쪽.

　화물 출입장에서 벌어지는 전투 영상 하나가 전송된 것을 보면서, 〈무자비한 여왕〉으로 불리는 지휘관형은 혼자 조용히 중얼거렸다.

　《그래. 역시 당신이 왔구나. 비카.》

　다소 해상도 낮은 광학영상에 비치는 것은 연합왕국군의 〈바르슈카 마투슈카〉 중에서도 센서와 통신능력을 증강한 지휘관용 개수형이다. 콕핏 블록의 퍼스널마크는 사과에 휘감긴 뱀으로, 연합왕국군의 요주의전력 '흐베드룽그' 의 마크로 확인되었다.

　십여 년 전에 몇 번 말을 나누었던, 어린 소년을 떠올렸다.

　일그러진 지성과 일그러진 정신을 품은, 일그러진 아이.

　세상의 이치를 망가뜨릴 것도, 인간의 도리를 침범하는 것도 털끝만치 아랑곳하지 않는, 하지만 그 행동의 근간에 있는 것은 그저 어머니를 만나고 싶다는 일념에 불과했던 어린아이.

　이 전쟁이 시작되기 이전의 일이었다.

　그녀가 〈레기온〉을 만들어내기 이전의 일이었다.

　그 아이는 그저 어머니를 만나고 싶을 뿐이었다.

　그 소망의 결과가 이 〈레기온〉 전쟁이다. 모든 인류가 파국에 이르는 계단이다.

　선의 따위는…… 선의야말로.

좋은 결말을 낳지 않는다.

총명하지만, 아직 세계를 전혀 몰랐던 아이는 지금쯤 그것을 깨달았을까.

그리고.

다른 영상으로 전환하여 영상 속을 종횡무진 질주하는 순백의 펠드레스를 보았다. 〈레기온〉의 데이터베이스에 요주의 전력으로 기록된, 야삽을 짊어진 목 없는 해골의 퍼스널마크를 가진 펠드레스. 정확하게는 그 조종사.

전직 군인이라고 해도 생전에는 전장에 나간 적이 없는 그녀의 감각으로는 너무나도 불길한, 마치 저승사자 같은 해골 문장. 그런 것을 자기 기체에 붙인 역전의 적.

이름은 모른다. 아마 알 일도 없겠지.

제국 귀종(貴種)의 피를 진하게 이었으면서, 제국의 귀족 출신으로서는 있을 수 없는 색채.

《발레이그르.》

†

사각에서 튀어나갈 생각이던 자주지뢰를, 〈가듀카〉의 강화된 레이더가 포착했다.

시야 구석으로 유아형 지뢰를 포착한 비카는 인간의 본능에 새겨진 보호대상의 형태일 터인 그것을 주저하지 않고 〈가듀카〉로 걷어찼다. 한랭기후의 연합왕국에서는 있을 수 없는, 공화국식의 유아복을 입은 자주지뢰가 우그러지면서 하늘을 날았다.

폭음과 함께 금속 구슬을 흩뿌리는 대인형 자주지뢰는 펠드레스에게 통하지 않는다. 그런 이상 여기에 있는 것은 대전차형 자주지뢰지만, 대전차형의 성형작약은 근접거리가 아니면 효과가 없다.

그러니까 거리만 벌리면 자주지뢰는 위협이 되지 않을 터였는데── 최적의 거리를 벗어났음에도 불구하고 유아형의 자폭병기는 주저 없이 자폭했다.

"?!"

눈에 보이지 않는 충격파가 어둠을 찢었다. 그 뒤에 퍼진 것은 금속 구슬이나 메탈제트도 아닌, 기묘하게 은색으로 빛나는 연기였다.

"칫⋯⋯."

거리가 가깝다. 〈가듀카〉의 운동 성능으로는 피할 수 없다.

자기 기체의 다리도 보이지 않을 정도로 진한 연기였다. 광학 센서만이 아니라 레이더까지 일시적으로 무력화된다.

레이더 탐지를 방해하는 것의 정체는 연기에 섞여 있는, 탐지파를 난반사시키는 알루미늄을 추가로 붙인 플라스틱 파편이다.

대인형도 대전차형도 아니다. 말하자면 전자교란형──이라고 호칭해야 할까.

귀찮군.

종래형의 자주지뢰와 함께 운용했다간──아마도 틀림없이 함께 운용되겠지만──신의 이능력이 아니면 탐지하기 어렵다.

잘그락. 깨진 자갈을 밟아 으깨는 소리에 눈을 가늘게 떴다.

뒤에서 들린 소리.

돌아보니 좌우와 후방을 가로막듯이 척후형들이 버티고 서 있었다. 연기가 걷혀서 시야가 회복된 정면에는 근접엽병형이 섰고, 그 뒤에는 자주지뢰들이 빽빽했다.

포위되었나. 뭐, 그것도 당연하지.

비카는 그렇게 생각했다.

펠드레스치고 경량인 〈저거노트〉와 〈알카노스트〉 사이에서 딱 한 대뿐인 중량급의 〈바르슈카 마투슈카〉, 그것도 센서와 통신기능을 강화한 지휘관 사양이다. 공략부대의 지휘관이라고 판단되는 것도 당연하겠지.

아니면 캐노피 아래 장갑에 그린, 사과에 휘감긴 뱀 그림의 퍼스널마크가 연합왕국군 지휘관의 것임을 〈레기온〉들도 알고 있든가.

포위된 것을 감지한 라이덴이 〈베어볼프〉의 머리를 돌렸다. 지각동조 너머로 혀를 차는 소리가 들렸다.

〈챠이카〉는—— 레르케의 기체는 이쪽을 보았지만, 움직이지 않았다.

애초에 비카는 〈챠이카〉를 직속부대의 선봉으로 쓰더라도 자기 호위로는 두지 않는다.

비카는 희미하게 웃었다. 차갑게.

오만하게.

"얕보지 마라, 잡병들."

전투에 장갑보병을 동반시킬 수 있는—— 장갑보병에게 자주지뢰나 척후형, 근접엽병형의 대처를 맡길 수 있는 연방의 펠드레스와는 다르다.

기술력과 장갑재 생산력의 차이, 인간의 침입도 생존도 거절하는 한겨울과 눈 덮인 주전장이라는 특성 때문에 보병전력의 강화를 포기한 연합왕국의 펠드레스는, 그렇기에 무리를 지은 소형 적기를 직접 처리할 필요가 있었다.

그러기 위한 기능도 필요했다.

무장 선택. 주포 125mm 포. 캐니스터 장전. 대지공격 모드.

다수 선택. 전방 14mm 기총. 7.62mm 동축기관총. 철갑탄 장전. 유탄포. 모든 포문. 대장갑 고폭탄 장전. 탑 어택 모드. 조준 설정.

모든 무장 록온.

격발.

펠드레스 중에서 이례적일 정도의 중무장을 자랑하는 〈바르슈카 마투슈카〉의 모든 무장이 일제히 포효하는 모습은 그야말로 가까이에 떨어진 낙뢰와 비슷했다.

등 쪽에 있는 건 마운트에 장착된 125mm 전차포가, 기체 전방과 포탑에 장착된 기총 2정이, 등지느러미처럼 기체 상부에 두 줄로 늘어선 총 8문의 40mm 유탄포가 하나같이 다른 표적을 조준하고 포성을 내질렀다. 〈가듀카〉를 중심으로 마치 봉선화 씨앗이 뿌려진 것처럼 부채꼴로 포탄이 질주했다.

대지공격 모드로 설정된 155mm 캐니스터가 자주지뢰들의 머리 위에서 기폭하여 무수한 산탄을 날렸다.

전동 톱처럼 날카로운 규환을 질러대는 기총 2정이 1초도 안 되는 사격 동안에 수십 발의 철갑탄을 정면에서 덤벼드는 근접엽병형들에게 퍼부었다.

박격포 같은 포물선을 그린 유탄이 각자 다른 척후형에게 돌진하여 터졌다.

그리하여 나타난 것은 난전을 벌이는 전장치고 기묘한, 〈가듀카〉를 둘러싼 공백지대였다. 모든 적기가 이 일격에 쓸려서 침묵했다.

주포, 기총 2정, 유탄포 8문.

그리고 모든 무장의 동시 록온 기능.

무리를 지은 적기 전부를, 보병의 지원도 없이 혼자서 쓸어버리기 위한—— 그것이 〈바르슈카 마투슈카〉 특유의 무장이며, 기능이다.

물론 아무나 쉽사리 다룰 수 있는 기능은 아니다.

비카는 그러는 쪽이 빠르니까 수동으로 동시 록온을 하지만, 일반 조종사들은 전용 AI의 보조를 받아서 간신히 운용할 수 있다는, 지극히 다루기 어려운 기능이다.

하지만 이러지 않으면 성능에서 뒤처지는 연합왕국의 펠드레스와 전력이 부족한 연합왕국군은 이 〈레기온〉 전쟁에서 살아남을 수 없었다.

[항상 그렇지만, 훌륭하십니다, 전하. 또 소생이 나설 자리가 없군요.]

쓴웃음을 지으며 레르케가 말을 건넸다.

라이덴이 "으헤." 하고 소리를 흘렸다. 숨길 생각도 없는 감탄의 색채를 띠고서.

[제법이잖아, 왕자 전하.]

"지휘관과 병사라는 차이는 있지만, 이쪽도 경들과 비슷한 나이 때부터 종군했으니까. 못 하면 말이 안 되지. 내 실수로 병사들에게 지휘관을 잃는다는 말도 안 되는 불명예를 씌워선 안 되겠고."

화물 출입장의 〈레기온〉 요격부대를 소탕한 돌입부대는 4개로 분산해서 각자의 목표를 향해 진격했다.

방전교란형의 초중층 전개를 해제하기 위해 발전공장형과 자동공장형을 제압하는 비카의 가듀카 지대와 리토의 클레이모어 지대, 유토의 선더볼트 지대. 〈무자비한 여왕〉을 탐색하고 포획하는 스피어헤드 전대. 그리고 그 모든 부대에 따라가는, 이 용아대산 거점 파괴를 위한 자폭 사양의 〈알카노스트〉 부대.

화물 출입장에서 자동공장형이 있는 곳으로 이어지는 길과는 별도로 화구의 열원 부근에 있는 발전공장형으로 이어지는 길이 있어서, 그 갈림길에서 비카, 리토와 헤어졌다. 지하로 내려가는 길을 따라가며 자동공장형의 내부로 들어갔을 때 전투를 선더볼트 지대에 맡기고, 신과 스피어헤드 전대는 더욱 안쪽으로, 〈무자비한 여왕〉이 있는 곳으로 질주했다.

원래부터 용아대산 내부에 존재했던 동굴을 통로로 이용하는 거겠지. 중전차형 두 대가 나란히 서도 여유가 있을 만한, 바위 표면이 그대로 드러난 기나긴 길이었다. 딱딱한 발소리가 울리는 그곳을, 동행한 자폭 사양 〈알카노스트〉에 맞춘 속도로 나아갔다. 무장을 떼어내고 적재중량 가득하게 폭약을 실은 그녀들은 다소 속도가 느리다. 이에 따르는 파이드와 〈스캐빈저〉, 척후 겸 길을 뚫는 역할을 겸한 통상 사양의 〈알카노스트〉들.

동굴은 깊고 어둡고, 땅속으로 이어졌다. 그 앞에서 울리는 무자비한 여왕의 목소리에 신은 의식을 기울였다.

지난번 요새 탈환전 마지막에 일부러 이쪽을 직접 보러 오는 짓을 했으니까, 〈무자비한 여왕〉의 목소리는 들어서 기억했다. 지금은 집중하지 않아도 그녀가 이 용아대산 거점의 심층부, 옥좌의 홀에 있다고 알 수 있다.

〈레기온〉이 신의 이능력을 어느 정도 파악한 모양인 이상, 신기하다고도 할 수 있는 행동이다.

무엇이.

목적일까?

그때 갑자기 콕핏에 경고가 울렸다.

"윽……?!"

의식은 기체 밖, 주변 상황에 돌린 채로 경고를 보았다. 기체 온도에 이상 수치. 전투는 한참 전에 끝났고 출력도 순항 모드로 내렸음에도 불구하고 〈언더테이커〉의 기체 온도가 상승했다.

뭔가 싶어서 계기판을 보고 곧 깨달았다. 외부 기온이 이상하게 높다. 그 바람에 기체의 냉각 장치가 따라가지 못하는 것이다.

"그런 건가……."

고려해야만 했다.

용아대산은 지열발전을 하는 〈레기온〉의 거점이다.

말 그대로 하늘을 뒤덮은 방전교란형을 유지하기 위해서, 북쪽의 미덥지 않은 태양광 에너지를 보충하기 위해서, 고온을 내는 화산을 이용한 발전이 효율적이다.

용아대산 내부가 고온 환경이라고, 그것도 맨몸으로는 견딜 수 없을 정도라고 생각해야 했다.

인간의 발전시설이라면 당연히 온도를 낮추는 대책을 세운다. 하지만 인간보다 훨씬 고온에 강한 〈레기온〉이라면 군이 번거롭게 냉각할 필요도 없다.

같은 경보를 본 건지, 라이덴이 씁쓸하게 입을 여는 낌새가 느껴진다.

[신. 이건──.]

"그래. 오래는 못 버티겠군. 각기, 작전 예정을 다소 변경한다. 이 고온의 환경에서는 네 시간도 움직일 순 없다."

냉각 장치는 지금 외부의 고온에 비명을 지르고 있다. 장시간 작전행동은 어렵다.

그리고.

"알고 있겠지만, 만에 하나 용암을 봐도 접근하지 마라. 접촉하면 못 버틴다. 알루미늄 합금은 불에 약하다."

"과연, 이 묘한 편성과 길폭은 그래서인가."

잠복은 당연히 있을 거라고 상정했지만, 왜인지 전차형과 중전차형으로 이루어진 중기갑부대뿐.

그런 편성을 몇 번 상대하고 비카는 씁쓸하게 중얼거렸다.

장갑이 두꺼운 중량급은 외부 온도의 영향을 덜 받는다. 두꺼운 복합장갑이 외부 온도에 대한 단열 효과를 내는 것이다. 하지만 장갑이 얇은 경량급의 〈레기온〉은 그렇지 않다. 얇은 장갑은 외부의 고온을 쉽게 내부로 전달하고, 애초부터 기체 온도가 오르기 쉽고 운동량이 많은 기동전을 주체로 하는 기종이다. 처음에 진입했던 화물 출입장 외의 장소에서 경량급이 나오지 않은 것은 이 때문일까.

그리고 열에 약하다는 단점은 마찬가지로 장갑이 얇고 기동전투를 장기로 삼는 〈저거노트〉나 〈알카노스트〉도 마찬가지다.

자기는 인간이 아니라면서 경고를 무시하고 움직인 거겠지. 기체가 오버히트해서 움직일 수 없게 되고 성형작약탄을 정통으로 얻어맞아 불타오른 〈알카노스트〉를 흘려보며 비카는 그 보라색 눈동자를 가늘게 떴다.

연합왕국의 펠드레스 특유의 후부 캐노피가 열리고 주르륵 미끄러지듯이 안에 있는 〈시린〉이 내렸다. 이미 내부까지 불길이 미쳤는지, 그대로 쓰러진 〈시린〉은 인간의 형태만을 알아볼 수 있을 만큼 불길에 휩싸여 있었다. 탑승복은 당연히 내화 성능을 갖추어야 하지만, 생환시킬 필요가 없는 그녀들의 군복에는 부여되지 않았다. 그 정도 기능을 인간이 아닌 그녀들에게 부여할 여유는, 연합왕국에서는 옛적부터 없었다.

"수고했다. 야나나. 미안하다."

자폭 명령을 송신해서 〈시린〉의 인조뇌를 파괴했다.

그녀들에게는 통각도 공포심도 없지만, 인간형이 불타는 모습을 지켜보고 있을 만큼 비카도 악취미는 아니었다.

만일 〈시린〉 내부의 망령이란 것이 거듭되는 죽음에 비명이라도 지른다면, 같은 전장에 있는 신에게는 부담이 되겠지.

기동타격군의 첫 임무에서는 작전 영역에서 갑자기 기동한 〈목양견〉이 부담이 되어서 신이 일시적으로 전투불능이 되었다고 들었다. 똑같은 일이 일어나면 곤란하다.

"발전시설로 간 클레이모어 전대도 고온이나 적 부대의 편성은 비슷한 상황인가. 용아대산 지하 전역이 이런 상태라고 생각하는 편이 좋겠군."

그렇다면 고기동형은 여기에 없을까 하는 생각이 들었다. 장갑이 얇고 기동전에 특화된 그 신형도 조건은 마찬가지다. 불리한 이 전장에는 애초에 배치되지 않았던 걸까.

아무튼.

"땅속은 싫다. 얼른 끝내고 돌아가자."

불규칙하게 꿈틀대며 아래로 뻗은 지하 동굴을 얼마나 내려갔을까. 그 끝에는 마치 고대의 신전처럼 광대한 공간이 있었다.

무너진 바위 기둥이 불규칙하게, 그러면서도 올려다봐야 할 정도의 높이로 쭉 늘어섰다. 발판과 장애물이 많고, 그러면서도 도약기동을 가로막지 않을 정도의 높이와 넓이. 〈저거노트〉에 유리한 전장이었다. 하지만 열원분포를 확인하며 신은 눈을 찌푸렸다. 이 지하신전의 곳곳에서 고온의 공기가 눈에 안 보이는 간헐천처럼 나오고 있었다.

아득히 지하의 무슨 고열원체와 이어지는 구멍이 있는 거겠지. 보이지 않는 고온의 벽이 미로처럼 공간 전체에 가득했다.

세오가 말했다.

[저거에 직격하면 오버히트로 못 움직이게 되겠어.]

[이런 데서 전투가 벌어지면 귀찮아. 얼른 빠져나가자.]

"그러고 싶은데 말이지. 하지만……."

무너진 기둥 저편, 천천히 기체가 일어섰다.

신의 이능력은 그 존재가 나타나기 전부터 파악하고 있었다. 들은 적 있는 목소리. 수리가 늦어서 결손된 상태인 기총 2정과 하나 부족한 다리는 신이 이전에 파괴한 것이다.

이전에 전투가 벌어졌고 패배를 맛보았다. 스피어헤드 전대와 브리싱가멘 전대도 놓쳤던 중전차형.

아마도 에이티식스의 〈양치기〉.

"매복이다."

이 거리에서도 시끄러운, 귀를 찢는 단말마의 절규가 전투의 시작을 알리듯이 울렸다.

그 목소리에 신은 눈을 희미하게 떴다.

아는 목소리다. 이제는 누구였는지도 떠올릴 수 있는 목소리다. 기억의 어둠 속, 거기에 있는 것은 알겠지만, 아직 흐리멍덩한 가족이나 고향보다는 훨씬 선명하게. 더 쉽게.

86구의 최전선에 배속되었던 최초의 1년. 가장 많은 프로세서가 목숨을 잃는 그 시기의 한순간, 같은 부대였던 청년의 목소리다.

──퍼스널네임. 슬슬 생각해야겠네.

── '발레이그르' 라면 어떨까. 어느 신의 별명이야. 아름다운 붉은 눈이니까.

그렇게 말하며 웃었다. 그리고 그다음 전투에서 죽었다.

"대장……."

중얼거린 것은 라이덴조차도 모르는 옛 전우의 이름.

처음에 신이 예견했던 대로 기둥이 늘어선 이 전장은 공간 자체가 넓지만, 눈에 보이지 않는 고열 공기가 불규칙하게 분출되면서 벽처럼 〈저거노트〉의 기동을 제한했다.

광학 스크린에 비치는 넓이보다도 이동이 가능한 범위가 훨씬 좁았다. 랜덤으로, 복잡하게 꺾이는 고열의 벽이 접근이나 우회는 물론이고 순간적인 회피행동마저도 방해했다. 적 주포에 비해

약한 88mm 전차포로 노려야 하는, 장갑이 약한 측면이나 후방, 포탑 상판으로 돌아갈 수가 없다. 연계하는 데 가장 좋은 위치를 잡기도 어렵다. 고온의 방해 때문에 뛰어서 피하지 못한 〈저거노트〉가 76mm 부포에 장갑이 찢어지고, 진로를 잘못 읽어서 분출구를 통과한 〈알카노스트〉가 움직일 수 없게 되어 기총 사격을 받았다.

한편 중전차형은 그 고온의 벽을 무시하고 움직였다.

두꺼운 장갑을 통한 단열은 그런 것을 무시하며 분출구를 뛰어넘고, 고온의 대기를 찢으며 질주했다. 손해가 전혀 없는 것은 아니겠지만, 움직이지 못하게 되는 상황은 아직 없었다. 원래부터 강력하기 짝이 없는 155mm 포를 지녔고 〈저거노트〉보다는 기동성에 의존하지 않아도 되는 기체다. 다소의 기체 온도 상승은 잠시 멈춘 동안에 냉각시킬 수 있겠지.

그렇게 쏘는 포탄 또한 고열로 인한 영향은 적다.

살짝 흔들리는 아지랑이를 뚫고 고속철갑탄이 날아왔다. 그걸 피하며 신은 혀를 찼다.

단단하다. 아마도 이쪽이 뚫고 올 수 없음을 알고 고열의 벽을 방패로 삼고 있다. 그럴 생각으로 여기에 매복한 걸지도 모른다.

적이 껄끄러워하는 전장으로 유인하여 차폐물에 몸을 숨기고 지형을 이용하여 적기를 격파한다. 신이 배운 것과 같은—— 에이티식스의 전법.

여기서 시간을 낭비할 수 없다. 그 초조함이 드러난 걸까. 〈베어볼프〉가 흘깃 시선을 돌리는 기척이 느껴진다.

[지난번 같은 짓을 할 생각은 아니겠지?]

지난번처럼 몸을 버리는 듯한 전투는 앞으로는 없다.

"알고 있어."

†

하얀 어둠 속에서, 그것이 움직인다.

눈 속에 숨어서. 예측된 돌격부대를, 그 퇴로를 끊고 확실히 섬멸하기 위해서 배치된 매복 장소에서.

《재기동. 시스템 체크.》

《전술 데이터 링크에서 임무 전달.》

《임무 수령. 적 돌격부대의 퇴로 습격. 습격 위치 확인. 이동을 개〈파기〉〈전술 데이터 링크의 지시를 파기〉〈파기〉——.》

《——.》

《목표 확인.》

《롤아웃 초기 목표 확인.》

《초기 목표 : 모든 적성존재에 대한 우열 확립.》
《즉, 모든 적성존재에 대해, 승리 가능한 진화의 달성.》
《고로 해당기는 패배가 허가되지 않는다.》

《고로.》
《격파 미달성의 적성기는 격파해야만 한다.》
《격파 미달성 적성기의 격파는 초기 목표 달성을 위해 최우선이라고 판정.》

《임무 재설정.》

《최우선 격파 목표 : '발레이그르'.》

†

갑자기 귓속에 꽂히는 절규에 신은 눈살을 찌푸렸다. 제대로 알아들을 수 없는 기계어로 이루어진, 단말마가 아닌 무기질적인 절규. 두 번의 전투를 거치며 이제는 익숙해졌다.

[고기동형이네.]

"그래. 이제야 납신 모양이다."

여태까지 신의 이능력에 잡히지 않다가 갑자기 튀어나온 것을 보면, 모종의 동결 상태였던 거겠지. 목소리의 위치는 멀어서, 용아대산 거점 안이 아니라 후방 진격로 부근. 돌격작전은 적진으로 파고드는 것이다. 이에 매복, 혹은 퇴로를 끊어 고립시킨 뒤에 두들기는 것은 정석이라고 할 수 있다. 설원에서 다수와 상대하는 전투에 전혀 맞지 않는 무장인 탓도 있어서, 고기동형을 투입한다면 용아대산에서의 요격, 그게 아니라면 퇴로이기도 한 공략부대의 이동 경로를 습격할 거라고 레나와 참모들, 연합왕국군 제2전선의 사령본부는 예상했는데, 퇴로 쪽에 왔나.

퇴로를 지키는 제2기갑 그룹이 요격 준비를 갖추는 데는 아직 충분한 거리가 있다. 출현 위치의 주위 전대에 경고를 날리려다가──.

깨달았다.

아니다.

고기동형은 퇴로의 어느 전대에게도 향하지 않았다. 진로는 북쪽. 이건…….

"레나! 경계하십시오. 고기동형은 지령소로 향하고 있습니다!"

보고를 받은 레나의 가슴속에 솟구친 것은 경악이 아니라 의혹이었다.

"고기동형이 이 지령소로? 왜……."

의미가 없다. 전략적으로도 전술적으로도, 전혀 의미가 없는 행동이다.

〈레기온〉이 지금 지켜야 하는 것은 용아대산 거점이고, 〈레기온〉이 지금 공격해야 하는 것은 침입한 공략부대다. 예비진지의 연합왕국군, 하물며 이 지령소를 때릴 필요는 없다. 그런 것은 지배 영역 안에서의 전투에 아무런 기여도 하지 않는다.

저번 공세에서 레비치 요새기지를 노렸던 것도 기묘했는데, 이번에는 더욱 이상하다. 그때는 그래도 중기갑사단과 연계하고 있었다. 공세가 성공하면 기동타격군은 철수할 곳을 잃고 적 사이에 고립되는 상태였다. 장애물이 많고 좁은 기지였으니까 3차원 기동이 특기인 고기동형이 그 위력을 최대한으로 발휘할 수 있었다.

이번에는 다르다. 이 지령소가 함락되어도 공략부대는 다른 진지로 돌아가면 되고, 고기동형은 연계도 없이 혼자 있다. 게다가 근거리 전투에 특화된 고기동형이 꺼리는 탁 트인 평지.

그런데 왜. 아니.

지금은 요격이 먼저다.

"시덴!"

"오케이!"

쏟아지는 눈 속, 시커멓게 칠한 〈키클롭스〉는 그림자 같은 모습을 하고 있었다.

〈키클롭스〉의 레이더 스크린에는 아직 적의 모습이 나타나지 않았지만, 시덴은 적이 나타났다는 말을 듣고서 그 진로를 예상하지 못할 만큼 신참이 아니다.

주변 지형, 이쪽의 전력과 분포, 그리고 적 기종. 그것만 알면 어느 정도 적의 움직임을 예상할 수 있다. 인간과는 다른 사고로 움직이는 〈레기온〉도 기본적으로는 육상을 다리로 이동하는 다각병기다. 그런 이상 이동이 가능한 지형은 한정된다. 예측되는 이동 경로에 킬 존을 형성하고, 〈키클롭스〉와 브리싱가멘 전대는 덫에 뛰어드는 사냥감을 기다렸다.

"각기, 배치 완료했군. 조준을 맞추고 그대로 대기."

[라저.]

소대를 대표해서 소대장들이 대답했다. 소녀의 목소리로만 이루어진 그 응답. 브리싱가멘 전대는 기동타격군에서 유일하게 여성만이 대장을 맡는 전대다.

86구의 가혹한 전장에서 극단적으로 생존율이 낮았던, 체력과 체격이 뒤떨어지는 소녀병.

그 와중에서도 살아남은 다섯 명이다. 체격은 차이가 나는 소년병에게 뒤떨어지더라도—— 숙련도와 기량으로는 결코 뒤떨어지지 않는다.

레이더 스크린에 순간적으로 적기의 붉은 광점이 켜졌다가 사라졌다. 광학위장을 전개한 거겠지. 그 모습은 아직 보이지 않는다. 하지만——.

눈발의 일부가 부자연스럽게 날아올랐다. 거기에 바람을 두른 뭔가가 있다고 시덴에게 알려주었다. 동체 반응이 있다고 레이더가 반응을 보냈다. 그것은 데이터 링크를 통해 그 지휘하의 〈저거노트〉 전기에 순식간에 공유되었다.

"사격 개시!"

땅을 훑는 듯한 고도부터, 여태까지의 전투에서 확인된 최대 도약고도까지.

일제히 사격한 88mm 포탄이 그물을 펼치듯이 질주했다. 그중에서 한 발이 눈 덮인 풍경의 일부를 찢었다.

찢겨 날아간 방전교란형의 은색 파편 너머, 은색 야수의 모습이 슬쩍 보였다. 비늘이나 나이프와도 비슷한 예리한 날개 모양의 장갑을 온몸에 두르고, 민첩한 네 다리를 눈에 꽂고 서 있는, 이제는 익숙한 그 모습.

이렇게 완벽하게 매복을 당할 거라고는 생각도 하지 않았을까, 정통으로 얻어맞아 기체가 흔들렸다. 헛다리를 짚고, 그래도 도망치려고 몸을 비틀어서 둔하게 움직이는 그 다리에 제2, 제3의 포격이 쇄도했다. 연이어 터지는 캐니스터가 그 몸에 두른 광학위장을 찢어냈다.

어떤 신형, 어떤 강적이더라도 이번으로 두 번째 만나는 것이다. 어떻게 싸울지는 지시할 것도 없이 알고 있다. 광학위장만 벗겨내고 다수로 상대하면 별로 무섭지 않다.

뛰어서 물러나려던 고기동형을 드디어 성형작약탄 하나가 따라잡았다. 초속 1000미터를 가뿐히 넘는 전차포탄은 이 거리라면 거의 발사와 동시에 착탄한다.

인간의 동체시력으로는 도저히 볼 수도 없는 그 순간.

포탄이 은색 그림자에 접촉했다. 신관이 작동하여 기폭했다.

고기동형의 은색 그림자는 다음 순간—— 실로 어이없이 흩어졌다.

[레이더 반응······ 소실. 고기동형의 침묵을 확인······. 대단하네요, 시덴.]

킬 존이 깔린 이곳와는 거리가 먼 후방 지령소에서 레나가 숨을 내쉬는 기척.

한편, 시덴은 석연치 않았다.

너무 쉽다. 아무리 그래도 너무 쉬운 것 같았다.

86구에서 몇 년이나 살아남은 그녀의 감이 그렇게 말했다. 이건 이상하다. 그래, 아마도······.

그때 신이 숨을 삼켰다.

동시에 시덴은 그걸 감지하고 소름이 돋았다.

[각기, 경계를 유지해! ──아직 안 죽었다!]

"······!"

순간적으로 〈키클롭스〉를 뒤로 물린 것은 오랜 전장 생활로 배양한 직감 때문이었다. 갈고닦은 전사의 본능이 오감을 뛰어넘어서 포착한 이른바 살기와도 같은 것. 그것에 대해 생각하기 이전에 취한 반응.

그 직후에 눈앞을 검은 기체와 그것이 휘두른 고주파 체인블레이드가 스쳐 지나갔다. 그것이 가볍게 쓰다듬고 지나간 〈키클롭스〉의 장갑이 금속 비명을 지르며 찢어졌다.

"고기동형······!"

파란 광학 센서가 비웃듯이 그녀를 보더니 그 직후에 모습을 감췄다. 눈에 섞여서 내려온 방전교란형의 광학위장을 다시금 몸에 둘렀다. 그래도.

"샤나! 정면! 갈겨버려…… 큭?!"

예측 진로에 포격을 지시하려던 순간, 그 예측에서 완전히 벗어난 장소에서, 이 한순간만으로는 도저히 이동할 수 없을 이상한 속도로 고기동형의 은색 그림자가 출현했다. 숨을 집어삼키면서 샤나의 〈멜뤼진〉이 머리를 돌려 포격하고, 직격을 맞아 고기동형이 흩어졌다. 또다시, 이번에는 동체 반응이 엉뚱한 곳에서 포착되고, 즉각 포탑을 돌리려던 동료기가 다음 순간 머리 위에서 체인블레이드에 베였다.

이건, 대체.

"어떻게 된 거야……?!"

그 광경은 레나와 후방 지령소에 잇는 사람들에게도 전해졌다.

"어떻게…… 된 거지."

"속도가, 이전 전투보다도 빨라졌다고? 아니지. 그게 아니면 여러 대인가? 하지만 그렇다면 어떻게 가동 상태로 신의 이능력을 기만하고……."

몸을 내미는 기척과 함께 지각동조 너머로 그레테가 말했다.

[더미야! 공격하는 녀석이 본체, 그 이외는 눈에 보이는 형상만 있는…… 유체장갑만 있는 더미야!]

그 말과 동시에 후방의, 그레테가 있는 포병진지에서 유선으로 사진 데이터가 전송된다. 그녀도 브리싱가멘 전대의 광학 영상을 확인한 거겠지. 지금 전투에서 포착된 고기동형의 정지 사진이 레나의 서브윈도우에 척척 표시되었다.

[광학영상을 확인해, 대령. 포격을 맞고 흩어진 고기동형은 유체장갑뿐이야. 그리고 공격하는 고기동형은.]

레나는 눈을 치떴다.

검다. 고기동형의 원래 장갑색이다. 유체장갑을 벗은 것이다.

[본체와 더미가 광학위장을 번갈아 해제하여 고속으로 이동하는 것처럼 보이고 있어. 장갑 강도가 있다면 그 자체를 프레임 삼아 어떻게 움직이는 정도는 할 수 있겠고, 동체 반응을 보일 뿐이라면 크기가 변해도 문제없겠지. 오히려 작은 편이 피탄할 가능성도 작을 테니까.]

"원격조작일까요. 어떠한 전파로 방해할 수는……"

[글쎄. 원래부터 유체장갑의 변형 기능이 있으니까, 단순히 그걸 유용한 것일지도 몰라.]

"……"

레나는 입술을 깨물었다.

그걸 알았어도, 이래서는 제대로 연대를 취할 수 없다.

동체반응을, 혹은 모습을. 일부러 어중간하게 동시에 드러낸다. 조준도 시선도 거기에 따라 분산되겠고, 본체와 더미의 반응이 섞이는 탓에 이동예측도 세우기 어렵다.

상황을 들었는지 앙쥬와 크레나가 이쪽으로 움직이고 있다. 앙쥬가 타는 〈스노윗치〉의 면 제압 능력이라면 더미를 단숨에 불태울 수 있겠지만, 두 사람이 있는 곳은 반대쪽 경사면의 포병진지다. 지금부터 달려와도 늦을 수 있다.

하다못해 목적을 알면, 그걸 이용해서 행동을 좁힐 수 있을지도 모르겠는데…….

이를 갈다가 퍼뜩 깨달았다.

그래, 목적이다. 애초에 고기동형은 무슨 목적으로 지령소를 습격했는가.

전략상 고기동형의 일련의 행동은 역시 이치에 맞지 않는다. 실제로 다른 〈레기온〉은 지원하러 오지도 않고, 연계하여 움직이는 기척조차도 아직 없다.

설마.

"폭주……?"

과거에 레이는, 그를 흡수한 〈양치기〉는 신과 일대일 대결을 벌였다.

그냥 죽이는 것뿐이라면 몇 대가 한꺼번에 덤비면 족했을 텐데, 전술적인 합리성을 깡그리 무시하고 혼자서.

생전의 뇌 구조를 그대로 남긴 〈양치기〉에는 아무래도 그런 구석이 있다. 전략보다도, 합리성보다도, 생전의 집착에 사로잡힌다.

그것을 꺼린 순수기계지성이 고기동형이겠지만, 기계라고 꼭 실수를 저지르지 않는 건 아니다. 인류의 병기와 전술에 따라 학습하고 대책을 세우는 것이 〈레기온〉이다. 혹시 학습 데이터에 오류가 있다면 도출되는 '합리적' 결론 또한 잘못된다.

고기동형도 그렇게 잘못된 학습을 했다면.

"그 목적은."

여태까지의 고기동형의 전투. 항상 고기동형은 신을 노렸다. 그 노획이나 격파가 명령된 거겠지. 그 학습 결과. 그렇다면——이번에도 목적은 신이다.

그러니까.

"그러니까 이 지령소를……!"

신의 이능력은 〈레기온〉 측에도 어느 정도 알려진 것으로 보인다. 우선도가 높은 노획, 혹은 격파 목표로 인식되기도 한 모양이다. 그리고 그렇게 인식된 것을 인류도 알아차렸다는 사실은 지난번 탈환전에서 있었던 미끼 작전으로 〈레기온〉들도 깨달았을 것이다.

그런 이상. 그리고 신의 이능력의 귀중함과 유용성을 감안하면, 신을 배치해야 할 곳은 이 지령소다. 〈레기온〉에 빼앗기지 않고, 포탄에 잃지 않고, 그러면서 그 이능력을 충분히 활용할 수 있는 장소. 합리적으로 생각하면 신은 이 지령소에 있을 가능성이 크다.

그러니까 전술적으로는 전혀 무의미한 지령소 습격에 나섰다.

그렇게 생각하면 고기동형은 역시 〈레기온〉의 작전에 따르지 않는 것임을 알 수 있다. 신은 지금 용아대산에 있다. 용아대산 거점의 적도 그렇게 인식했을 것이다. 하지만 그 정보를 고기동형은 모른다. 그것이 고기동형에게 주어진 본래 작전 목표가 아니니까.

THE CAUTION DRONES

[〈레기온〉 요주의 전력]

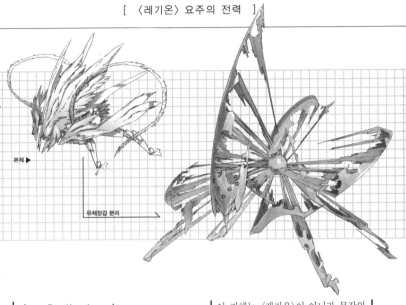

본체 ▶

유체장갑 분리 ⟶

[포 닉 스]
고기동형
더미 시스템

[ARMAMENT]
없음

[SPEC]
[전장] 30cm〜2m 안팎(부정형)
[중량] 불명

이 기체는 〈레기온〉이 아니라 무장의 일종에 가까운 것이다. 유체장갑의 변형 기능을 유용하여 고기동형 본체에서 분리한 상태로 행동을 가능케 한 것. 어디까지나 변형한 장갑부품이기 때문에 단순한 행동밖에 할 수 없고, 대단한 기동성능도 없다. 또한 무장도 장비하지 않았지만, 모습을 다수 보이는 것으로 본체의 행동을 기만할 수 있다. 이것은 지난번 에이티식스들의 집단전법에 궁지에 몰렸던 경험을 살린 대응책으로 여겨지며, 레기온의 상황대응 능력 향상을 느끼게 한다.

그렇다면.

여기에 사실 신이 없다는 것도 모르고…… 있더라도 어디에 있는지 짐작도 못 한다면.

"벤체르 대령님. 만일의 경우는 대신 지휘를 부탁드립니다."

[대령? 그게 무슨…… 설마!]

"관제요원은 대피해 주세요. 브리싱가멘 각기. 적의 모습은 여럿입니다만, 직접 공격하는 것은 고기동형 본체뿐. 즉, 그 공격 목표가 한정되면. 진로를 알 수 있으면 대응할 수 있겠지요."

평소에는 쓰지 않는 무전을 켠다. 〈레기온〉은 인간의 말을 모른다. 그래도 무선 전파의 발신원을 알면, 이 상황이라면 그곳을 사령부 시설이라고 판단하겠지.

엄중하게 지켜야 할 귀중한 전력은 방어전력 절약을 위해 마찬가지로 엄중하게 지키는 장소에, 이를테면 사령부에, 거기에 있을 거라고.

후웁, 하고 숨을 들이마셨다.

그리고 마이크에 대고 씩씩하게 말했다. 채널을 모든 주파수에 맞추고. 멀리 있는 야수를 유인하기 위해.

"바나디스 HQ가 각기에!"

그리고 눈 속에서. 보이지 않는 무언가가 맹렬히 눈을 박찼다.

지각동조 너머로 들리는 레나의 결단과 이능력으로 포착한 고기동형의 움직임에 신은 얼어붙었다.

[무슨 짓을 하는 거야, 여왕 폐하!]

[잠깐, 레나?!]

레나를 제지하는 시덴이나 세오의 목소리가 멀다. 거의 공황에 가까운 속도로 사고와 감정이 미쳐 날뛰었다.

무슨, 짓을.

자기를 미끼로 삼아서 적기를 유인하고, 그러다가 혹시 격파에 실패하면 어쩔 셈인가. 아니, 그레테에게 뒤를 부탁했으니까, 그러더라도 상관없다는 마음으로.

빠득. 악다문 어금니에서 날카로운 소리가 울렸다.

요새기지에서도, 지금도. 어째서 그토록 쉽사리 자기 목숨을 버리는 짓을.

잃고 싶지 않다고, 생각하는데.

아직 신은 지난번의 다툼을 사과하지 않았다. 이야기도 제대로 하지 못했다. 아니, 가령 그런 응어리가 없더라도 잃고 싶지 않다.

지난번에 들은 말과 같다. 설령 바라지 않았다고 해도, 손에 넣을 수 있는 것을 체념한 척해도, 잃으면 괴로운 건 결국 마찬가지다. 후회만 솟구치니까, 말도 하지 않고 잃는 쪽이 한층 괴로울지도 모른다.

잃을 수 없다. 레나를, 이런 곳에서.

그것이 레나 본인의 의지라고 해도, 이렇게 멋대로 죽게 내버려 둘 수는 없다.

"시덴. 상대는 백병전 무장이다. 공격 목표와 타이밍을 알면 명중시킬 수 있겠지."

지각동조 너머, 시덴이 숨을 삼켰다.

이어서 힘주어 끄덕이는 기척.

[그래. 직격시켜 주겠어.]

"부탁한다. 라이덴, 세오. 미안하다……."

그렇게 말하고 〈언더테이커〉를 후퇴시켰다.

하루 이틀 알고 지낸 사이가 아니다. 이것만으로 통한다고——이 전장을 유지해 줄 거라고 알고 있다.

"맡긴다."

눈을 감았다.

몰입한다. 〈레기온〉들의 목소리를 포착하는 이능력. 그것이 가져오는 단말마의 폭풍우 안으로.

무겁게 몰아치는 원념과 한탄의 목소리들의 소용돌이 속에서도 지휘관기가 지르는 절규는 한층 뚜렷하게 울린다. 그중에서 지금 유일하게 알아들을 수 없는 기계의 목소리로 계속 울부짖는 고기동형의 그것으로 의식을 향했다.

지휘관기라고 해도 90km 떨어진 곳에 있다. 더불어서 눈앞의 다른 〈양치기〉의 벼락 같은 절규가 거슬린다. 과거의 전우, 지금은 〈목양견〉인 〈레기온〉들의 절규와 비명에 고기동형의 목소리는 반쯤 지워지려고 했다.

그래도 전혀 안 들리는 건 아니다.

파괴된 것도, 동결 상태인 것도 아닌 이상, 목소리는 들린다. 멸망한 조국에 방치당한 채로 돌아가고 싶다고 아우성치는 망령인 〈레기온〉은, 돌아가지 못하고 이 세계에 있는 한 반드시 돌아가고 싶다고 한탄한다.

저편에서 목소리가 일었다.

그 울림을, 극도로 집중한 신의 이능력은 확실히 포착했다.

이 거리에서는 그저 앵앵거리는 소리 같은, 나뭇잎 스치는 소리 같은, 대기의 수분이 얼어붙는 소리 같은.

하지만 분명히.

〈레기온〉은.

공격 순간.

함성처럼 한 차례 높게 절규를 지른다.

공격이.

온다.

지금.

"시덴!"

그 신호에 시덴은 설원으로 뛰쳐나갔다. 지령소를 등지는 위치. 아직 광학 센서에도, 〈키클롭스〉의 강화된 레이더에도 포착되지 않는 고기동형은 아마도 눈앞에 있다.

간신히 늦지 않았다.

〈저거노트〉와 고기동형을 비교하면 고기동형이 빠르다. 이렇게 요격하려고 해도 따라잡지 못할까 봐 걱정이었다.

고기동형이 어디 있는지는 보이지 않지만, 그래도 어딘가에 있다는 건 확실하다. 포탄을 맞으면 파괴되는 실체를 가진 것도.

그러니까 지휘하의 모든 기체에 원호사격을 명했다. 대원들이 고기동형과 붙었던 장소부터 이 지령소까지, 직선상에 무차별로 집요하게 포격을 퍼부으라고. 보이지만 않을 뿐, 포격을 안 맞는 것도 아니다. 게다가 장갑도 얇은 고기동형이 그 최단거리를 뛰지 못하게 하려고.

시덴 자신은 타이밍을 맞추어 포격을 때때로 멈추게 함으로써 최단경로를 질주했고, 그렇게 시간을 벌어서 지령소로——레나가 있는 곳으로 급행했다. 확실하게 고기동형을 요격하고, 스스로를 위험에 드러낸 무모한 여왕 폐하를 지키기 위해서.

그 공격 순간은 지금 멀리 있는 저승사자가 알려주었다.

그리고 그것은 틀림없이 옳다. 눈앞에 있다. 그걸 알 수 있다.

적이 내리치는 체인블레이드가 바람을 가르는 소리조차도 들린 듯했다.

하지만 그보다도.

——내가 더 빨라. 고철 자식아.

방아쇠를 당겼다.

등 쪽 건마운트에 장착된 88mm 산탄포가 포효했다.

근접거리에 광범위하게, 순식간에 산탄을 뿌리는 것이 산탄포다. 원거리 사격에 약한 반면…… 근접거리에서의 제압능력은 타의 추종을 불허한다.

초속(初速), 1600미터/초. 발사되어서도 거의 감쇄되지 않는 그 초고속 산탄이——눈앞의 일그러진 풍경에 파고들었다.

전투 중량 100톤, 강력하기 짝이 없는 155mm 활강포로 무장했으면서, 〈레긴레이브〉에게 살짝 뒤질까 싶은 정도의 기동성으로 움직이는 괴물이 중전차형이다.

어떤 연방 최신예 〈레긴레이브〉라도 도저히 일대일로 상대할 수 없다. 하물며 눈에 보이지 않는 고온역이 불규칙하게 난립했기 때문에 이동에 대폭 제한이 걸린 이 활화산 전장.

게다가 그 열원을 방패 삼아서, 마치 저 공화국의 알루미늄 관짝처럼 신중하고 교활한 전술을 중전차형은 펼쳤다.

원래는 에이티식스, 그것도 아마 '네임드'였겠지. 이쪽의 술수를 다 읽고 있고, 지형의 이점과 기체 성능의 차이.

하지만 싸울 수 없는 〈알카노스트〉 자폭사양과 〈스캐빈저〉, 움직임을 멈춘 〈언더테이커〉를 등 뒤로 지키며 중전차형과 맞서는 라이덴과 세오의 입가에는 웃음이 떠올랐다.

왜냐면.

[그렇다고 질 수는 없거든.]

"여기서 저 녀석을 통과시키면 우리 체면이 구겨지잖아!"

——미안하다. 맡긴다.

어딘가 필사적인 목소리였다. 오랫동안 알고 지낸 두 사람도 거의 처음 듣는 목소리였다.

신은 변했다. 86구를 나와서, 공화국의 사람 좋은 핸들러와 만나서. 그녀를 지키고 싶다고 말한다면, 두 사람으로서도 도와주고 싶을 따름이었다.

우리는 결국 같은 에이티식스고. 같은 전장에서 그보다 먼저 죽을 존재고.

그러니까 먼저 죽은 모두를 데려가는 역할을 스스로에게 부여한 신을 구해줄 수 없었으니까.

〈시린〉 특유의, 시체의 피부를 만지는 듯한 냉기가 지각동조에 파고들고, 소녀가 웃는 목소리가 들린다.

[두 분. 소녀 베라가 길을 열겠으니, 부디 지나가 주십시오.]

말이 끝나자마자 소녀의, 베라의 〈알카노스트〉가 돌진했다.

여태까지 피하던 열원을 무시하고 중전차형을 향해 똑바로 돌진했다. 포격을 날리지만, 그것은 정면 장갑에 튕겨서 관통하지 않았다. 중전차형이 슬쩍 시선을 주지만, 반격도 하지 않고 다른 〈저거노트〉와 〈알카노스트〉에게 계속 대응했다. 그 판단처럼 오버히트한 베라의 기체가 쓰러졌다. 버둥거리듯이 기어서, 고온 공기의 분출구를 뒤덮는 형태로 쓰러졌다.

'후훗.' 하고, 마지막에 웃는 소리가 났다.

〈알카노스트〉의 콕핏은 긴 다리의 중앙, 본체 포탑 아래에 있다. 인간이 만지면 화상으로 끝나지 않을 고온에, 얇은 하부장갑 너머로 직접 구워지면서.

오한을 느끼면서 세오는 〈래핑폭스〉의 조종간을 전진 위치로 밀었다.

그녀가 나아간 진로를 그대로 따라갔다. 경고가 울리면서도 기체 온도는 더 이상 오르지 않았다.

거기에 있던 열기의 벽은 베라가 틀어막아서 사라졌으니까.

그제야 중전차형이 그 사실을 깨달았다. 위치를 바꾸거나 포격하려고 몸을 움직이려는 순간에, 라이덴이 지휘하는 화력제압 소대가 전력으로 일제사격을 날려서 발을 묶었다. 이미 늦었다.

"미안해. 또……."

쓰러진 베라의 〈알카노스트〉의 등을 밟으며 도약했다.

그녀들과 자신. 도대체 뭐가 다른 걸까. 도대체 뭐가 달라야만 하는 걸까. 세오는 아직 그걸 몰랐다.

그래도 동료를 위해 뭔가를 한다면, 지금 그녀처럼은 하지 않기로 생각했다.

그럴 수도 없고, 하지도 않는다. 죽고 싶지 않고, 그것은 그 녀석을…… 분명 슬프게 할 테니까.

슬프게 하고 싶지 않다.

지금 죽은 그녀와 자신은 다르니. 지금은 고작 그 정도에 불과하지만.

바위 기둥 하나에 앵커를 꽂고 휘감아서 이동한다. 공중, 중전차형의 머리 위를 점거한다.

그걸 요격해야 할 두 자루의 기총은 이전에 신이 부숴서 존재하지 않는다.

"너도 누구인지, 난 모르지만…… 이제는 돌아가야 할 곳으로 돌아가."

방아쇠를 당겼다.

고속으로 날아간 산탄이 고기동형의 시커먼 장갑을 이번에야말로 정통으로 붙잡아 찢었다.

머리 위, 포탑 바로 위에서 발사된 전차포탄이 중전차형 〈양치기〉를 관통했다.

《――――――――――――――――!!》
양쪽이 지른 것은 누구에게도 닿지 않는 무음의 비명. 알아들을 수 없는 기계의 말로, 생전의 마지막 단말마의 비명으로.
그리고.

중전차형의 거구가 굉음을 내며, 아지랑이 피어오르는 바위밭에 쓰러졌다.

장갑 파편을 피처럼 뿌리면서, 고기동형이 뒤로 뒤집히며 추락했다. 두 번, 세 번, 눈밭을 구르며 어떻게든 일어섰다.
그 직후, 남아있던 유체장갑 더미가 자폭했다.
가동을 위한 에너지를 모두 사격으로 전환하여 장갑 파편을 무차별로 사출한다. 순간적으로 몸을 빼낸 〈저거노트〉의 장갑을 은색의 비가 옆에서 때려서, 관통은 하지 못했더라도 발을 묶을 수

있었다. 그 틈에 야수 같은 검은 그림자가 눈 덮인 경사면을 따라
남쪽으로 내려갔다.

 아득히 먼 북쪽의 포격과 눈앞의 전투. 그 양쪽의 전말도 이능력
으로 잡아내고…… 신은 길게 숨을 내쉬었다.

 고기동형의 도주는 지령소의 메인스크린에도 포착되었다.
 "노우젠 대위, 미안합니다. 놓쳤습니다. 고기동형은 지령소 주
변을 이탈. 용아대산 거점으로 향한 것으로 보입니다."
 [포착했습니다, 밀리제 대령님. 이쪽으로 향한다는 말도 맞습니
다. 그곳에 내가 있었으면 이미 튀어나왔을 거라고 생각한 거겠
죠.]
 이를 가는 레나와 달리 신이 담담하게 대답한 것은 고기동형의
움직임을 그 이능력으로 듣고 있었기 때문이겠지.
 그래도 확실히 숨통을 끊지 못한 쪽으로서는 다소 얄미울 정도
로 감정의 색채가 없는 목소리로 말을 이었다.
 [쫓아온다면 잘되었습니다. 스피어헤드 전대로 요격하겠습니
다. 그쪽 상황은……?]
 그 질문에 레나는 입을 꾹 다물었다.
 "브리싱가멘 전대, 지령소, 모두 건재. 물론 나도 무사합니다.
다만 로젠폴트 보좌관, 아레스 관제관이 부상. 생명에 지장은 없
습니다만, 관제 속행은 불가능하다고 판단하고 후송했습니다."

고기동형 더미의 마지막 자폭에 타격을 입었다.

지령소에서 대피할 때 예비진지의 통로에서 총좌를 통해 날아든 장갑 파편에 운 나쁘게 맞았다. 아무래도 지령소 근처까지 기어온 더미가 있었던 모양이다.

신은 혀를 차려던 것을 참는 기색이었다. 프레데리카 자신이 원했다고 해도 겨우 열 살을 넘긴 아이를 전장에 데려오는 것은 역시 신으로서도 부끄러운 바가 있었겠지.

[──. 라저.]

"지령소 위치가 드러났기 때문에 우리는 〈바나디스〉로 이동합니다. 로젠폴트 보좌관의 이탈도 있어서 다소 관제능력이 떨어지겠지만, 지장은 없지 않을까 합니다."

작전지휘관으로서 최전선의 전대 총대장에게 해야 할 말을 다한 뒤에 덧붙였다.

솔직히 고맙긴 했다. 고맙긴 했지만.

"노우젠 대위. 아까 이다 소위에게 목표를 지시한 것 말입니다만…… 그런 건 안 해도 됩니다. 이쪽을 신경 쓰지 말고 전투에 집중해 주세요. 그런 무모한 짓은 안 해도 되니까요."

신은 최전방에서 중전차형과 전투 중이었다. 라이덴이나 세오나 지휘하의 대원들에게 전투를 맡기고 이쪽의 색적을 맡아 준 거겠지만…… 그래도 적의 눈앞이다. 자칫했으면 그가 당했을지도 모른다.

그런데.

신이 입을 다무는 기척이 난다.

보통 감정을 드러내지 않는 신답지 않게, 확실하게 불만스러운 기색.

그 감정을 숨기려고도 하지 않고 입을 열었다.

[싫습니다.]

레비치 요새기지에서 들었던 것과 마찬가지로. 하지만 이번에는 어딘가 강한 느낌이 나는 목소리로.

레나는 눈살을 찌푸렸다.

"명령입니다, 대위."

[안 듣겠습니다.]

"신."

[안 듣겠습니다. 애초에 그게 당신이 할 말입니까.──레나.]

신의 동조 대상이 어느 틈에 자기 혼자로 바뀌었음을 레나는 깨달았다.

작전 중에 불러야 할 계급 호칭이 아니라…… 애칭으로 그녀를 부르는 것도.

[돌아오라고 당신은 명령했지요. 그렇다면 기다려 주세요. 돌아갈 장소가 없어지면 우리도 돌아갈 수 없습니다. 돌아가게 해 주세요. 레나…….]

그때 신은 주저하는 것처럼, 머뭇거리는 것처럼, 갈피를 못 잡는 것처럼……. 아니──.

더 강하고 근원적인 감정 때문에, 한순간 말문이 막혔다.

그 감정에 목이 막힌 채로, 토해내듯이, 말했다.

[두고 가지 말아 주세요.]

애원하는 듯한 말이었다.

끝없는 전쟁터에서 그저 홀로, 시야를 가두는 어둠과 바닥을 가득 메운 시체의 산 속에 멍하니 서 있던 아이가 가까스로 찾아낸 빛을 향해 손을 뻗는 듯한, 그것이 사라지는 것을 두려워하면서 손을 뻗는 듯한, 그런 목소리였다.

[반드시 돌아가겠습니다. 그러니까 두고 가지 말아 주세요. 죽을지도 모르는데, 지키지 말라고 하지 말아 주세요. 다른 누구도 아닌 당신이, 저버리라는 명령을 하지 말아주세요.]

"신⋯⋯."

[전쟁이 끝나면 하고 싶은 일이 있을지도 모른다고. 전에도 몇 번이나 그랬지요. 바라더라도 괜찮다고. 세계를 아름답다고 생각할 수 없더라도. 레나, 나는,]

몇 번이나 하려고 했던 말이다.

유진의 묘비 앞에서라면 말할 수 있었던 소망이다.

그럴 터인데, 그 말을 잇는 것이 지금의 신에게는 눈이 빙빙 돌 정도로 힘들었다.

"당신에게 바다를 보여주고 싶습니다. 본 적 없는 풍경을. 전쟁이 끝나지 않으면 볼 수 없는 풍경을. 그러니까 전쟁이 끝나거든. 이 전쟁에서 살아남거든―― 바다를, 보러 가죠."

반년 남짓한 동안에 계속해서 바랐던 일이다. 그것을 싸우는 이유로 삼았던—— 소망이다.

하지만 지금 그것을 말하는 것은—— 레나에게 그것을 바라는 것은.

무섭다.

눈앞이 캄캄해질 정도로. 귀가 꽉 막혀서 소리가 들리지 않게 될 정도로—— 두려웠다.

손을 뻗고.

소망하고.

그리고 바라던 그 무언가를. 진심으로 원한다고, 소중하다고 생각한 무언가를.

무자비하게 빼앗기는 것이—— 두렵다.

그러니까 무언가를 바라는 것은 두렵다.

여태까지 쭉 그랬다. 지금도 그렇다. 무언가를 바라는 것은 무섭다. 희망하는 것은 무섭다. 그것들은 모두 한 차례 빼앗겼던 것이다. 더는 손에 넣을 수 없다고, 거듭거듭 깨달았던 것이다. 그러니까 언제부터인지 바라는 것을 그만두었다. 생각도 하지 않도록 살아왔다.

바라는 것은.

소망하는 것은.

상처 입는 것이다.

바라던 그 무언가를 영원히 잃는 것이다.

그 공포가 목을 졸랐다. 두려움에 눈도 머는 듯했다.

그래도 잃고 싶지 않다. 레나가 직접 명했더라도, 그녀를 빼앗기는 것은 견딜 수 없다.

공포에, 그리고 스스로의 이기심에 현기증이 일었다.

세계를 아름답다고는 생각할 수 없다.

원해야 할 미래 따윈 아직 하나도 떠오르지 않는다.

나는 시체를 짓밟는 괴물이다. 과거는 바꿀 수 없다. 그 사실을 이제 와서 새삼스럽게 바꿀 수는 없다.

그래도——그런 스스로의 모습 때문에, 그녀와는 죄다 다른 모습 때문에, 레나에게 상처를 줄지도 모르더라도. 그래도 바라지 않을 수 없었다.

그저 유일하게 바랐던, 그 소망을.

제발.

"아직은 그것밖에, 바랄 수 없습니다. 나 자신의 미래 따윈 모릅니다. 하지만, 그러니까 부디…… 그것마저 내게서 앗아가지 말아 주세요."

레나는 그 말에 할 말을 잃었다.

처음으로 듣는, 약한 말이었다.

강한 사람이라고 생각했다.

망령의 끊임없는 한탄을 듣고, 죽은 전우들을 한 명도 남김없이 품고, 〈레기온〉에 사로잡힌 형을 없애기 위해 계속 싸운——강한 사람이라고.

그게 아니었다. 그뿐만이 아니라.

약하고, 겁 많고…… 연약한, 인간이겠지.

── 두고 가지 말아요.

언젠가 그녀가 했던 말이었다. 결사행에 가는 그에게 애원하듯이 한 말이었다.

사실은 신이야말로 지금껏 누군가에게 그렇게 말하고 싶었으리라.

전우와도, 형과도, 몇 번이나 사별이라는 형태로 헤어졌다. 하지만 먼저 죽은 동료들의 기억과 마음을 품고 가는 역할을 스스로에게 내린 신에게, 그것은 누구에게도 할 수 없는 말이었다.

사실은 두고 가지 말아 달라고── 자기를 남기고 먼저 죽지 말아 달라고, 말하고 싶었겠지.

먼저 가겠습니다, 소령님.

그때 그렇게 말할 수 있었던 것도, 그에게는 분명 한 줄기 구원이었을 테고.

"당연합니다……."

말이 자연스럽게 입에서 흘러나왔다.

의지하지 않았던 것이 아니다.

그때부터 그녀는── 그에게 소망을 위임받았다.

그렇다면 응해야 한다.

바라도 된다고, 말했다. 그 말에 응하여, 여전히 냉혹한 세계임에도 그것을 맡겨 준── 두 번째 소망에.

"두고 가지 않습니다. 당신은 기다려 주지 않았나요. 두고 가지 말아 달라고 했던 나를. 그러니까——."

언젠가 들었던 목소리가, 보았던 광경이 되살아났다.

5년에 걸쳐 찾아다녔던 형의 망령을 없애고 울었던 목소리. 서로 누구인지도 모른 채로 재회했던 양귀비 꽃밭에서, 지치고 힘들어서 어쩔 줄 몰라서 흘린 말. 〈시린〉들의 사체들을 앞에 두고 멍하니 서 있던 얼굴. 잘 알고 있을 터인, 당장에라도 무너질 듯이 약한—— 연약함과 아슬아슬함을.

신은 계속해서 싸우는 강함을 가졌던 게 아니다.

계속해서 싸운다는 긍지를 버팀목으로 삼고, 이제 그것밖에 남지 않은 긍지에 매달려서—— 필사적으로 살려고 했을 뿐이다.

상처 입지 않는 게 아니라, 더 상처 입을 여지도 없을 정도로 상처 입었을 뿐이고.

아프지 않은 게 아니라, 아픔에 너무 익숙해져서 아픈 줄 모르게 되었을 뿐이고.

이제 긍지 말고는 스스로를 지탱해 줄 것이 하나도 없을 뿐이고.

그런 그에게 더 이상 상처를 줄 수 없다. 짐을 지울 수는 없다.

"나도 당신을 두고 가지 않습니다. 기다리겠습니다. 반드시. 데려가 주세요. 전쟁이 끝나고, 본 적 없는 바다를 보러."

보탬이 되고 싶다고 생각했으니까.

의지해 주기를 바랐으니까.

자신만큼은 결코 그에게 짐이 되지 않는다—— 절대로 그를 놔두고 죽지 않는다.

그러니까.

"그러니 돌아오세요. 반드시. 나는 두고 가지 않을 테니까──
당신도 반드시 돌아오세요."

강하게 말하고, 숨을 내쉬고.

"신."

뭔가 대답하려던 참이겠지. 입을 열려던 신이 허를 찔린 듯이 눈
을 껌뻑이는 기척이 느껴진다.

"고마워요."

이렇게 미덥지 않은 나를 그토록── 의지해 주어서.

†

고기동형은 이미 격퇴했지만, 기동타격군의 지령소는, 그 주위
의 방어진지는 아직 혼란 속에 있었다. 방어선에 구멍이 난 것이
다. 단 한 기의 적이라고 해도 혼란은 크다.

그 빈틈을 놓칠 〈레기온〉이 아니다.

전선을 지키는 〈레기온〉 부대에 내려진 총지휘관의 명령은 아
직 대기였다. 연합왕국군의 움직임을 주시하고 경계태세를 유지
하라고.

하지만 〈레기온〉의 중앙처리 시스템은 공격을 받을 경우 거기
에 대처하는 것을 최우선으로 한다. 적성존재는 재빨리 배제하라
고 그들의 유체 마이크로머신 뇌에 엄중히 입력되어 있다.

그리고 아까 연합왕국이 했던 포격과 폭격. 그것들은 틀림없이
〈레기온〉에 대한 공격이며 위협이다.

무엇보다도 먼저 배제해야 한다.

그 판단이 두려움이라고는. 과거에 86구의 전장에서 적의 일방적인 장거리 포격에 계속 시달리며 자라난, 어느 〈양치기〉 안의 에이티식스가 가진 두려움이라고는—— 문제의 〈양치기〉는 결국 깨닫지 못하고.

일부 부대가 전열을 이탈했다.

지휘관인 〈양치기〉가 내린 명령에 따라서, 적 포병을 배제하기 위해서 전진했다.

목표는 갑작스럽게 후열에서 전투가 시작되어 대열이 안쪽에서부터 무너진—— 연합왕국 예비진지대의 한 곳.

경계에 임한 펠드레스가 그들을 발견했다. 잘 닦은 뼈 같은 순백색. 연합왕국의 전장에서는 본 적 없는 가느다란 네 다리의 기체.

어딘가에서 잃어버린 자기 머리를 찾아서 기어다니는 백골 시체 같은 모습.

본 적이 있다고 생각하는 일도 없이.

〈양치기〉가—— 중전차형이 인솔하는 〈검은 양〉과 〈목양견〉의 무리는 그 펠드레스와 배후의 부대를 덮쳤다.

제4장 In his heaven

들어온 적진 영상을 보고, 〈무자비한 여왕〉은 탄식했다. 독단전행으로 무의미하게 돌출한 일부 부대와 그 계기가 된 고기동형의 폭주.

명령을 무시하고 뭘 하는 건가 했더니.

그녀는 적 돌격부대의 사령부 습격 명령을 내리지 않았다.

지금 그런 곳을 공격해도 의미가 없기 때문이다. 용아대산을 공격하는 부대는 돌격부대다. 적진 깊숙이 진출하여 고립이나 마찬가지 상태로 파괴공작을 맡을 정도의 부대다. 설령 사령부가 파괴되더라도 큰 혼란도 없이 작전을 속행할 게 틀림없다.

그러므로 사령부가 아니라 돌격부대를 공격해야 한다.

그녀의 목젖까지 진출을 허락했다고 해도, 결국은 기습. 비장의 정예부대를 일부러 연합왕국군 본부에서 떼어내서, '제발 좀 뭉개 주십시오.' 하고 갖다 바치는 꼴이다. 명령대로 퇴로를 끊고 〈레기온〉의 지배 영역에 가두었으면 보다 확실하게 뭉갤 수 있었을 것이다. 돌출한 중기갑부대도 그렇다. 그들이 돌출하여 전열에 구멍을 내지만 않았으면, 돌격부대의 퇴로가 끊겼어도 연합왕국군은 나설 수 없었다. 그리고 돌격부대를 섬멸하면── 연합왕국군에 다른 수가 더 없었을 것이다.

혹시 연방처럼 사람에도 국력에도 여유가 있으면, 처음부터 더 많은 병력을 돌격부대에, 그 지원에 돌릴 수도 있었다. 연합왕국은 이미 그럴 수도 없었다.

나라의 운명이 걸렸어도 1개 여단 정도의 돌격부대를 추출하고, 그것 말고는 탄약고에서 썩히던 물건까지 꺼내온 포격이 고작이다. 반자율병기를 소모해서 전선 압박 정도의 지원밖에 할 수 없는 것이 연합왕국의 현황이다.

돌격부대를 괴멸하고 방전교란형으로 더욱 압박하여 말라 죽기를 기다린든가, 전선 돌파용 중전차형의 숫자가 확보되었을 때 공세에 나서면 충분했는데.

〈레기온〉은 상위 지휘관기에 거역할 수 없다. 그렇기에 그녀의 지휘하에 있는 고기동형은 명령하면 도로 불러들일 수 있지만, 그녀는 일부러 그 폭주를 지켜보았다.

고기동형을 설계, 제조한 목적은 이미 달성되었다. 그 기체에서 취득할 예정이었던 각종 데이터는 모두 다 수집했다.

이제 그 '신형'에 볼일은 없다.

그러니까 마지막 정도는 마음대로 행동하게 놔둬도 되겠지.

──최강으로 있으라고 명령했지.

전투에서 어떤 적에게도 패배하지 않도록, 학습하고 자기개량하고 진화하라고.

그것이 그 고기동형을 개발한 진짜 목적이 아니었다고 해도.

†

용아대산 거점 밖. 베르노르트와 함께 작전지역 봉쇄 지휘를 맡고 있는 미치히와 지각동조가 연결되었다.

[노우젠 대위! 레이더에서 반응 있음! 적기 하나…… 고기동형입니다!]

"왔나. 유체장갑은 지령소에서 전투하면서 잃었겠지만, 확인할 때까지 방심하지 마라."

중전차형을 쓰러뜨리고 진격을 재개한 스피어헤드 전대는 현재 〈무자비한 여왕〉의 방으로 이어지는 마지막 통로를 이동 중이다.

〈무자비한 여왕〉은 아직 도망칠 기색도 보이지 않는다. 그 차가운 최후의 목소리를 들으면서 신은 스피어헤드 전대의 선두에서 〈언더테이커〉를 몰았다.

과거 화도였던 곳. 그 바깥 부분을 완만하게 돌면서 내려가는 연결 통로다. 아득한 고대에 분화했을 때 식어서 굳은 용암으로 막힌 통로. 위를 틀어막았던 바위가 붕괴한 적이 있는지, 빌딩 정도 높이의 바위 파편이 무수하게, 마치 어제 깨진 것처럼 예리한 단면을 보이면서 통로 중앙 부분에 꽂혀 있었다. 용과도 비슷한 고생물의 화석을 표면에 내비치는, 기괴하고 거대한 첨탑 같은 그 주위를 나선형으로 휘감으며, 올려다보면서, 통로는 아래로 이어졌다.

바깥으로 이어지는 틈새가 있는지, 바위 첨탑의 정상 부근에서 희미하게 빛이 들어왔다. 차가운 바깥 공기도 들어오는 걸까, 이 공간은 기온도 많이 내려갔다.

"가능하다면 처리해라. 하지만 무리하지는 마라. 작전지역 봉쇄 유지가 어렵거든 통과시켜도 된다."

고기동형과의 전투로 피해를 보면—— 만에 하나라도 전멸이라도 당하면 거점 안의 모든 부대가 밖으로 나갈 수 없어질 가능성이 있다. 여기는 〈레기온〉 지배 영역이다. 용아대산의 밖에도 〈레기온〉은 있다.

그걸 아는 거겠지. 지각동조 너머에서 미치히가 입술을 삐죽거리는 기척이 난다.

[그 배려는 필요 없습니다, 대위. 그야 나는 대위가 보자면 햇병아리겠지만, 일단 나도 '네임드' 니까요…….]

[그, 그게 아니야, 아가씨!]

숨을 집어삼키며 베르노르트가 말을 가로막았다. 긴박하고 딱딱한 그 목소리.

[녀석의 목표는 우리가 아니야! 대위님!]

데이터량이 많아서 부담이 걸리니까, 일반적으로 〈저거노트〉 사이에서 광학 영상 공유는 하지 않는다. 또한 외부와의 무전 통신을 중계기에 의존하는 현재, 두 사람에게 화상 데이터를 송신할 수 있는 회선은 존재하지 않는다.

그래도 이능력을 가진 신은 무슨 일이 일어났는지 어느 정도 귀로 들을 수 있었다.

점프한 거겠지. 미치히와 베르노르트, 두 사람의 앞에서 높고 높게.

고기동형의 목소리가 위쪽, 용아대산의 정상으로 향했다. 바위벽을 사냥터로 삼는 눈표범처럼, 평지를 달리는 듯한 속도로 질주한다. 다시금 도약의 움직임을 보이고, 그 궤도 도중에 갑자기 소리가 사라졌다. 짐승의 기체를 버리고, 본체를 나비 형태로 분할했을까.

　산악 위쪽에도 출입구가 있는 모양이다. 생각해 보면 그것도 당연할까. 이 거점은 방전교란형의 보급지다. 항상 고공에 있는 방전교란형의 출입을 생각하면, 하늘에 가까운 장소에 출입구를 만드는 편이 효율적이겠지.

　[스피어헤드 전대를 쫓는 것으로 추정. 예상 도달 시간은——최단 경로로 300초!]

　"그건……."

　전자는 맞겠지. 하지만 후자는.

　"과연 그럴까."

　속삭임 같은, 나비 날갯소리 같은 외침이 집결했다. 알아들을 수 없는 기계 목소리의 한탄이 귀를 찔렀다.

　레이더에 갑자기 고기동형의 모습이 나타났다.

　머리 위. 스피어헤드 전대의 바로 위에.

　바위 첨탑들을 배경으로, 거꾸로 떨어지는 그 은색 그림자를 광학 센서 너머로 보고, 시선 추종으로 설정된 조준선이 즉각 록온하는 것을 확인하고—— 신은 방아쇠를 당겼다.

　폐쇄된 화도에 울리는, 쏟아붓는 듯한 포성과 강렬한 충격파가 고기동형을 맞이했다. 소리보다 먼저 날아간 성형작약탄이 은색 그림자를 꿰뚫으려고 달려들었다.

　기습할 생각이었지만, 신이 상대라면 의미가 없다. 어디서 올지도 예상했다.

　유체 마이크로머신을 무수한 나비로 바꾸어서, 손상된 기체를 갈아타며 살아남는 기능을 가진 것이 고기동형이다.

　본체는 어디까지나 중앙처리 장치를 구성하는 유체 마이크로머신이다.

　그런 이상, 이미 기동타격군에 제압된 경로를 따라 전투를 벌이며 무식하게 전진하는 것보다도, 직선으로 스피어헤드 전대에 도달할 수 있는 틈새를 작은 나비 본체로 통과하고, 그 너머에서 새로운 기체와 유체 장갑을 두르는 편이 빠르다.

　그리고 기갑병기란 무한궤도식 전차였을 적부터 포탑 위가 최대의 사각이며 약점이다.

　그러니까 온다면 머리 위겠지——라고 생각했다.

　고기동형이 낙하한다. 포탄이 쇄도한다.

　이미 전개하여 날개처럼 펼쳤던 체인블레이드 하나를 크게 휘둘러 바위벽에 꽂는 것으로 고기동형은 급제동을 걸었다. 관성에 따라 그 야수의 몸이 진자처럼 호를 그리며 벽으로 착지했다.

　한발 늦게 근접신관으로 설정된 성형작약탄이 자폭했다. 그때 고기동형은 벽면을 발판 삼아 박차서 치명적인 폭발 범위를 벗어났다. 매번 그렇지만, 짜증 나는 전투기계의 반응 속도.

　그 몸에 두른 유체장갑의 은색이 이전에 보았을 때보다 더 두꺼워졌다고, 신은 간파했다. 아무래도 장갑의 총량이 많다. 장갑 두

께를 늘렸을까, 아까 레나가 있던 곳을 공격했던 더미를 여기서도 쓸 작정일까.

고기동형의 기습은 부대 전원이 알고 있었다. 레비치 요새기지에서 있었던 전투와 마찬가지로 포위하여 탄막으로 뭉개기 위해 각기가 산개했다. 서로를 사선에 넣지 않고, 고기동형이 가진 근거리 사격 무장의 사거리에도 들어가지 않고, 농밀한 포탄의 폭풍으로 뭉갤 수 있는 배치. 방해되지 않는 위치까지 〈스캐빈저〉와 자폭 사양의 〈알카노스트〉가 후퇴했다. 누군가가 날카롭게 숨을 내뱉는 소리가 지각동조에 울렸다.

그 포위 중심에, 고기동형은 떨어졌다.

아무리 고기동형이라도 하늘을 박차고 이동할 수는 없다. 중력에 이끌려서 똑바로, 모두가 이를 갈며 기다리는 곳으로 추락했다. 두르고 있던 방전교란형이 은색 가루눈처럼, 깨진 별처럼 자르르 광학위장을 전개, 그 은색 기체를 인간의 눈에서도 레이더에서도 지웠다.

그 모습에 신은 위화감을 느꼈다.

왜 지금 광학위장을 전개했지?

지금 모습을 감추는 것에 의미는 없다. 낙하 궤도는 변하지 않으니까. 어차피 착지할 때를 노려 쏠 수 있다. 그런데 일부러 무엇을 숨기려고?

이를테면 시간이 필요한 것. 그 동안에 대응할지도 모르는 것.

사격 무장의 예비동작……!

"각기, 차폐물 뒤로 숨어! 포격이……."

레비치 요새기지에서 보였던 것은 지근탄으로 맞아도 비틀거릴 정도의 위력이었다. 만약을 대비해서 경계하고, 각기가 모두 거리를 두었다. 하지만 급습하는 순간 보였던 모습. 과도할 정도의 유체장갑.

주시하고 있으면 살짝 이상한 느낌이 드는, 방전교란형의 광학 위장이 안쪽에서부터 찢어졌다.

소리도 없이 찢어진 그 틈새, 흩어지는 나비 날개의 파편 틈새에서 은색 유성이 날았다.

그것은 고대 공성전에 이용된 발리스타의 화살을 떠올리게 하는, 창처럼 기다란 포탄이다.

화살촉 모양의 결정체 같은, 금속 덩어리에서 깎아낸 듯한 조악한 형태를 한 것이 빗발처럼―― 고기동형을 포위한 모든 펠드레스에 쏟아졌다.

†

적진에서 돌출한 것은 〈레기온〉의 극히 일부였지만, 그들이 돌입한 예비진지가 아까 있었던 고기동형의 급습으로 혼란에 빠진 것이 문제였다. 아니, 혼란스러웠으니까 쳐들어왔다고 할까.

보아하니 〈레기온〉 측도 작전에 따른 행동이 아닌 모양이다. 일부 부대가 독단으로 저지른 것이겠지. 고기동형의 기습과도, 방어선에서 경계 상태를 유지하는 다른 부대와도 전혀 연계가 되지 않았다.

다만 중전차형의 숫자가 많은 게 문제였다.

호위부대인 브리싱가멘 전대와 포격 지원을 위해 남아있던 사격관제 지대의 〈저거노트〉. 〈바나디스〉에서 그들을 지휘하면서 레나는 이를 갈았다.

하필이면 이쪽의 방어선 돌파를 위해 집결했던 중전차형, 전차형 주체의 중기갑부대. 정수에는 아직 못 미치는 모양이지만, 그래도 역류하는 산사태 같은 대병력.

초계선은 순식간에 깨졌고, 적 선봉은 이미 레나가 있는 방어진지대 후방까지 파고들었다. 적과 아군이 겹겹으로 뒤섞인, 앞이 보이지 않는 듯한 대혼전.

아군에게 유리하도록 치밀하게 구축한 방어진지대에서 벌어지는 전투, 기갑병기들의 대치에서 유리해지는 위쪽에 진을 진 전투다.

그런데도 이토록 처참하다.

본격적인 기동전투는 불가능해도 고정포대 정도는 될 수 있다면서 〈바나디스〉를 내린 마르셀이 〈저거노트〉로 포신이 타버릴 것처럼 맹포격을 가했다.

비스듬히 위쪽을 향해 사격해야 할 곡사포가 수평 방향을 보는 직접 조준으로, 필사적으로 중전차형에 맞서 쏴댔다.

빠드득. 레나는 이를 악물었다.

이건.

위험할지도, 모른다.

†

[끄억……?!]

조준은 화기관제 시스템의 지원을 받은 전차포만큼 정확하지 않다.

지금 〈저거노트〉를 모는 자는 모두가 네임드, 혹은 그에 필적하는 실력의 소유자다.

경고에 반응하여 재빨리 회피행동을 취했으니까 콕핏이 파괴된 자는 없다. 하지만 동력부에, 전차포 포신에, 미처 피하지 못한 다리에 직격을 맞아서, 음속을 넘는 속도와 장대한 금속 덩어리의 질량을 이용한 막대한 운동 에너지에 모든 기체가 장갑이 우그러지며 나자빠졌다. 숙련도에서 그보다 뒤지는 〈알카노스트〉 몇 기가 콕핏에 직격을 맞아서 날아갔다.

유일하게 표적이 되지 않았던 〈언더테이커〉 이외의 모두가.

신은 아무 말 없이 재빨리 그 악몽 같은 광경을 살펴보았다.

사격을 경계하지 않았던 것은 아니다.

폐쇄된 공간이라고 해도 충분히 넓은 장소다. 레비치 요새기지에서 보였던 사격 무장, 그 유효 사거리 밖에 서도록 모두가 거리를 벌렸다.

하지만 그 사거리를 단시간에 늘리고. 일격으로 〈저거노트〉를 전투불능에 빠뜨리는 위력을 부여하다니…….

〈레기온〉 특유의 무음으로, 고기동형이 착지했다.

깨진 나비 파편이 그 발치에 내려 쌓였다. 살아남은 소수의 방전교란형이 얇지만 상처 없는, 혹은 가장자리가 많이 망가진 날개를 펄럭이면서 하늘로 날아올랐다.

나타난 것은 고기동형의 칠흑색 장갑에서 유동하는 은색이 살짝 겹친 얼룩무늬 몸뚱이다.

온몸을 뒤덮었을 터인 깃털 모양의 유체장갑은 대부분 사라졌다. 남아있는 유체장갑에 빠직 하고 전류가 뱀처럼 흩어져서, 전자력을 이용한 가속이라고 보는 이들에게 알려주었다.

포격에——— 포탄 형성에 두껍게 두른 유체장갑의 태반을 사용한 것이라고 신은 깨달았다. 포탄의 위력은 철갑탄의 경우 착탄 시의 운동 에너지에 의존한다. 전차포만큼은 속도가 나오지 않는 간이 전자사출기로 그 위력을 높이기 위해.

모든 것은 포위망을 단 일격에, 완벽하리만큼 깨뜨리기 위해.

사출 레일이 되어 몸에 남았던 유체장갑을, 고기동형은 짐승처럼 몸을 부르르 떨어서 죄다 떨어뜨렸다. 은색 물보라가 햇빛을 반사해 칙칙한 빛을 내며 암벽에 흩어졌다.

곤두선 짐승의 눈 같은 광학 센서가 똑바로 〈언더테이커〉를 보았다.

차가운 청색.

거기에 깃든 노골적인.

집착.

〈언더테이커〉를 향한. 혹은 그 안에 있는 신을 향한.

그때. 레비치 요새기지에서 있었던 전투가 끝난 뒤, 〈무자비한 여왕〉의 옆에서 기체를 잃은 나비 형태로 이쪽을 응시했을 때와 마찬가지다.

증오도 없고 고양도 없는, 그저 눈앞의 적을 작업적으로 살육하는, 마음 없는 전투기계에는 다소 어울리지 않는 시선.

그때 예비동작도 없이, 그 검은 그림자가 〈언더테이커〉를 향해 땅을 박찼다.

"칫……!"

이 장소에서는 싸울 수 없다. 함부로 포격했다간 동료들이 휘말린다!

녀석을 떼어내기 위해서, 〈언더테이커〉는 통로를 뛰어내려서 아래로 향했다. 뒤따라서 고기동형이 질주했다.

순식간에 멀어지는 동료들의—— 라이덴과 세오의 〈저거노트〉를 흘끗 보았다.

시스템이 오작동한 걸까, 경련하는 듯 다리가 떨리는데, 설마 죽은 것은 아니겠지. 지각동조는 아직 연결된 상태다. 누군가가 흘린 푸념조차도 희미하게 들렸다.

회복될 때까지 끌고 다니다가 함께 싸울까.

아니다……. 만약 그 전에 역시나 방해된다고 판단해서, 표적을 바꾸어서 아직 움직일 수 없는 그들을 공격한다면.

그렇게 놔둘 수는 없다. 그럴 수는 없다.

"미안……."

아마도, 아니, 확실히. 화낼 거라고 생각하면서 계속해서 〈언더테이커〉를 몰았다. 화내겠지. 라이덴도, 세오도, 전대원들도, 여기에는 없는 앙쥬나 크레나도.

레나도.

──돌아오세요. 반드시.

그래, 돌아가야지. 돌아가야만 한다. 하지만 그러니까 이것만 큼은.

부디 용서해 달라고, 기도하는 듯한 마음으로 신은 〈언더테이 커〉를 후퇴시켰다. 〈저거노트〉의 순백색 기체가 통로 중앙에 꽂힌 바위에 가려서 보이지 않게 되었다.

기회라는 듯이 고기동형이 체인블레이드를 쳐들었다. 그 무수한, 가느다란 칼날이 가동한다. 밴시의 비명과도 비슷한 절규를 세차게 퍼뜨리고, 다음 순간에는 그 기다란 칼날이 옆에 솟구친 바위의 첨탑에 박혔다. 첨탑이 아래부터 깊게 잘려나가서 통로에 쓰러졌다. 고기동형의 뒤, 바위의 대질량과 강도로 길을 막는 형태로.

아무도 방해할 수 없다고 말하듯이.

지금은 이미 지하에서 용암이 올라오는 길이 막힌 지 오래된, 산 중턱에 뚫린 화구. 그 밑바닥.

가늘고 희미하게, 100미터가 넘는 아득히 먼 위쪽에 있는 구멍에서 은색 날개 때문에 약해진 햇살이 비쳐들었다. 그 빛으로는 도저히 밝힐 수 없는, 별궁 하나 정도는 통째로 들어갈 만한 광대한 공간이 이 거점에 속한 발전공장형 처리중추가 있는 곳이며, 수억 마리 방전교란형이 먹이를 먹는 곳이다.

가늘게 갈라진 금속 가지를 펼친, 나무와도 비슷하게 서 있는 전자유도식 충전 유닛. 거기에 나뭇잎처럼 모인 무수한 은색 나비. 안쪽에는 그야말로 옥좌와 동화한 태곳적 용왕의 사체처럼 발전공장형 제어중추가 웅크리고, 그 주위에서 바쁘게 일하며 모시는 무수한 정비기계들.

　그것들은 지금 비카의 눈앞에서 모두 시뻘건 화염이 되어서 불타오르고 있다.

　충전 유닛도. 방전교란형들도. 발전공장형도, 정비기계들도, 모두 똑같이.

　여기에 있는 것은 모두 비무장 지원형이었다. 공격에 매우 취약하다.

　날개가 얇아서 아주 불타기 쉬운 기계 나비들이 불타면서 춤을 추었다. 불똥처럼 아득히 먼 하늘을 향해 날아오르다가 도중에 힘이 다하여 하늘하늘 떨어졌다.

　올려다봐야 할 정도의 거구이기 때문이겠지. 온몸이 불타면서도 아직 발버둥 치는 발전공장형의 광학 센서가 비카가 모는 〈가듀카〉를 바라보았다. 무기질적인 증오로 가득한 그 시선을, 비카는 코웃음을 치며 받아냈다.

　"저 저승사자라면 경이 누구인지 알고 애도해 주었겠지만."

　애석하게도 이 몸은 오래전에 죽은 모르는 누군가를 애도할 정도로 정이 많지 않다.

　조용하게 화장을 지켜보는 〈알카노스트〉들보다도 더 냉혹하게, 화장터에 등을 돌렸다.

이쪽의 임무는 모두 완료. 남은 건.

"각기. 발전공장형을 격파. 〈알카노스트〉 전기, 배치 완료. 이쪽의 준비는 끝났다. 그쪽 상황은?"

응답은 즉각 돌아왔다. 자동공장형 제압에 임한 선더볼트 지대의 유토와 발전 설비를 파괴하러 간 클레이모어 지대의 리토.

[크로우 소위다. 자동공장형 제압도 완료.]

[발전 설비 파괴도 마쳤습니다. 저기, 〈알카노스트〉의 배치도.]

하지만 신에게서는 응답이 없었다. 비카는 눈썹을 찌푸렸다.

지각동조의 대상을 스피어전대 전원으로 바꾸고 다시 불렀다.

"노우젠? 들리거든 응답하라. 그쪽 상황은?"

이번에는 즉각 응답이 있었다.

하지만 신이 아니라 라이덴의 목소리였다.

[왕자 전하. 슈가다. 신이 없으니까 대신 대답하지.]

"미안하지만 이쪽 목표는 미달성 상태야. 〈무자비한 여왕〉은 발견하지 못했어. 고기동형은 지금 신과 교전 중인 모양이고."

장갑이 우그러져서 살짝 좁아진 느낌이 드는 〈베어볼프〉 콕핏에서, 라이덴은 씁쓸하게 말을 이었다.

고속, 대질량이라고 해도 고기동형의 유체장갑 포탄은 전차포의 위력에 아득히 못 미친다.

충격 때문에 일시적으로 못 움직이게 되었지만, 지금은 일단 작전행동에 지장은 없다. 〈저거노트〉는 모두 행동 가능, 〈알카노스트〉도 날아간 몇 기 이외에는 건재하다.

비뚤어질 만큼 영리한 왕자 전하는 그 어조에서 상황을 이해한 모양이다. 살짝 긴박함을 더한 목소리로 물었다.

[분단되었나.]

"그래. 지금 수색 중이야."

무너져서 통로를 위아래로 분단한, 저 짜증 나는 크기의 바위를 바라보면서 말했다. 위쪽에 살짝 공간이 있으니까 전혀 못 지나 가는 건 아니지만, 거의 수직 각도인 점과 당장 무너질 것처럼 불안한 것을 생각하면 그것도 어렵다. 그들의 앞길을 막는, 말 그대로의 장애물.

신과 고기동형은 지금 그 너머에 있다.

전투음이 들리지 않으니까 이미 근처에는 없는 모양이지만, 고기동형에게 쫓겨서 통로를 내려가는 모습을 움직이지 못하는 상태로 목격했다. 그 직후에 바위 첨탑이 무너져서 지금 이 꼴이 되었다.

지각동조를 연결한 채로 침묵하던 세오가 사실은 초조함에 쫓겨서 안절부절못하는 것이 동조를 통해 전해졌다. 〈래핑폭스〉의 광학 센서가 정신없이 오갔다.

묵묵히 서 있는 〈스캐빈저〉들 중에서, 유일하게 파이드가 불안한 듯이 발을 동동 구르고 있었다.

씁쓸한 웃음이 나왔다.

아니, 쫓겨서 그런 게 아니다. 신 자신이 장소를 바꾸어서 고기동형과 대결하는 쪽을 택한 것이다. 쓰러진 라이덴과 동료들이 휘말리지 않도록…… 고기동형에게 꼴사나운 패배를 맛본 이들을 감싸기 위해서.

그 바보 자식.

찾아내거든 한 대 패 주자고 생각하는 것으로 억지로 기분을 되살렸다. 지금은 신을 지원하기 위해 〈알카노스트〉들이 통로에서 이어진 길을 조사하면서 우회로를 찾고 있다. 목표인 〈무자비한 여왕〉이 있는 것도 이 아래다. 제대로 된 지도도 없는 이상, 그걸 찾지 못하면 움직일 수 없다.

비카는 아무래도 혀를 차고 싶은 것을 참는 모양이었다.

[알았다. 아슬아슬할 때까지 기다리지.]

용아대산 어디에 있는지 모르는 〈무자비한 여왕〉을 찾으려면 신의 이능력이 필수다.

어디까지나 우선하는 것은 이 거점의 폭파지만.

"미안해."

[뭘, 작전에 예상 밖의 사태는 따르는 법이고, 그걸 고민하는 것은 지휘관의 역할이지. 경이 걱정할 필요는…….]

[라이덴.]

세오의 말에 시선을 들었다.

[아래. 바위 뒤쪽. ──왜 저런 곳에.]

〈래핑폭스〉의 광학 센서를 그 방향에 고정한 채로 세오는 말했다. 이상하게 생각하면서 라이덴은 자기 기체를 그쪽으로 돌렸다가…….

"아니……."

거기에.

달빛과도 비슷한 하얀색의, 오래된 척후형이 자리 잡고 있었다.

통로를 분단하는 바위벽 앞. 자기가 아래에 있는데도 불구하고, 머리를 조아린 신하를 노려보는 여왕 같은 자세로 이쪽을 올려다보고 있다. 하늘에 걸린 보름달 같은 금색을 띤 광학 센서에 깃든, 기묘하게 인간 같은 차가움.

어깨 위에 본래 있어야 할 7.62mm 범용기관총도, 14mm 중기관총도 없다. 전장에는 있을 리 없는, 불손할 정도의 비무장 상태. 그리고 장갑에 그려진 초승달에 기댄 여신의 퍼스널마크.

〈무자비한 여왕〉.

라이덴도, 세오도, 전대원들도, 〈시린〉들마저도 한순간 말을 잃었다. 어째서. 이 녀석이 여기에.

갑자기 〈무자비한 여왕〉이 시선을 거두었다.

그리고 그대로 슥 몸을 돌렸다.

〈레기온〉특유의 무음 기동으로—— 하지만 〈레기온〉이라면 있을 수 없는, 산책을 즐기는 귀부인처럼 느긋한 발걸음으로. 바위벽 뒤쪽, 통로 벽이 자연스럽게 돌출되어 반쯤 숨겨진 길로 사라졌다.

마치 유인하듯이. 비웃듯이.

라이덴이 눈을 치떴다. 이 녀석은 지금.

어떻게. 여기에.

"쫓아간다."

[라이덴?! 아니, 신을 찾아야……!]

"이 녀석은 원래 저 벽보다 더 아래쪽에 있었잖아."

세오가 앗 소리를 내었다.

그렇다. 이 통로를 내려간 것은 〈무자비한 여왕〉에게 도달하기 위해서였다. 여기보다 더 아래, 옥좌의 홀이라는 웃기는 이름이 붙은 구역. 아직 도망가지 않았다고 신은 말했다. 그런 이상 고기 동형과의 전투 동안에도 아직 거기에 있었을 텐데.

그런 녀석이, 지금 길을 막고 있는 바위벽을 넘어서 여기에 있다는 것은.

확증은 없다.

하지만…… 지금 이 자리에서는 아마도 그게 제일 확실하다.

"저 녀석이 통과한 길이―― 우회로다!"

설상가상이로군.

지각동조를 일단 끊은 비카는 이번에야말로 혀를 찼다. 레나가 있는 지령소와 그 주변의 예비진지는 일부 〈레기온〉 부대의 폭주로 대혼란에 빠졌고, 이번에는 신의 행방불명.

듣고 있던 레르케가 끼어들었다.

[전하. 저기…… 지금 늑대인간님의 말씀 말입니다만.]

조심스럽게 여쭙는 듯한 목소리에, 소리 내지 않고 실소했다.

"레르케. 말했지 않았나. 내 명령에 무조건 복종하라는 초기 명령을 넣지 않은 이유가 무엇이라고 생각하지?"

레르케가 환히 웃는 게 느껴졌다.

기억도 없는 주제에, 그런 솔직함은 레르케리트와 똑같다.

[항공하옵니다. 전하. 저승사자님의 수색, 소생도 가도록 하겠습니다. 외부 기온이 이러니까, 시간이 걸리면 그만큼…… 저승사자님의 몸이 위험해지겠지요.]

"그래. 제압을 끝마쳐서 손이 남는 자가 더 있겠지. 그쪽도 데려가라."

신이 이동한 곳은 바위로 이루어진 용아대산 중에서도 아마도 제일 깊은 장소에 있을 지하 동굴이었다.

외부의 빛은 들어올 리도 없는, 당연히 어둠 속에 갇혀야 할 장소.

하지만 그 광대한 공간은 인간의 눈으로도 전체가 보일 정도로 밝았다.

빛은 붉고 눈부셨다.

붉은빛 한가운데, 엄청난 고온 탓일지 아니면 암벽에 반사된 탓일지 대기마저도 붉게 빛나는 듯한 곳. 신은 적에게 쫓겨서 도착한 그 장소를 둘러보았다.

야간 모드였던 〈저거노트〉의 광학 영상은 자동으로 통상 모드로 바뀌었다. 광학 센서가 포착한 순수한 광량이 아니다. 원활한 조종에는 유해한 정보라고 판단한 지원 컴퓨터가 자동으로 광량을 줄여서 보정한 영상이다.

광원은 아득한 아래에 있다.

아래쪽, 깎아지른 바위 아래. 그냥 떨어지기만 해도 목숨을 잃을 높이 아래에서 일렁대는 검붉은 빛.

용암이다.

녹아서 흔들리고, 때때로 불길의 파도를 일으키는 붉디붉은 초고온의 도가니. 점성이 약한 액체 상태의, 고온의 용암이다. 그것이 마치 지하 호수처럼 광대한 동굴 밑바닥을 가득 채우고 있었다.

이 거리에서도 복사열로 기체 온도가 치솟았다. 슬쩍 움직인 금속 다리가 바위 파편을 튕겼고, 굴러떨어진 그것이 붉은 수면에 닿은 순간 불길을 일으키며 허무하게 녹아 사라졌다.

고층 빌딩마저 통째로 들어갈 정도로 천장이 높은 지하 동굴이다. 그곳에서 가장 깊숙한 곳에 자리를 잡은 동굴의 벽면은 높다란 성벽처럼 수직으로 솟구쳤고, 그 밑에서 지하 용암호가 반원형으로 펼쳐졌다. 성벽과 같은 바위 벽 위와 돔 형태의 동굴 천장이 엇갈리는 가장 높은 위치에 동굴 밖으로 이어지는 조그만 구멍이 있는데, 아득한 고대에는 그 장소가 산 정상에 존재했던 화구로 이어졌겠지. 일렁이는 용암호에는 징검다리 같은 암석 발판이, 신과 고기동형이 선 곳을 포함하여 불규칙하게, 무수하게 서 있었다.

신과 고기동형이 마주 보고 선 곳은 그중에서도 동굴 깊숙한 곳, 성벽 같은 암벽 바로 앞에 존재하는, 가장 넓은 발판의 중앙이었다.

단두대를 떠올리게 하는 일그러진 형태의 직사각형, 그 사방은 깎아지른 절벽의 바위 발판. 아득한 과거에 옆으로 부러지고 윗부분이 흘러내린 것처럼 정상은 이상할 만큼 평평하고, 시내의 한 구역 정도는 될 만큼 거대한 바위 단면이었다.

쫓겨서 도달한 이 동굴의 직사각형 출입구에서 좁은 길이——그렇지만 전차형도 지나다닐 정도로 넓은——역시나 바위로 이루어진 길이, 죄인이 오르는 계단처럼 이 단두대로 이어졌다.

고기동형은 그 길을 등지고 섰다. 마치 놓치지 않겠다고 무언으로 선언하는 것처럼.

"……."

레나에게 수령하여 어느 정도 머리에 넣어둔 3차원 지도상에는 존재하지 않았던 공간이다. 신의 이능력으로 〈레기온〉의 이동 루트를 파악하여 만들었으니까 〈레기온〉이 없는 장소는 공백에 불과한 가상 지도.

작전지역이 아니니까 이 동굴 주위에 신의 아군은 없다.

마찬가지로 〈레기온〉도 그렇게 빈번하게 찾는 장소가 아니겠지. 바위 표면에 희미하게 새겨진 다각 특유의 발자국과 단두대 가장자리에 버려진 빈 컨테이너들을 보면 이 용암호를 폐기물 처리장으로 쓴 것일까.

그런 장소에 〈언더테이커〉를——신을 일부러 몰아넣었다면.

"끝까지 일대일로 결판을 내고 싶다는 건가."

〈레기온〉에는 명예라는 개념이 없을 테지만, 꼭 말이 안 되는 것은 아니다. 적어도 신은 그 사실을 알고 있다.

2년 전의 특별정찰. 그때의 첫 전투.

전투에 동료가 개입하는 것을 꺼려서 포격으로 날려버렸던 〈양치기〉.

그때 그 중전차형은——— 그 안에 갇혔던 형의 망령은 신을 죽이는 것에 집착했다.

하지만 이 녀석은.

전사자에게서 유래하는 생각의 잔재도, 그것만이 아니라 인간에서 유래하는 구성품조차도 그 몸 어디에도 없는 주제에.

인간에서 유래하는 뇌 구조, 그것을 흡수한 〈양치기〉가 때때로 생전의 집착에 사로잡혀서 병기로서 불합리한 행동을 취하니까. 그걸 피하기 위해 만들어진 순수기계지성인 주제에.

고기동형이 움직였다.

그 칠흑색 기체가 일어섰다.

뒷다리는 땅에 남긴 채로, 앞쪽의 두 개를 들어올렸다. 그와 함께 앞다리 주변의 장갑과 프레임 일부가 전개하며 변형한다. 앞다리가 짧게 접히고, 그만큼 남은 부분이 옆구리를 지키는 추가 장갑이 되었다. 그리고 뒷다리 내부의 샤프트 부분이 늘어나고, 발뒤꿈치에 해당되는 부분에서 길게 튀어나왔다. 날카롭게 돋은 샤프트 끝이 바위 표면에 얕게 박혔다.

등과 머리를 뒤로 젖히면서도 직립은 하지 않았다. 앞에 무게중심을 남긴, 사냥감을 덮치는 야수의 자세.

그 자리에 나타난 것은 소형 수각류 공룡——— 데이노니쿠스와 비슷한 외견이었다.

몸의 균형을 잡기 위한 긴 꼬리와 등에 달린 장식 깃털, 갈기형

가시처럼 흐르는 체인블레이드. 민첩한 태고의 육식동물다운 사나운 모습.

──아니다.

땅을 딛는 두 다리와 공룡치고 다소 긴 손.

그건 오히려…….

"인간 흉내라도, 낼 생각인가."

짐승과 비슷한 본래 형태를 가지고 억지로 인간을 흉내내듯이.

학습하고 자기 진화하는 전투기계로서는, 어쩌면 옳은 선택이겠지.

샤리테 시 중앙역 지하 터미널의 전투에서 고기동형은 〈저거노트〉를 버리고 맨몸을 드러난 신의 총격으로 패주했다.

레비치 요새기지에서는 역시 기체를 미끼로 삼아 맨몸으로 공격한 레르케에게 당해 기체를 포기했다.

고기동형은 여태까지 항상 인간형 적에게 패배했다.

그런 이상 이족보행 형태가 전투에 가장 적합한 형상이라고 판단하는 일도 생길 수 있다.

실제로 꼭 전투에 맞지 않는 형태도 아니다.

민첩성으로는 떨어지지만, 인간형에도 이점이 없는 건 아니다. 이를테면 다채로운 무기를 사용하는 양손. 이를테면 포유류 중 으뜸인 투척능력. 다만 그것은 모두 고기동형의 전투 스타일에 필요 없는 이점이다.

목적에 매진한 끝에, 목적에 맞지 않게 된, 일그러진 진화.

그걸 보고 신은 희미하게 웃었다.

THE CAUTION DRONES

[〈레기온〉요주의 전력]

[포 닉 스]

고기동형
초고기동전 사양

【ARMAMENT】

특수가동식 고주파 체인블레이드×2

【SPEC】

[전장] 2.2m [머리 높이] 2.8m
[중량] 불명

※이 기체는 여태까지 장비했던 유체장갑이 일체 없다. 여태까지 발휘했던 위장, 스텔스 능력도 모두 상실하였다.

기계가 진화하는 종착점에 있는 것은 역시 인간일까——?
이 기체는 레기온 측의 코드네임 [발레이그르]—— 기동타격군 전대장 신에이 노우젠과 자웅을 겨루기 위해서 취한 형태다.
병기로서 합리적일 터인 스텔스 능력도, 사격 능력도, 몸을 지키는 유체장갑마저 다 버리고, 근접공격력과 기동력에만 특화되었다. [에이티식스]나 [시린]보다, 그 무엇보다도 전투에 최적화되었을 터인 순수기계지성이 도달한 결론.
지금이야말로 결판을 낼 때다.

"인간형이 되어도 얻을 건 하나도 없다. 더 혼란스러울 뿐이지. 그 집착도……."

아마도 고기동형의 현 목적은 혼자서 신을——〈언더테이커〉를 격파하는 것이겠지.

그러니까 전략상의 합리성을 깡그리 무시하고 신을 찾아 지령소를 습격했다.

그러니까 라이덴과 다른 이들을 격파하고도 결정타를 꽂지 않고, 인질로 삼는 듯한 짓을 했다.

그러니까 이 지하 용암호, 아군이 아무도 없는 이런 장소에 일부러 〈언더테이커〉를 몰아넣었다.

모두 다 전투기계로서 불합리한 행동이다. 그저 눈앞의 적성존재를 배제하는 〈레기온〉에 어울리지 않는 행위다.

이것은 전부 신의 격파에 집착했기 때문에.

집착이라니. 인간도 아닌 주제에 자기 존재 의의를 정하려 하는 그런 생각은…….

"기계인 네게는 사실 필요 없을 텐데. 반푼이가 되었군."

설마 그 경멸의 말이 들린 것도 아닐 텐데.

고기동형은 사납게 두 다리로 땅을 박찼다.

예비진지에서의 전투는 계속되었다. 슬금슬금 밀리고 소모되는 와중에, 서브윈도우 하나에 표시되는 지휘하의 〈저거노트〉와 아군 연합왕국기의 숫자를 보며 레나는 생각했다.

이건, 죽을지도 모른다.

차가운 생각이 지나가고, 이를 악물어 그 생각을 지웠다. 약한 소리 마라. 뭐가 죽을지도 모른다는 말인가.

못 죽는다.

죽을 수는 없다.

죽으면 두고 가게 된다.

두고 가지 말라는 부탁을 받았는데.

두고 가지 않겠다고 대답했는데.

신은 레나를 두고 가지 않았는데.

와 주었다.

반드시 죽을 터였던 운명조차도 뛰어넘어서. 그 양귀비꽃 전장에.

그렇다면 나도, 고작 죽을지도 모르는 정도로.

자위용으로 준비된 차체 상부의 25mm 강제급탄기관포에서, 이어서 12.7mm 중기관총에서 연이어 탄이 바닥났다. 전투 능력을 잃은 '선혈의 여왕'의 기마 앞을 척후형이 가로막았다.

그 어깨 위 기총이 선회하는 것을 보면서 레나는 명령했다.

"전속 발진! 밀고 나가요!!"

"뭐어──?!"

"척후형 정도는 〈바나디스〉의 중량으로 치어버릴 수 있습니다!"

"큭…… 예스 맴! ──꽉 붙잡아주세요, 여왕 폐하!"

굳게 각오한 조종사가 복창했다. 전차와 비교하면 경장갑이라고 해도 중량이 30톤급인 장갑지휘차가 디젤 엔진의 흉악한 포효를 지르며 돌진했다.

전투용이든, 무장했든, 이 중량 차이에는 변화가 없다. 조준 동작을 취하던 바람에 회피가 늦었던 척후형이 치여서 날아갔다. 중량 탓에 멀리까지 날아가지 않았던 녀석의 위에, 〈바나디스〉가 사정없이 올라타서 짓이겼다.

아드레날린의 영향일까. 묘하게 선명히, 천천히 눈에 비치는 그 무참한 모습을 보면서 레나는 생각했다.

세계는. 인간은. 추하고, 차갑고, 무관심하고 잔혹하다.

눈앞에서 펼쳐지는, 가혹하지만 완전히 무위한, 수렁과 같은 전장이야말로 분명 세계의 진실이겠지.

하지만.

빠득 소리가 났다. 악다물었던 어금니가 삐걱댔다.

——더러워집니다.

그때 신은 그렇게 말했다. 〈시린〉들의 잔해가 쌓인 곳 앞에서. 어쩔 줄 모르듯이, 완전히 지친 것처럼, 피로로 힘없는 시선과 목소리로. 만지면 더러워질 것이라곤 하나도 없는데.

그때 신이 더러움이라고 생각했던 것은.

닿으면 레나를 더럽힌다고 생각했던 것은.

신과 이야기하면 때때로 느끼는 상처 같은 공허함. 인간의 추악함과 저열함을, 세계의 냉혹함과 무정함을 말할 때, 얼굴을 드러내는 허무와도 비슷한 일면.

그 정체.

신은 이 차가운 세계를 싫어하고.

한없이 추악한 인간을 싫어하고.

그렇게 싫어하는 세계의 일부이며, 싫어하는 인간 중 하나인, 자기 자신도 싫어하는 것이다.

그래서 그런 거겠지. 더러워진다고 말했다. 그 눈 덮인 정원에서, 거리를 두려고 했다. 몇 번이나 괜찮다고 말해도 고집스럽게 의지하기를 거절했다.

마치 자기 자신을 한없이 더러운, 추악한 괴물처럼 꺼리듯이.

그가 서 있는 차갑고 무자비한 세계에 레나를 끌어들이는 것을 두려워하듯이.

그렇다면.

레나를 끌어들이고 싶지 않다고 한다면.

눈앞의 전장을, 눈에 힘을 주고 노려보았다. 그 무참함을 눈에 새기고 살아온 사람을 생각하며.

당신도, 당신이 보았던 그 무참한 세계에.

사실은 남아있고 싶지 않았을 텐데……!

당연하지만 노려본 곳에 신은 없다. 그저 혼미한 전장만이 한없이 펼쳐졌다.

미래 따윈 없어도 괜찮은 게 아니다. 바랄 수 없는 게 아니다.

바라고, 소망하고. 그것을 무자비하게 빼앗기는 게 아직 두려워서.

사실은 바라고 싶은 그 마음을, 이런 세계에 꿈꿀 여지는 없다고 짓누르고.

그렇다면.

그 손에는 계속해서 싸우는 긍지밖에 없다고, 무언가를 바라는 힘조차도 아직 없다고 한다면.

세계가 그 마음에서 미래조차도 다 깎아내었다면.

내가 대신 싸우자.

신이 보았던 추악한 세계와. 신이 아직도 갇혀 있는 차가운 세계와.

계속해서 싸운 그가 다음에는 다정한 세계와 만날 수 있도록.

끝까지 싸운 신이 스스로 미래를 바랄 수 있도록.

그러니까.

죽을 수 없다.

격렬한 눈안개와 상반되는 희미한 땅울림을 내며 〈바나디스〉의 눈앞에 뭔가가 착지했다. 쇳빛의 장갑과 사나운 155mm 전차포.

중전차형.

고작 10톤인 척후형이라면 몰라도 전투중량 100톤급의 이 강철 괴물에게 〈바나디스〉가 돌진해도 의미는 없다. 아니, 애초에 그런 시간조차도 주지 않는다. 〈바나디스〉를 조준한 포구가, 구경 155mm의 공허함으로 레나를 정면에서 노려보았다.

어째서인지 공포는 없었다.

그뿐만 아니라 레나는 자기를 죽이려는 그 어둠을 정면에서 노려보았다.

죽지 않는다.

죽을 수 없다.

죽을까 보냐.

나는.

아직.

──그 순간.

중전차형의 포탑을 고속철갑탄의 탄도가 옆에서 꿰어버렸다.

두꺼운 장갑판을 열화우라늄 탄심이 파고드는 소리. 이어서 강철판을 서로 부딪치는 것처럼 날카롭고 무거운 88mm 포의 포성이 울려 퍼졌다.

관자놀이를 꿰뚫린 인간이 그러듯이, 중전차형의 거구가 한순간 정지한다. 이어서 멍하니 서 있는 자세에서 힘이 쭉 빠진 것처럼 맥없이 주저앉았다.

어?

무심코 레나는 그 거구를 멍하니 바라보았다. 무슨 일이 일어난 건지 모르겠다.

그건 조종사도 마찬가지였겠지. 이동을 멈춘 〈바나디스〉의 옆에 뭔가가 착지했다. 철컥 하는 무거운── 〈레기온〉이 아닌 주행음. 자동으로 향한 광학 센서가 그 모습을 비췄다. 잘 닦은 뼈처럼 새하얀 장갑과 목 없는 백골사체 같은 외모. 〈저거노트〉다.

캐노피 아래의 퍼스널마크는 스코프를 장착한 라이플. 〈건슬링어〉.

크레나의 기체.

[살아있어, 레나?]

쌀쌀맞은 목소리가 무전과 지각동조 양쪽에서 울렸다.

이젠 꽤나 멀게 느껴지는 86구의 전장에서 프로세서와 핸들러로 접했던 때부터 변함없다.

쌀쌀맞지만, 동료를 생각하는 소녀의 목소리.

[부탁받았으니까. 네가 죽으면 나는 신에게 고개를 들 수 없으니까. 이상한 데서 무리하다가 멋대로 죽지 마.]

치밀하고 튼튼한 화강암이라고 해도, 오랫동안 고열을 받은 암석은 매우 약하다.

열원에 가깝고 낮은 바위일수록 그것은 현저하다. 발판으로 디딘 그것을 착지와 도약의 충격으로 무너뜨리고, 차례로 이동 범위를 스스로 좁히면서, 〈언더테이커〉와 고기동형은 격돌했다.

점점이 있는 암석 발판은 작은 것이라도 정상부의 넓이가 민가 정도, 큰 것은 시내 한 구역 정도 된다. 높이도 제각각이라서, 몇 개는 너무 낮아서 내려갈 수 없고, 또 몇 개는 반대로 도저히 정상까지 올라갈 수 없는 높이로 벽처럼 솟구쳤다.

그 발판을 오가면서, 벽처럼 솟구친 것조차도 벽면을 박차는 것으로 이동 수단으로 삼고, 두 대의 백병전 병기는 하얗고 검은 야수처럼 서로의 목덜미를 노렸다.

몇 번째인지 모를 포격이 적기의 속도를 따라가지 못해 완전히 엉뚱한 방향으로 날아갔다.

"칫⋯⋯!"

88mm 전차포와 장갑 때문에 〈저거노트〉는 고기동형보다 훨씬 무겁다. 도약할 수 있는 거리에도 차이가 있다. 그렇기에 이용 가능한 발판이 한정되는 〈언더테이커〉를, 송곳처럼 가느다란 바위 기둥조차도 발판으로 삼아 달리는 고기동형은 거의 일방적으로 희롱했다.

〈언더테이커〉에 유리한 점이라고는 사거리가 긴 전차포가 있지만, 자동 조준을 뛰어넘는 속도와 급제동으로 날아다니는 것이 고기동형이다. 연계하는 동료가 없는 단독으로는 조준조차도 여의치 않다.

도약 도중에 암벽에 앵커를 꽂아 강제로 궤도를 바꾸었다. 그 직후에 앵커를 꽂은 그 암벽이 잘려나갔다. 〈언더테이커〉로서는 발판으로 삼을 수 없는, 붉게 달아오른 낮은 발판을 박차고, 거의 바로 밑에서부터 화살처럼 급상승하는 고기동형의 추격.

"큭⋯⋯!"

앵커가 풀려서 용암호에 떨어질 뻔했지만, 간신히 반대쪽 앵커를 다른 발판에 꽂아서 그쪽으로 〈언더테이커〉를 이동시켰다. 착지와 동시에 중력도 관성도 완전히 무시하는 듯한 급각도로 쉴 새 없이 고기동형이 돌진했다.

땅을 박차는 다리가 줄어든 만큼 고기동형에게는 맞지 않게 보인 인간형이었지만, 실제로는 오히려 속도가 빨라졌다. 노출된 샤프트의 날카로운 돌기를 암벽에 박아서 더 세게 땅을 움켜쥐는 것으로 액추에이터의 출력을 더욱 효율적으로 추진력으로 바꾼다. 금속과 암석이 부딪치는 비명을 울리고, 박차는 힘으로 발판을 폭파하면서, 고기동형은 달렸다.

〈언더테이커〉와의 전투에 완전 특화된 형태로.

당초에 만들어진 자기 형태마저 버리고.

전장에 있을 거라면 사실 그래야 하겠지.

강적과의 사투에 극도로 집중하여 몰입하는 의식 속에서, 문득 당찮은 생각이 뇌를 스쳤다.

전투를 위한 존재라면, 전투를 위해서만 있는 것이 올바른 모습이다.

전장에서 살 거라면 싸우는 기능 이외에 아무것도 없는 것이 사실은 옳다.

──싸움에 적합하지 않은 그 몸도 버릴 수 없는 주제에.

레르케가 한 말이 옳다.

우리 에이티식스는 결국 어중간한 거겠지.

그래도 그런 식으로, 전투만을 위한 존재가 되고 싶다고는 생각하지 않는다.

과거에는 그렇게 있으려고 했던 적도 있었다. 저승사자라는 이름으로, 장의사라는 이름으로 불리기 시작했을 무렵. 라이덴과, 지금 함께 있는 동료들과도 아직 만나지 못하고, 함께 싸운 동료가 모두 먼저 죽어나갈 무렵.

마음 따윈 없으면 편하다고, 그렇게 생각했다.

계속해서 싸울 거라면 그러는 편이 오래 살아남을 수 있다고, 내심 생각했다.

하지만 결국 그렇게 될 수 없었다.

참격이 온다. 회피하기에는 자세가 안 좋다. 가동을 멈춘 고주파 블레이드로 옆에 굴러다니는 컨테이너 잔해 하나를 쳐올려서 참격 궤도에 집어넣었다. 금속 컨테이너의 중량과 관성에 붙잡혀서 체인블레이드가 엇나가고, 그 밑을 〈언더테이커〉는 상처 입은 야수처럼 꼴사납게, 필사적으로 도망쳤다. 칼날이 스친 다리에서 장갑이 떨어졌다.

—— 사실은 누군가와 언젠가 행복해지고 싶은 주제에.

그런 걸까.

그럴지도 모른다. 자신이 뭘 원하는지, 원하려고 하는지, 신은 아직 확실히 파악하지 않았지만, 그래도 예전에.

86구의 스피어헤드 전대 막사에서. 거기에 이르기까지 몇 년 동안 거친 전장의 기지에서. 한때 함께 살고, 배치 변경이나 전사로 헤어지고, 혹은 같은 부대로 재배치된 동료들과 지낸 시간.

남들은 분명 아주 보잘것없는, 대수롭지 않은 일이라고 비웃을 한때.

그때만큼은 전투 따윈 생각하지 않고.

잊었던 건 아니다.

다만 자각하지 않았다.

86구에 있던 그때부터, 자신들은 끝까지 싸우는 긍지밖에 갖고 있지 않았지만.

그러길 바란 것도 아니었다.

신의 수색에 임하라고, 리토와 클레이모어 지대에도 명령이 내려왔다.

"라저. 그럼……."

지시에 답하고 이어서 옆을 바라보았다. 클레이모어 지대와 함께 여기까지 진격한 〈알카노스트〉들.

거점 파괴를 위한 자폭부대다. 〈알카노스트〉의 적재중량이 아슬아슬해질 정도의 고성능 폭약을, 무장만이 아니라 일부 장갑까지 떼어내고 짊어진 한 기와 그것을 기폭까지 지키는 동료기들.

그 대장격인 한 명에게 지각동조 너머로 말했다.

"우리는 갈게. 어어…… 류드밀라."

[예, 조심하시길.]

미소를 짓는 기척과 함께 태연하게 대답하는 그녀에게서 마치 도망치듯이 동료들의 〈저거노트〉가 한 기, 또 한 기 후퇴했다. 이동의 후미를 맡기 위해 남은 기체, 〈밀란〉의 안에서 리토는 죽음을 깨달은 백조처럼 고요한 그 모습을 바라보았다.

저번에 죽었고, 또 죽을 텐데도.

그녀들은——.

갑자기 류드밀라가 말했다.

[우리가 무섭나요?]

그녀의 〈알카노스트〉——〈말리노프카 원〉의 캐노피가 열렸다. 번데기에서 나비가 태어나듯이 소녀 모습의 제어장치가 불타는 화산의 태내에 내려왔다.

자랑하듯이, 두 팔을 펼쳤다.

순교자처럼.

"말해 봐요. ——우리가 무섭나요? 죽고, 죽고, 몇 번이나 죽는 우리는 당신들의 눈에 무서울까요?"

리토는 한순간 말을 잃었다.

리토도 10대 중반의 소년이다. 안에 든 것이 전사자의 잔해라고 해도, 몇 살 더 많은 정도의 소녀처럼 생긴 존재가 그렇게 물어보면 자존심 때문에 솔직하게 인정할 수 없다.

그래도 끄덕이지 않을 수 없었다.

그 말이 옳았으니까. 이 〈시린〉은 이미 알아차리기도 했다.

"——응."

조금 아쉬운 듯이 끄덕인 리토에게.

류드밀라는 자비로운 성녀처럼 미소를 지었다.

"그렇군요. 그렇다면 다행입니다."

"어……?"

"우리가 두렵다면, 그것은 당신이 우리와 다르다는 뜻이지요. 우리들 시린처럼 되고 싶지 않다는 것이지요. 우리를 보고 두려우시다면…… 그것은 우리가 바라는 바입니다."

진심으로.

안도한 것처럼.

"그렇다면 당신은 어떻게 되고 싶나요? 우리처럼 되고 싶지 않은 당신은—— 그렇다면 뭘 바라시나요?"

"……나는."

에이티식스니까 에이티식스답게. 하지만 그 말은 잠시 목에서 걸렸다.

에이티식스란 대체 무엇일까.

목숨이 다하는 순간까지 계속해서 싸우는 것이 에이티식스의 긍지. 하지만 언젠가 반드시 죽는 것이 에이티식스이기도 하고, 그 끝에 있는 것은 바로 그 무참하고 무의미한 사체의 산이고.

나는 지금껏, 죽기 싫어서. 그래.

죽고 싶지는 않다. 하지만 싸움에서 도망치고 다른 사람들 덕분에 목숨만 붙인 꼴사나운 돼지가 되는 것도 사양이다.

끝까지 싸우고 싶다. 하지만 무의미하게 헛되이 죽는 것을 바라는 것도 아니다.

끝까지 싸워서. 하지만 죽지 않고. 무의미하지 않게. 그것은 다시 말해…….

"살고 싶어. 나는 나로서 의미를 가지고 살고 싶은 거야."

이 죽음의 전장에서 끝까지 싸우는 것이 에이티식스의 긍지.

그렇다. 과거에 스스로 정했다. 모든 것을 잃고 빼앗기더라도 그것만큼은 양보할 수 없다고 생각했다.

이런 86구에서도—— 이런 세계에서도 자랑스럽게 살고 싶다.

에이티식스는 죽는 존재가 아니다.

사는 존재다. 너무 짧을지도 모르지만…… 그래도 끝까지 살아 남는 존재다.

그것을…… 어느새, 잊고 있었다.

"죽을지도 모르더라도, 그렇다고 죽기 위해서 싸우는 게 아니 야. 원했던 것은 의미야. 자기만족일지도 모르지만, 그래도…… 납득하며 살고, 납득하며 죽고 싶다고 생각해서."

언젠가 반드시, 죽는다고 해도.

그것만큼은.

"예."

그 말에 류드밀라는 만족한 듯이 끄덕였다.

그 대답을 듣고 싶었다는 듯이, 아름답게 눈을 오므리며.

"그러면 된답니다. 당신은 살아있으니까요. 당신의 삶에 뭔가 바라는 것이 생길 수 있습니다. 그리고 원하는 대로 살 수 있습니 다. 다만……."

다만. 죽음의 새는 거듭 그렇게 말했다.

기도하듯이. 애원하듯이.

"다만, 가능하다면 아무쪼록. 무엇을 얻든, 무엇을 잃든, 그래 도 결코 양보할 수 없는 것만큼은, 그 긍지만큼은 결코 양보하지 마세요. 당신이 당신임을 버리지 마세요. 그리고 아무쪼록—— 행복하시길."

류드밀라에게는——〈시린〉에게는 생전의 기억이 없다.

그녀가 생전에 어떤 인간이었는지, 그저 잠깐 파견된 리토가 알 리도 없다.

하지만. 그래도.

그녀의 소망은 알 것 같았다.

그것을 바라고, 〈시린〉은 싸우고 있는 것이라고, 왠지 모르게 깨달았다.

생전의 그녀는 양보했다. 혹은 포기하고, 이루지 못하고, 잃어버렸다.

그녀를 지금 형태로 만들어버린, 한 번뿐인 인간의 죽음. 그것이 아직 찾아오지 않은 리토는. 에이티식스들은. 아직 살아있는 인간들은.

아무쪼록.

잃지 않기를.

"응…….”

살짝 끄덕였다. 그것 말고는 리토가 돌려줄 말이 없었다.

류드밀라만이 그렇게 말하는 게 아닌 듯했다.

여기에는 없는 〈시린〉들이.

그리고 무엇보다도 86구에서 리토와 달리 살아남지 못했던, 긍지 말고는 아무것도 얻지 못하고 죽어간 에이티식스 동료들이, 지난번에 죽은 이리나가.

말하는 듯했다.

"자, 이만 가시지요. 그리고 보잘것없는 새 한 마리가 죽었을 뿐이라고 여기고, 저를 잊어 주세요.”

"응. 하지만…….”

그리고 리토는 말했다.

눈앞에 있는 무서운, 그리고 가련한 죽음의 새에게. 분명 이 대화도, 다음에는 남아있지 않을 그녀에게.

지금 자신의 답으로서.

"잊지 않겠어. 생각할게. 나는 아직 그럴 수 있으니까."

〈저거노트〉가 간신히 머무를 수 있을 정도인, 다소 낮은 바위 발판.

주위 온도가 너무 높다고 시스템이 경고를 울려대는 그곳에서, 〈언더테이커〉는 이동을 멈추었다.

내려다보는 단두대에서 도약하려던 고기동형이 한순간 신의 의도를 눈치채고 주저했다.

단두대와 〈언더테이커〉 사이에 징검다리 발판은 없다.

고기동형의 도약력이라면 아슬아슬하게 뛰어넘을 수 있는 거리겠지만, 그러기에는 너무 멀다. 바로 아래로 뛰어내리는 게 아니라면 도약 궤도는 포물선을 그린다. 즉, 반드시 포물선의 정점에, 상승도 하강도 아니라 공중에 정지하는 한 점에 도달하는 순간이 있다.

그 한순간에 저격당할 것을 알기에 고기동형은 함부로 접근할 수 없다.

어떻게 추격해야 할까, 고속으로 사고회로를 돌리고 있을 그 모습을 바라보는 채로, 신은 〈언더테이커〉를 후퇴시킬 기회를 엿보았다. 배후, 퇴로를 가로막듯이 솟구친 암벽과의 거리를 재면서 신중하게 미끄러뜨린 뒷다리가 깨진 파편을 튕겨서 용암에 떨어뜨렸다. 쉬익 소리를 울리는 불길한 음량은 집중한 청각에 들리지 않는다.

다만—— 덥다.

시뻘겋게 타오를 정도는 아니라고 해도 이 발판은 용암에 가깝다. 강렬한 복사열을 받아서, 폐쇄되었을 터인 콕핏마저도 이미 후덥지근하고, 호흡이 다소 답답했다. 그래도 인체에는 체온을 일정하게 지키는 기능이 있지만, 신체와 접촉하기만 할 뿐 밖에 있는 레이드 디바이스의 의사신경결정은 당연히 그 범주에 없다. 갑자기 예리한 경고음이 그 은색 고리에서 울렸다.

"큭……?!"

음량은 대단하지 않지만, 목 바로 뒤에서 울리는 소리다. 위험을 경계하는 인간의 본능이 갑자기 몸을 굳게 했다. 고장을 알리는 그 전자음의 비명을 마지막으로, 희미하게나마 짤막짤막 들리던 라이덴이나 레나의 목소리가—— 마침내 귓속에서 홀연히 사라졌다.

무의식중에 굳은 팔의 경련을 따라서 〈언더테이커〉의 왼쪽 뒷다리가 의도치 않게 움직였다. 암벽에 아슬아슬하게 걸렸던 발톱이 미끄러져서 발판 가장자리를 살짝 부쉈다.

"큭! 이런…….

〈언더테이커〉의 자세가 살짝 무너졌다. 그것은 간단히 고치기만 하면 되는…… 아무래도 발판에서 굴러떨어질 정도로 흔들리거나 발판에서 다리가 미끄러질 정도는 아니었다. 하지만 떨어지면 죽음을 면하지 못할 용암 위에서의 싸움이다. 신의 의식이 한순간 왼쪽 뒷다리 쪽으로 향했다.

그 기회를 놓치지 않고 고기동형이 움직였다.

등에 달린 체인블레이드를 뻗어 방치된 컨테이너 하나를 걸었다. 비가동 상태인 그것을 힘껏 휘둘러서, 안이 텅 비었어도 거대한 금속을 힘으로 내던졌다.

장갑이 얇은 〈저거노트〉에 직격하면 큰 타격일 중량……. 하지만 공격이라고 하기에도 양동이라고 하기에도 조잡한 행동이다. 하물며 그 정도에 속아서 신이 전차포를 낭비할 거라고 판단했을 리도 없지만…….

그리고 컨테이너는 〈언더테이커〉에 전혀 미치지 못하고 어중간한 위치에서 헛되이 낙하를 시작했다.

그 움직임에 신은 소름이 돋았다.

낙하 궤도에 들어가는 속도가 빠르다. ──컨테이너 안은 비지 않았다!

그 표면에 죽은 듯이 숨은, 하지만 희미하게 단말마의 비명을 지르는 방전교란형 하나를 본 순간, 신은 거의 반사적으로 〈언더테이커〉를 뒤로 물렸다.

동시에 방전교란형이 날개를 하얗게 빛내며 방전했다.

컨테이너 내부의 무언가에 전류가 흘렀다. 안에 뭐가 들었는지는 보지 않아도 상상이 간다. 소진식 탄피의 바닥 부분, 전기식 신관을 전기가 훑었다. 장약을 연소할 정도의 속도로 신관이 발화했다.

탄약용 컨테이너―― 그 안에 채워진 전차포탄이 터졌다.

그 내용물은 고속철갑탄이었던 모양이다. 폭발은 한 번뿐, 연소 가스에 걷어차인 탄심이 사방으로 흩어졌다.

다만 고속철갑탄의 위력은 그 막대한 운동 에너지에 의존한다. 그리고 운동 에너지는 탄체의 질량과 장약의 연소 가스가 포신 내부에서 탄체를 가속시켜서 부여하는 초고속으로 생겨난다. 가속기인 포신도 없는 상태로 포탄만 기폭시켜도 속도가 나오지 않는 이상, 본래의 위력도 발생하지 않는다. 4.6킬로그램의 탄심을 1600미터/초까지 가속하는 장약이 제아무리 강력하다고 해도, 고성능 폭약 정도로 파괴적이지는 않다.

그러니까 흩어진 탄심도, 퍼진 충격파도, 폭염도, 물러난 〈언더 테이커〉에 치명타가 되지 않는다. 애초에 포신으로 쏴서 날아갈 방향을 잡은 것도 아니니까 말 그대로 뿔뿔이 흩어졌다. 〈저거노트〉가 있는 방향으로 날아온 탄심도 극히 일부다.

기체 다리의 액추에이터 출력을 최대로 잡고 후방으로 물러나면서 좌우 액추에이터의 출력을 조정해 공중에서 반전한다. 뒤에 있는 암벽에 와이어 앵커를 쏘고 감아서, 수직인 그 벽면에 달라붙었다.

그 직후에 폭염을 뚫고 고기동형이 코앞에서 모습을 드러냈다.

"칫."

앵커를 회수할 여유가 없다. 감는 중인 와이어를 도중에 퍼지. 앵커를 남기고 암벽을 힘껏 박차서 유일하게 회피할 수 있는 곳, 공중으로 도망치고……

한발 늦게 암벽에 착지하고, 그대로 〈언더테이커〉의 곱절은 되는 각력으로 화강암을 요란하게 파괴하며, 고기동형이 뒤따라 도약했다.

애초에 부조리할 정도로 고성능, 고출력 액추에이터가, 아마도 그 한계를 넘어선 부하를 주는 출력. 고기동형의 두 다리, 그 스파이크 부분에는 양쪽 모두 이미 금이 갔지만, 그것을 대가로 강철의 야수는 〈언더테이커〉와의 거리를 즉각 없애고, 멸해야 할 적기에 육박했다.

폭염을 연막으로 쓰고, 탄막을 펴서 퇴로를 한정하고, 도망칠 수 없는 공중에 있는 순간을 노린다.

샤리테 시 지하 터미널에서 신이, 레비치 요새기지에서 기동타격군이 했던 것과 같은 방식.

마치 한 방 먹은 것처럼, 〈언더테이커〉는 공중으로 내몰렸다. 그리고 순식간에 따라잡혔다.

포격이든 참격이든, 뒤에서 쫓아오는 고기동형에 맞서려면 〈언더테이커〉는 반전하여 상대해야만 한다. 하지만 뒤쫓는 고기동형은 번잡하게 그럴 필요가 없다. 그 차이가 공격이 발생하는 시간의 차이를 만든다.

체인블레이드의 그림자가 〈언더테이커〉의 콕핏 블록에 드리웠다.

상대가 더 빠르다. 이제 와서 베려고 해도 상대를 벨 수 없다. 이 순간에도 냉철한 머릿속이 그렇게 판단했다. 콕핏을 베여서 제어를 잃은 기체는 그대로 아래쪽의 용암에 떨어진다고.

극도로 집중한 영향일까, 기묘하게 느리게 보이는 시간 속에서 진동하는 칼날이 다가온다.

고속으로 떨어지는 자신의 죽음을 보면서, 의식은 너무나도 선명히 깨어 있었다.

그것도 상처일 거라고 문득 생각했다.

동료 중에서 누가 몇 명 죽든지, 전투 중이라면서 슬픔이든 분노든 나중으로 미룬다.

슬퍼하는 것은 전투가 끝난 뒤라면서, 본디 있어야 할 감정을 잘라내고 필요한 냉철함을 지킨다. 생각하는 시야를 좁히는 분노도, 몸을 움츠러들게 하는 공포도, 전투 중에는 필요하지 않다며 봉인한다.

생물에게는 당연히 있어야 할 생존본능마저도 잠재우고, 치켜뜬 눈으로 타인과 자신의 목숨을 보는, 인간보다 전투기계에 가깝게 변한 의식.

길러낸 기술이고, 새겨진 상처다.

간신히 상처라고 생각할 수 있었다.

지금은 아직 필요한 상처다.

그래도 언젠가, 버려도 된다 싶은 장소에 도달할 수 있다면.

거기에 도달하기 위해서 지금은——그 상처도 이용하자.

무장 선택 전환.

다리의 파일 드라이버. 4기. 파일 강제 사출. ——동시 기폭.

격발.

꿰뚫을 것이 하나도 없는 공중에서, 다리 아래에는 공기밖에 없는 장소에서, 4기의 파일 드라이버가 그 천공 말뚝을 사출하고, 이어서 폭음을 내며 작동했다.

가장 얇은 포탑 상판이라고 해도 중전차형의 장갑도 으깨는 57mm 파일 드라이버, 그 4기가 동시에 기폭한다.

튼튼한 장갑을 꿰뚫기 위한 초고속을 텅스텐 말뚝에 부여하기 위한 대량의 장약이, 그 초고속을 낳는 힘과 동등할 만큼 강렬한 반작용으로 〈저거노트〉를 위로 튕겨냈다. 기체를 지탱하는 네 다리가 모두 위로 움직이는 추진력을 얻었다.

결과적으로 마치 대기를 발판으로 삼은 것처럼.

〈언더테이커〉는 도약 도중에 허공을 박차고 다시금 도약했다.

고기동형의 체인블레이드가 〈언더테이커〉의 다리 아래, 아무 것도 없는 공중을 허무하게 양단했다. 사출병기가 이미 없는 고기동형으로서는 같은 기동을 할 수 없다. 그래도 파란 광학 센서의 시선만이 무기질적인 증오와 살의를 띠고 〈언더테이커〉를 올려다보았다.

똑바로 그 시선을 맞받으며.

신은 고주파 블레이드를 내리쳤다.

고기동형으로서는 회피할 수 없는, 공중에서의 참격이다.

정통으로 들어갔다. 여태까지 〈언더테이커〉의──모든 〈저거노트〉의 공격에 치명상을 입지 않고 계속 회피했던 고기동형이 드디어 그 일격에 찢어졌다.

칠흑색 장갑과 프레임이 잘려나가고, 내부 구조가 드러났다. 마무리로 반동을 이용하여 반대쪽 블레이드를 또 한 번 내리쳤다.

반사적으로 자기 몸을 지키려고, 고기동형이 체인블레이드 하나를 블레이드의 궤도에 집어넣었다. 고속으로 진동하는 칼날끼리 간섭하여, 양쪽 모두 튕기고 부러졌다.

그 반동으로 두 기 모두 튕겨 날아갔다.

위에서 내리친 〈언더테이커〉는 위로.

공격받은 고기동형은 그 힘과 블레이드로 간섭한 반발력에 얻어맞은 것처럼 바로 아래로.

비행 능력이 없는 〈저거노트〉는 이미 만물에게 평등한, 눈에 보이지 않는 중력의 손에 붙잡혔다. 포물선을 그리고 정점에서 정지했다가 바로 낙하. 계속해서 속도를 올리며 추락했다.

교차한 위치가 좋지 않았다. 이대로 가다간 용암에 떨어진다. 남은 앵커를 사출하여 단두대의 중심부 부근에 박았다. 고온 환경에서 안 그래도 가열되었던 모터가 오버히트하는 것을 무시하고, 최대 속도로 감아올려서 낙하 방향을 변경. 드디어 불을 뿜은 와이어 앵커를 퍼지하고 단두대에 착지.

"큭……!"

설계상 상정되었던 것보다도 높은 위치에서 착지한 것이다. 공화국의 알루미늄 관짝과 달리 여유롭게 설계된 〈레긴레이브〉의 완충 장치는 그 상황에서도 프로세서를 지켰지만, 대신 구동 장치가 경고를 보냈다. 리니어 액추에이터 파괴, 프레임과 관절의 부품 손상. 몇몇 장갑이 떨어져서 불타는 용암 위에 묵직하게 떨

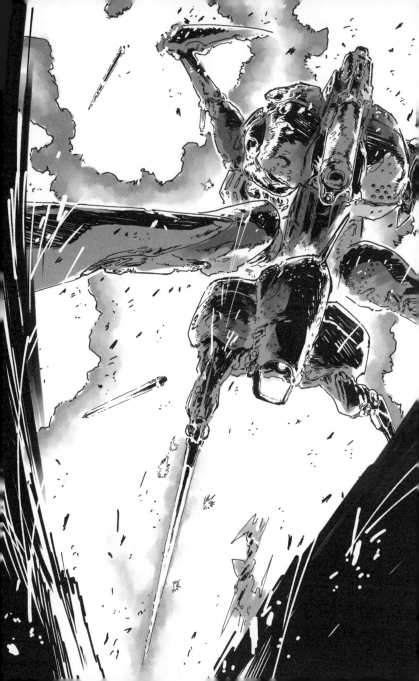

어져서 사방에 튀었다.

한편, 고기동형에는 앵커가 없었다.

자기 몸을 안전권으로 대피시키기 위한 유예, 용암에 떨어지기까지의 시간. ──즉, 추락하기 시작하는 고도도 〈언더테이커〉만큼 나오지 않았다.

그래도 남은 체인블레이드를 휘둘러서 어떻게든 자세를 제어하고 근처에 있던 암벽 가장자리에 가까스로 착지했지만, 스파이크에 깨져서 충격을 견디지 못한 발판이 무너졌다. 검은 몸이 다시금 흔들리고 아래쪽의 나락으로 내던져졌다.

《……!》

고기동형이 인간이 손을 뻗듯이 체인블레이드를 뻗어 절벽에 꽂았다. 고속으로 진동하는 칼날이 쉽사리 암벽을 가르고 그대로 몇 미터 정도 낙하, 가동을 멈추어서 간신히 공중에 정지했다.

암벽이 안쪽으로 완만하게 휘어진 형태였기에 체인블레이드에 매달린 모습이었다. 손도 발도 절벽에 걸 수 없고, 거미줄에 걸린 벌레 같은 꼬락서니다. 아무리 3차원 기동이 특기인 고기동형이라고 해도 이래서는 절벽을 오를 수 없다.

몇 톤의 중량을 계속 지탱하도록 만들어진 게 아닐 블레이드의 밑부분이 빠직 하고 기분 나쁜 소리를 내며 삐걱댔다. 빠직빠직하고 잡아당겨진 부품이 지르는 비명이 용암의 요동치는 소리에 섞였다.

이미 기체를 버리는 것 말고는 빠져나갈 방법이 없다.

그렇게 판단했겠지. 질리지도 않게 유체 마이크로머신의 은색이 그 장갑 틈새로 스며 나왔다.

"죽어라."

그 체인블레이드를 조준하고, 신은 사정 없이 88mm 포의 방아
쇠를 당겼다.

파손된 상태에서 억지로 급선회를 했고, 게다가 주퇴복좌기로
감쇄되었다고 해도 88mm 포의 강렬한 사격 반동을 정통으로 받
은 왼쪽 뒷다리가 균열이 난 관절부터 소리를 내며 부러졌다.

하지만 주행 능력의 상실을 대가로.

근접거리에서 날아온 고속철갑탄이 화강암의 암반을, 거기에
파고든 체인블레이드의 끝부분을 분쇄했다.

《——————————————— !》

비명과도 흡사한 절규와 함께 고기동형이 추락했다.

아래쪽, 붉고 붉게 녹아서 끓어오르는 용암의 바다에.

그래도 전투기계의 본능은 발버둥 쳤다. 완전히 떨어지기 전에
도망치려고 했을까, 유체 마이크로머신은 계속 스며 나오고, 붉
은 호수의 바로 위에서 간신히 나비 형상을 취해서 날아올랐다.

하지만 날갯짓하려는 그 날개가 날아오르기 직전에 발화했다.

계속해서, 계속해서.

스며나와서 나비의 형태를 취해, 얇은 날개를 펄럭이자 그 날개
가 불탔다. 아직 용암에 닿지 않았는데도, 스스로 붉고 투명한 불
길을 내며 타올랐다. 불똥처럼, 흩어지는 양귀비꽃의 붉은 꽃잎

처럼, 불타면서 미친 듯이 춤을 추었다. 한바탕 붉은 불길을 흩날리고, 이윽고 완전히 타올라서 재가 되어 떨어졌다.

　복사열.

　〈저거노트〉만이 아니라 전차형이나 중전차형도 오래 있을 수 없는 고온 환경이다. 하물며 보다 고온의 대기가 머무는 용암 근처에서, 온도가 상승하기 쉬운 종잇장처럼 얇은 나비 날개.

　도망치지 않으면 한꺼번에 용암에 떨어진다. 하지만 도망치면 나비의 날개가 불탄다.

　신을 혼자서 격파하는 것에 집착한 나머지 그런 전장을 스스로 택한 것이라고, 고기동형이 과연 깨달았을까.

　도망치지 못한 유체 마이크로머신과 함께 고기동형의 프레임이 용암에 떨어졌다. 점성이 약한 검붉은 액체가 칠흑의 장갑을 삼키고, 하늘하늘 떨어지는 나비의 재가 그 뒤를 따랐다.

　요란스럽게 울리던 기체의 절규가——사라졌다.

　몇 달에 걸쳐 홀로 기동타격군을 몰아붙였던 고기동형의——최후였다.

　신에게, 〈레기온〉은 전사자를 흡수한 〈양치기〉나 〈검은 양〉도, 그렇지 않은 기계의 〈하얀 양〉도, 양쪽 다 돌아가고 싶다고 외치면서도 돌아갈 수 없는 가여운 망령이다.

　그렇기는 해도 고기동형 때문에 계속 고생했던 것도 사실이다. 그 탓일까, 격파한 지금도 감회는 거의 없었다.

애초부터 〈레기온〉과의 전투에서 느낀 적 없는 승리의 고양도. 사라지는 망령을 지켜볼 때의 일말의 적막도.

"……."

과도하게 집중한 의식을 다소 늦추기 위한 한숨을 한 차례 내쉬고, 부러진 다리를 끌면서 〈언더테이커〉의 머리를 돌렸다.

덥다. 전투기동은 끝났고, 출력을 순항 모드까지 내렸음에도 불구하고 기체 온도가 내려가지 않았다. 오히려 슬금슬금 위험영역까지 상승하고 있다. 동굴 안의 기온이 너무 높은 것이다. 열원이 가까운 데다가, 두꺼운 암반의 단열과 화구에 난 구멍이 극도로 작은 구조 때문에 공기의 열이 도망가지 못하니까.

그리 오래는 못 버틴다. 여기를 떠나지 않으면 기체도 신 자신의 몸도 이 고온에 조만간 움직이지 못하게 된다. 여기를 떠나지 않으면 곧 목숨을 잃는다.

그러니까 그렇게 되기 전에.

다리를 끄는 〈언더테이커〉의 느릿느릿한 모습이 답답했다. 그래도 야생마 같으면서도 충실한 펠드레스는 간신히 180도 회전을 마치고.

그리고 간신히 그 광경이 눈에 들어왔다.

전투 중에는 의식하지 않았다. 지금 이 순간까지는 등을 돌리고 있었으니까 눈에 들어오지 않았던, 그 시선의 앞.

두 펠드레스가 격전을 벌인 여파겠지. 어느 쪽의 공격이 원인인지는 이미 알 수 없다. 고기동형이 쓰러진 지금에서는 그것이 의도적으로 한 짓인지조차도 알 수 없다.

단두대에서 이어지는 이 동굴의 본래 입구. 여기로 쫓길 때 통과했던, 이 동굴의 유일한 출입구로 이어지는 길.

가늘고 긴 바위의 통로가—— 중간에서 무너져 있었다.

"어……?"

얼마나 망연자실하니 있었을까.

무의식중에 흘러나온, 의문인지 부정인지 종잡을 수 없는 목소리에 신은 정신을 차렸다.

흘러나온 것이 의문이든 부정이든 사실 별 차이가 없었다. 왜냐고 의문스럽게 생각하든, 그럴 리가 없다고 부정하든, 눈앞의 광경이 변할 리는 없다.

그것은 엄연한 사실로서 변함없이 눈앞에 존재했다.

10미터 정도에 걸쳐 무너진 유일한 통로. 그것이 제시하는 하나의 결말.

이건.

돌아갈 수 없다…….

귀로가 붕괴하여 고립된 발판이라고 해도, 조금 전까지 두 대의 기갑병기가 사투를 벌였던 곳이다. 도움닫기를 할 만한 거리는 충분히 있다. 와이어 앵커도 함께 사용하면 더 확실하겠지. 붕괴한 부분을 뛰어넘는 건 별로 어렵지 않다.

그럴 터였다.

〈언더테이커〉가 완전한 상태라면.

다리에 손상을 입고, 와이어 앵커는 양쪽 다 상실했다. 다리를 끌면서 걷는 것이 고작인 〈언더테이커〉로는 고작 10미터 정도밖에 안 되는 거리를 뛰어넘을 수 없다. 당연하지만, 맨몸으로도 불가능하다. 그걸 가능으로 바꾸기 위한 자재도 없다.

신은 이미 자력으로는 이 지하 동굴에서 나갈 수 없다.

그리고 구원을 청할 방법도.

레이드 디바이스가 망가져서 지각동조는 더 연결되지 않는다.

두꺼운 암반에 전파가 차단되기 때문에, 데이터 링크도 레이더도 무전조차도 닿지 않는다.

프레데리카가 관제로 남아있으면 어쩌면 궁지를 알아채 줄지도 모르겠지만, 부상을 입은 그 소녀는 전선을 이탈했다.

라이덴 등은 계속해서 수색하고 있겠지만, 신이 있는 곳을 모르는 이상 광대한 지하요새 안에서 이 장소에 도달할 가능성은 그리 크지 않다. 이 전투구역을 봉쇄할 수 있는 시간도 얼마 없다.

그리고 이 환경에서는 그런 시간이 다하기 전에…… 신의 몸이 한계를 맞는 것이 더 빠르다.

"……."

어떻게 할 수 없다고 자각한 순간, 온몸에서 힘이 쭉 빠졌다.

아아.

여기서.

이런 데서 죽는 건가.

누구도 모르는 곳에서. 돌아가지도 못하고.

헛되이.

그 사실을 목도하고도, 마음은 이상하게 조용했다.

그렇게 있어서는 안 된다고 이해했어도 역시 익숙해졌다는 사실에는 변함없다. 그 탓일지도 모른다.

종군 끝에 반드시 죽는다고, 그 결말을 내다보면서 살아온 86구에서의 9년이라는 세월이 만들어낸, 그들 특유의 사생관 때문일지도 모른다.

죽음은 항상 눈앞에 있는 것이다.

자신은 내일이면 살아있지 않을지도 모른다.

그러니까.

오늘 죽더라도 받아들여야 하는 것이다.

두려워할 필요도, 싫어할 이유도.

끝까지 계속 싸웠다면.

"이제, 됐나……."

이미 아무도 듣지 않는 말을 흘리고──프로세서의 말을 기록하는 미션 레코더는 어느 틈에 다운되어 있었다──캐노피를 열고서 밖으로 나갔다. 시스템은 이미 열기에 침묵했다. 냉각 장치도 함께 죽은 이상, 콕핏 내부의 온도도 이미 위험 영역에 도달했다. 밖에 나가도 죽는 순간을 앞당길 뿐이란 걸 알지만, 폐쇄된 콕핏 안에서 숨이 막혀 죽는 것은 조금 싫었다.

열풍이라고 하는 게 어울릴, 뜨거운 바깥 기온이 몸을 감쌌다. 지원 컴퓨터의 보정을 거치지 않는, 용암의 붉고 강한 빛이 망막을 태웠다.

어쩔 수 없는 일이겠지.

많은 이들을 보냈다. 수많은 전우를 묻어 왔다. 그 전사자의 행렬에 드디어 나도 참여할 때가 온 것뿐이다.

에이티식스는 죽는 존재다.

어이없이. 간단히. 당연하다는 듯이.

그 차례가 돌아왔을 뿐이다.

다만.

"말하지 않는 편이, 좋았겠군."

작게, 중얼거렸다.

그것만으로도 열풍이 목을 찔렀다.

말하는 게 아니었다.

역시 미래 따위는 바라지 말아야 했다.

바란다는 것은 잃는다는 뜻이다. 결국 그렇게 될 뿐이다.

두고 가지 말아 주기를 바랐다. 반드시 돌아가겠다고 약속했다. 하필이면 그 직후에 이런 꼴이 되다니.

레나는 슬퍼할까. 아마 슬퍼하겠지. 그녀는 그런 인간이다. 그러니까 2년 전에 기억해 주길 바란 것이다.

자기답지 않은 짓을 해버렸으니까──── 그녀에게 괜한 상처를 주는 꼴이 되었다.

단열성이 강한 기갑탑승복을 입지 않았으면 이미 근처에도 있을 수 없는, 〈언더테이커〉의 장갑에 등을 기대고 고개를 들었다. 그는 소원을 빌 하느님이란 존재를 오래전에 잃었지만.

권총을 쓰면 열기에 죽는 것보다는 다소 편하게 죽을 수 있겠지만, 쓰고 싶지 않았다. 그것은 조금 배신 같은 느낌이 들었으니까.

마지막 순간까지 계속해서 싸운다. 마지막에 도달하는 장소까지, 먼저 죽은 모두를 데려간다. 여태까지 함께 싸웠던 모든 전우들과 한 약속에 대한 배신.

　반드시 돌아가겠다고…… 결과적으로 깨뜨렸지만, 레나와 주고받은 약속에 대한 배신.

　"레나……."

　하다못해.

　어떤 식으로 죽어가는지. 전해지지 않은 것이 다행일까…….

　"미안."

　그때 앞에 하얀 그림자가 나타났다.

　한탄의 목소리가 조용히 내려왔다. 〈레기온〉이 내는 최후의 말. 살육기계 안에 있는 뇌 구조의 카피에 갇힌, 마지막 생각을 계속 반복하는 망령의 한탄.

　여성의 목소리.

　차갑게 내뿜는, 달빛 같은 무자비한 목소리.

　거기에 끌린 것처럼 시선을 올려보자, 구식 척후형 하나가 어느 틈에 조용히 서 있었다.

　달빛처럼 새하얀 장갑. 달에 몸을 기댄 여신의 퍼스널마크.

　〈무자비한 여왕〉.

　"──!!"

　그때 의식을 지배했던 것은 틀림없는, 그리고 사고가 한순간 새

하얗게 칠해질 정도로 강렬한 공포였다.

죽음에 대한 공포.

정보수집에 특화된 척후형은 〈레기온〉 중에서 전투 능력이 떨어지는 부류다. 하지만 그건 〈레긴레이브〉나 〈바나르간드〉 같은 펠드레스와 비교했을 경우의 이야기다.

연약한 맨몸의 인간이 대치해서 이길 수 있는 상대가 아니다.

인간에게는 앞에 있는 것이 척후형이든 중전차형이든 변함없다. 기계적으로 무참하게, 일방적으로 살해당할 것은 변함없다. 〈무자비한 여왕〉은 레비치 요새기지에서 보았을 때와 마찬가지로 범용기관총도 14mm 기총도 없는 비무장 상태였지만, 그래도 큰 의미가 없다. 척후형의 중량과 출력이라면 인간 정도는 다리 하나만으로 짓뭉개든 찢든 할 수 있다.

벌레를 짓뭉개듯이 대수롭지 않게 이쪽을 죽일 수 있는, 그리고 인간을 죽이기 위해 존재하는 그 살육기계.

각오했던 것보다 훨씬 이른── 각오하지 않았던 죽음의 형태.

그렇다.

죽음만큼은 누구에게나 평등하고, 부조리하고── 갑작스러운 법이다.

여기서 불타는 대기에 휘감겨서 죽을 거라고 생각했다. 그것을 순순히 받아들이려고 했다.

그 각오와 사소한 감상을 품기 위한 약간의 시간마저도 평등하게 앗아간다. 받아들인 죽음을, 받아들인 것보다 무참한 형태로, 도저히 받아들일 수 없도록 들이민다.

알고 있었을 터인 세계의 잔혹함. 그것을 지금 이 마지막 순간까지――확인하게 되었다.

척후형이 다가왔다.

머리가 아니라 본능에 기반을 둔 움직임으로, 반사적으로 신은 일어섰다. 무의식중에 다리가 도망치듯이 한 걸음 물러났다. 생존본능에 기반을 둔 경계와 도피의 동작.

죽고 싶지 않다고, 갑자기 강하게 생각했다. 솟구친 그것은 본능 자체를 뛰어넘도록 강렬했다.

죽고 싶지 않다.

죽고 싶지 않다.

죽으면 부르게 된다. 그녀를, 그 이름을, 마지막에.

그리고 혹시나 〈레기온〉에 흡수된다면, 부서지지 않는 이상 영원히.

〈레기온〉의――기계 망령들의 한탄은 신의 이능력으로만 들을 수 있다. 같은 이능력을 가진 자는 아직 발견하지 못했다. 지각 동조와 달리 기계적으로 재현할 수도 없었다. 신을 잃으면 〈레기온〉의 한탄은 인간에게 전해지지 않는다.

그래도 만에 하나. 그녀를 부르는 목소리가 그녀에게 닿는다면.

그러니까 죽고 싶지 않다.

울리고 싶지 않다.

그래, 울리고 싶지 않다. 슬프게 하고 싶지 않다. 사실은 이룰 수 없다고 해서 포기하고 싶지 않다.

약속했다.

반드시 돌아가겠다고. 이야기하자고. 상처를 준 것도 사과하지 않았는데, 이런 데서 죽을 수는 없다.

죽고 싶지 않다.

더는 슬프게 하고 싶지 않다. 그게 아니라 그녀가.

──웃기를 바란다.

그 생각은 갑자기, 이런 상황인데도 불구하고, 지난 전투부터 여태까지 계속 메우지 못하고 있던 공허에 채워졌다.

이대로는 있을 수 없다. 바꾸어야 한다. 하지만 뭘 어떻게 바꾸면 좋을까. 뭘 목표로 하면 좋을까. 그렇게 물어보기만 하고 초조해하면서 채우지 못했던 질문에 대한 답.

자신이 무엇이 되고 싶은지는 모른다. 목표로 해야 할 미래도, 행복도, 아직 신은 그려내지 못한다.

그래도 하다못해.

레나가 웃어 줄 만한 삶을 살고 싶다.

가능하다면 함께 웃으면서.

〈무자비한 여왕〉이 다가왔다. 아무렇지 않게. 소리도 없이.

신은 반사적으로 긴장했다. 시선은 돌리지 않는 채로 손을 뻗어서, 콕핏에 준비된 어설트라이플을 집어 들었다. 몸에 밴, 물 흐르는 듯한 동작으로 노리쇠를 후퇴시켜서 초탄을 장전했다. 접이식 개머리판을 펼치는 그 동작조차도 답답하게 느끼면서 개머리판을 어깨에 대고 총을 들었다.

척후형의 장갑에 9mm 권총탄은 통하지 않는다. 7.62mm 풀사이즈의 소총탄이라도 정면 장갑에는 튕겨난다. 그래도 싸울 방법이 없는 건 아니다. 이런 근거리에서, 차폐물도 없이, 혼자서 무력화한 적은 없지만, 그래도 어떻게든 쓰러뜨리지 않으면 살아남을 수 없다. 살아남지 않으면 돌아갈 수 없다.

돌아가야 한다.

〈무자비한 여왕〉을 무력화해도 이 지하 동굴에서 탈출할 수단이 없다는 사실은 변함없지만, 그런 사실은 이미 머릿속에서 날아갔다. 눈앞에 있는, 자신을 해하려는 '적'을 어떻게든 배제해야 한다는, 분노와도 흡사한 원시적 감정이 머릿속을 온통 지배했다.

포기하지 않는다. 포기할까 보냐.

반드시 돌아오라는 말을 들었으니까⋯⋯.

〈무자비한 여왕〉이 다가왔다. 공격 거리다. 그래도 더욱 다가왔다. 가지고 놀듯이, 공격할 의사도 없다는 듯이.

문득 깨달았다. 목소리가.

들려오는 여성의 한탄이―― 공격 순간 특유의 고조를, 살의를 띠지 않았다.

애초에 이 척후형은⋯⋯.

어떻게 이 자리에 나타났지?

붕괴된 통로를 뛰어넘어서 온 것이 아니다. 그쪽을 바라보던 신의 뒤에 〈무자비한 여왕〉이 나타났으니까. 그렇다면 즉⋯⋯.

발치에 그림자가 드리워졌다.

자신도, 〈무자비한 여왕〉도 아닌 그림자. 각이 지고 거대한, 꼴 사나운……

"큭……!"

그걸 깨닫고 돌아본 것과 거의 동시.

[——삐이!]

전투용도 아닌, 비무장 쓰레기 수집기 주제에 대체 무슨 생각을 한 걸까.

지하 동굴 제일 안쪽, 성벽 같은 암벽. 암벽 표면의 불규칙하게 튀어나온 곳 중 하나에서 질주 속도를 죽이지 않고 도약하고, 시속 100킬로미터 가까운 속도로 돌진해 온 파이드가 그대로 〈무자비한 여왕〉을 덮쳤다.

아무리 척후형이라고 해도 비슷한 중량의 상대가, 그것도 낙하와 질주의 기세를 더한 속도로 부딪치면 버틸 수 없다. 그 충격에 다리가 땅에서 떨어져서 옆으로 꼴사납게 쓰러졌다.

땅을 울리며 쓰러진 〈무자비한 여왕〉에게 파이드가 체중을 실어 올라탔다. 10톤이 넘는 중량에 사정없이 짓밟혀서 우그러지고 깨진 하얀 장갑이 소리를 내며 날아갔다.

파이드와의 거리가 너무 가까워서 어깨 위의 기총으로도 겨눌 수 없다. 애초에 〈무자비한 여왕〉에게는 그런 최소한의 무장조차도 없다. 그래도 전투기계의 본능이 명령하는 걸까, 하얀 척후형은 다리를 버둥거려서, 올라탄 파이드를 걷어차려고 하고——.

[파이드. 비켜!]

[신, 그대로 움직이지 마!]

파이드가——〈저거노트〉와 비교하면 꽤나 어물거리며——뒤로 물러난 직후, 귀를 찌르는 포성.

포성과 착탄이 거의 동시에 이루어지는 근접거리에서, 40mm 기관포탄과 88mm 성형작약탄이 위에서 비스듬하게 〈무자비한 여왕〉의 다리를 노려서 꽂혔다. 신관이 불활성으로 설정되었는지, 착탄해도 터지지 않았다. 다만 막대한 운동 에너지로 얻어맞아서 여섯 개의 다리가 부러지고 하늘을 날았다.

다리라고 해도 꽤나 무겁다. 근처에 있는 신에게 위험이 미칠 정도의 거리를 날지는 않았다. 흩어진 자잘한 파편이나 부품은 앞을 가로막은 파이드의 덩치가 막아서 그에게 닿지 않았다.

철컥 하는 날카로운 발소리를 내면서 〈저거노트〉가 모습을 보였다. 퍼스널마크는 웃는 여우. 세오의 기체, 〈래핑폭스〉. 이어서 라이덴의 〈베어볼프〉가.

[신, 무사해?!]

[살아있겠지. 이 멍청아!]

파이드가 갑자기 나타난 것과 마찬가지로, 이 지하 동굴의 안쪽 벽면, 성벽 같은 암벽이 선반처럼 이루어진 장소였다. 높이와 거리도 단두대에서 몇 미터 떨어진 정도로, 인간에게는 불가능해도 완전한 상태인 〈레긴레이브〉라면 콧노래를 부르면서 도약할 수 있는 거리.

대답하려고 해도 열기 때문에 목이 조금 아팠다. 가볍게 헛기침을 하여 위화감을 흩어버린 뒤에, 아직 몸에 달고 있던 무전 헤드셋에 손을 대고 대답했다.

"귀가 아파."

아무래도 〈저거노트〉의 주포는 전차포다. 무거운 포탄에 1200미터/초의 속도를 주는 대량의 장약은 그만큼 강렬한 대음량을 낸다. 하물며 넓다고 해도 소리가 울리는 폐쇄 공간에서, 근접거리에서 여러 기체가 일제사격을 가했다.

경고와 동시에 귀를 막았다고 해도, 너무나도 큰 소리에 귓속이 찌릿찌릿할 정도로 아팠다.

반대로 말하자면 아픔을 느끼는 원인이 그 정도밖에 없다는 소리이기도 하다.

그걸 이해했는지 세오가 웃은 듯했다. 크게 숨을 내뱉는 낌새가 느껴진다.

[농담할 정도면 괜찮네. 다행이다.]

그리고 갑자기 목멘 소리를 냈다.

[다행이야. 정말로, 무사해서.]

"……."

미안하다고 말하려다가 입을 다물었다.

걱정 끼치는 짓을 하지 말라고…… 몸을 버리는 짓을 하지 말라고, 그 말은 2년 정도 전에도 들었다.

별로 지키지 않았다는 자각이 있다. 일단 미안하다고 생각하지만…… 지키지도 않았으면서 말로만 사과하는 것도 성실하지 못한 짓이겠지.

대신 물었다.

"어디서 나온 거야?"

상황을 보면 〈무자비한 여왕〉을 쫓아온 것인 듯한데.

[아, 그쪽에서는 그늘져서 안 보이나. 이 벽, 우리 뒤쪽에 길이 있어. 이런 곳에 무슨 용무가 있어서 만든 건지는 모르지만.]

"음……."

그런 이유인가.

말을 하려다가 기침을 했다. 말하다가 주위의 열기를 조금 들이마셨다.

라이덴은 걱정하듯이 눈썹을 찌푸린 눈치였다.

[목이 상했군, 억지로 말하지 마. 〈언더테이커〉가 못 움직이는 거지? 지금 그쪽으로 갈게.]

"미안."

[말하지 말라고, 파이드, 〈언더테이커〉의 회수를 부탁해. 그쪽의 척후형은…….]

"삐이!"

말을 가로막으며 파이드가 전자음을 울렸다.

당연하게도 라이덴에게 통할 리도 없어서, 신은 아픈 목으로 그 의도를 설명해 주었다.

"다른 〈스캐빈저〉가 근처까지 왔다는군."

[왜 지금 그걸로 알 수 있는 거야, 넌……? 아까 갈림길에서 흩어진 녀석들인가. 오케이. 그 녀석들에게 말──.]

[저승사자니이이이이임!]

말하는 동안에 무너진 통로 너머, 출입구의 직사각형에서 몇 기의 〈스캐빈저〉와 〈알카노스트〉, 그리고 왜인지 〈챠이카〉가 안에 탄 레르케의 절규와 함께 튀어나왔다.

[무사하십니까?! 오오, 이건 늑대인간님과 여우님!]

[아니, 왜 너까지 있는 거야, 레르케?]

[이쪽으로 향하던 〈시린〉에게서 연락을 받았습니다. 이쪽 길은 자동공장형의 폐기물 유기장과 이어져 있어서, 거기서 합류한 것이옵니다……. 어차, 그럴 때가 아니었지요. 〈스캐빈저〉님, 얼른 다리를.]

앞으로 나선 몇 대의 〈스캐빈저〉는 교량가설용으로 개조된 개체였다. 다리에 증설된 앵커를 발사하여 자기 몸뚱이를 고정하고, 등에 장착된 접이식 교량의 자재를 전개해서 가설 교량을 하천이나 협곡에 걸기 위한 특수다각기.

〈스캐빈저〉 자체가 경량인 탓에 전개할 수 있는 교량의 길이는 최대 15미터 정도, 〈바나르간드〉 같은 중량급 펠드레스는 건널 수 없지만, 〈저거노트〉나 〈스캐빈저〉가 건너기에는 충분하다.

교량가설형이 재빨리 등에 달린 다리를 뻗어서 전개하고 결합하여 15미터 남짓한 알루미늄 구조물을 설치하기 시작하고, 파이드가 〈언더테이커〉로 다가갔다. 그러자 〈베어볼프〉가 가벼운 동작으로 이쪽 바위로 훌쩍 넘어왔다.

묘하게 평화로운, 평소의 전투 후와 같은 그 광경.

살았다……라고.

간신히 그것을 실감한 순간 기운이 빠져서 신은 그 자리에 주저앉았다.

목의 갈증을, 체내에 쌓인 이상한 열기를, 지금에야 비로소 자각했다.

[어이?!]

〈베어볼프〉의 광학 센서가 놀라서 이쪽을 보았다.

무슨 말을 하려다가 입을 다물고── 괜찮냐고 말하려는 것이겠지만, 말하지 않은 것을 보면 한눈에 알 수 있는 정도로 괜찮지 않은 모습이겠지──그 시선이 어딘가 다급한 기색으로 〈래핑폭스〉를 올려다보았다.

[세오, 신을 데리고 먼저 돌아가. 스캐빈저들의 회수 작업은 내가 보고 있을 테니까.]

[알았어. 전력의 절반 데려갈게. 제1, 제3, 제5소대. 서둘러 갈 거니까 쫓아와. 신, 설 수 있어? 아, 미안, 무리일 거 같으면 됐어. 잠시만 기다려…….]

철컥 하고 〈래핑폭스〉가 나락을 뛰어넘어 옆에 내려왔다.

"라저. 예정된 위치까지 후퇴하거든 보고하도록."

작전 목표인 〈무자비한 여왕〉과 신을 회수했다는 보고를 받은 비카가 고개를 끄덕였다. 신은 부상당한 모양인지 라이덴이 보고 했지만, 말하는 낌새로 봐서는 당장 죽을 상태는 아닌 모양이다.

잠시 뒤에 다시금 보고가 들어왔다.

스피어헤드 전대, 소정 라인까지 후퇴. 기동타격군 돌입반, 모든 부대의 대피를 확인.

다음은.

지각동조가 연결되고 아네트가 말했다.

전대의 〈저거노트〉에 섞인 한 기. 콕핏에 비전투원을 동승시켰기 때문에 여태까지 한 번도 전투에 참여하지 않고 항상 동료에게 보호를 받은 〈저거노트〉 안의 그녀.

[이걸로 드디어 〈무자비한 여왕〉도 확보했는데. 뭐가 튀어나올 것 같아? 찾으러 오라는 전언을 남기면서까지 불러들인 그 보물 상자 안에는?]

"최악은 단순히 나나 노우젠을 유인하기 위한 술책. 최고는 설마 싶은 전쟁 정지의 수단일까. 현실적으로는 정보 제공 정도겠지. 그게 그녀의 의지에 따른 것인지는 몰라도."

〈무자비한 여왕〉이 〈레기온〉 개발 주임 제레네 빌켄바움 소령의 뇌 구조를 흡수했다면, 거기서 얻을 수 있는 정보도 있다. 그녀 말고는 재현할 수 없는 〈레기온〉 제어 시스템에 대한 신규 정보라도 끌어낼 수 있으면 그것만으로도 수확은 크다.

[그녀? 아, 아는 사이랬지.]

"몇 번 말을 주고받은 정도지만. 그래서……."

비카는 전용으로 증설된 조작 패널을 열어 몇 가지 조건을 설정하면서 대답했다.

그리고 설정을 마치고 말했다.

"그쪽도 몸을 바친 실험은 끝났나, 펜로즈?"

쓴웃음을 짓는 기척과 함께 응답이 돌아왔다.

[알면서 물어보는 거야, 왕자님? 정보가 누설된 곳은 연합왕국이 아니야. 지각동조도 아니야.]

공략부대에 동행하는 것을, 아네트는 연방군에 보고하지 않았다.

아네트가 여기에 있는 것은 기동타격군과 연합왕국군밖에 모른다.

퍼스널마크가 이미 기록되었을 비카와 신은 표적이 되었다.

하지만 전투요원이 아니라서 퍼스널마크가 없는 아네트는 전투에 전혀 가담하지 않는 이상 〈저거노트〉의 안에서 지각동조로 주위와 교신을 계속했음에도 불구하고 표적이 되지 않았다.

〈레기온〉은 아네트의 존재를 몰랐다. 혹은 거기에 있다는 사실을 몰랐다.

정보를 유출시킨 것은 연합왕국군도, 기동타격군도 아니다.

지각동조도 현재로서는 감청된 게 아닌 듯하다.

비카는 담담하게 말을 이었다.

그 정도라면 그는 배신으로도 느끼지 않는다.

"그럼 연방이?"

아네트는 미소를 지운 듯했다.

그 분위기가 험악하고 날카로워졌다. 혐오와 모멸, 그것들이 뒤섞인, 뭐라고 할 수 없는 강한 감정의 색채를 띠고.

[내 존재를 잘 아는, 또 한 나라가 있잖아.]

　몇몇 안전장치를 해제하고 자폭장치의 스위치를 눌렀다. 전파에 실린 명령이 중계기를 거쳐서, 하늘을 향해 이빨을 드러낸 산 구석구석에 전해졌다.

　그곳에 숨은, 폭약을 짊어진 〈알카노스트〉들에게.

　비카나 아네트의 부상, 또는 전파 차단 같은 불의의 사태에 대해 물리적으로 신관을 작동시키기 위해서, 오퍼레이터인 〈시린〉들은 그 안에서 대기하고 있었다. 〈레기온〉에 뇌 구조 데이터를 빼앗기지 않기 위해 그녀들은 최대한 잔해를 남기지 않고 파괴되도록 초기 명령이 입력되어 있다.

　그러니까 그녀들은 움직이지 않는다.

　미소를 띤 채로, 다음에 자기가 설 전장을 생각하며.

　신호를 받고, 신관이 작동한다.

　고성능 폭약이 터졌다.

　두꺼운 암반에 가로막혀서 자폭의 굉음은 울리지 않고, 그저 구웅…… 하고 속에 울리는 진동만이 멀리 전해졌다.

　설마 설산에서 열중증 치료를 할 줄은 몰랐다며 쓴웃음 짓던 위생병에게 안정을 취하라는 지시를 받아 장갑수송차의 객실에 누워 있던 신은 몸을 일으켰다.

거점을 파괴한다고 해도 산 하나를 통째로 날려버릴 정도의 위력은 아니다. 만에 하나 분화라도 유발했을 경우에 대비하여 거리를 둔 이 집합거점에서 바라본 용아대산은 여전히 하늘에 이빨을 드러내는 위용을 자랑하고 있었다.

그래도 현재 땅속에서는 신의 이능력에 잡히는 한탄이 하나도 없었다. 〈레기온〉의 소리도, 폭파를 위해 남았던 〈시린〉들의 소리도.

아네트와 비카, 용아대산 주변의 봉쇄에 임했던 베르노르트 쪽도 이미 다 돌아온 모양이다. 회수한 〈무자비한 여왕〉의 격납이 완료되면──수송 중에 움직이지 않도록, 위치를 누설하지 못하도록, 전용 차단 컨테이너 안에 엄중하게 구속해 놓았다──철수만이 남는다.

똑똑. 수송차의 문을 궁정에서 하는 것처럼 노크하는 소리가 들리고, 한 박자 뒤에 문이 열렸다.

"또 심하게 당하셨군요, 저승사자님."

"레르케……."

얼굴을 내비친 레르케는 〈시린〉 전용의 붉은색 탑승복 차림이었다. 평소의 군복과 비슷한 장식에, 왼쪽 허리에는 시대착오인 것처럼 의장용 검을 차고 있으니까 별로 인상이 변하지 않는다. 잘 묶은 금발도, 녹색의 유리 눈동자도.

그 모습도, 들리는 한탄도, 지금은 그리 싫게 여겨지지 않았다.

"뭐지?"

"아뇨, 그저 얼굴을 좀 뵈러 왔습니다. 지금은 치료도 끝나서 쉬고 계시다고 전해 들었기에."

레르케의 목소리도 표정도, 무슨 잡담을 하러 온 듯이 조용했지만, 레비치 요새기지에서 했던 말을 나름대로 마음에 두고 있는 거라고 신은 깨달았다. 철회할 생각은 전혀 없지만, 그때의 말이 마음의 짐이 된 게 아닐까 걱정하는 거라고.

"다치신 곳은 없는 모양이라 천만다행입니다. 하지만 고작해야 고온 정도로 움직이지 못하게 되다니, 역시 인간의 몸은 연약하군요."

"……."

고기동형과의 전투가 있은 뒤라고 해도 〈저거노트〉조차 움직이지 못하게 된 온도에서, 인간 크기에 들어가는 최소한의 냉각 장치밖에 탑재하지 않은 〈시린〉이 활동할 수 있을 것 같지는 않지만.

무심코 눈을 흘긴 신을 내려다보며, 레르케는 웃었다. 언젠가 보인 웃음과 달리 그저 티 없는 표정으로.

"어떠십니까, 연약한 인간. 죽을 뻔하며 힘들게 생환해서, 돌아가야만 한다고 자각해서, 죽는 것이 두려워졌습니까? 전쟁을 우리 〈시린〉에게 맡겨 주실 마음이 들었습니까?"

내용과 달리, 그냥 잡담이라도 계속하려는 듯한 목소리였다.

신의 대답을 반쯤 알면서도 확인하려고 한다. 그런 목소리와 어조였다.

"그렇군."

그러니까 신도 담담하게 대답했다.

"분명히 인간은…… 나는 전투만을 위한 존재가 아니야. 그렇게 있을 수 없고, 그런데도 인간의 몸을 버릴 수 없어. 어정쩡하겠지. 네 말처럼."

"그렇다면."

"하지만."

말하려는 레르케를 제지하고 계속 말했다.

"그러니까 뭐가 어쨌다는 거지? 너희의 긍지 따윈 알 바가 아니야. 계속 싸우는 것이 긍지라고, 그렇게 결심했다. 그건 버릴 수 없어. 나는 헛되이 살고 싶지 않아. 싸움에 맞지 않든, 그걸 위해서 살아갈 수 없든, 이 전장에서는 도망칠 수 없고, 게다가."

한순간 말을 흐린 것은 익숙하지 않은 말이기 때문이겠지.

바라면 안 된다고…… 바라고 싶지 않다고, 여태까지 쭉 그렇게 생각했다.

——언젠가, 누군가와.

——행복하게.

"누군가와 살고 싶다. 어느 한쪽을 선택하진 않겠어. 나는 아직……."

오래전에 죽은 레르케나 〈시린〉들이나, 〈레기온〉에게 흡수된 망령이나 먼저 죽은 동료들과 달리.

"살아있으니까."

그 대답에 레르케는 소리 내어 웃었다.

"아무것도 포기하지 않고, 그러고도 더 얻고 싶다니. 산 자에게 어울리는, 정말이지 뻔뻔한 탐욕이로군요. 참 좋습니다."

웃음소리를 거두고, 웃음은 지우지 않는 채로 레르케는 말했다.

반짝이는, 인간과는 다소 다른, 투명한 유리의 녹색 눈동자.

"그래도 언젠가, 전장에 너희 따윈 필요 없다고. 우리의 긍지를 걸고 말해드리지요. 인간."

전투를 위한 죽음의 새는 웃으면서 그렇게 말했기에.

신은 짧게 웃으며 답했다. 그런 날은 오지 않는다. 오게 하지 않는다고 알면서.

"해 봐라, 검."

†

제압 완료의 보고를 받았어도 용아대산은 90킬로미터나 떨어진 곳에 있다.

산 정상 부근이라고 해도 레나가 있는 부근에서는 그 그림자조차 보이지 않았다.

하늘로 치솟는 연기조차도.

거점을 파괴하는 폭약이라고 해도, 산을 통째로 붕괴시킬 정도의 위력은 없다. 눈에 보일 정도로 뒤흔들 수 있는 것도 아니겠지. 그러니까 가령 눈에 보인다고 해도 이렇게 먼 거리에서는 전혀 알 수 없겠지만.

그러니까 예비진지대의 각 부대는 그저 계속 기다렸다. 적진 깊숙히 침공한 그들의 왕족이, 그가 이끄는 죽음의 새들이, 여태까지 함께 싸웠던 전우들이 돌아오는 것을.

이윽고.

하늘을 뒤덮은 은색이 엷어졌다.

방전교란형은 〈레기온〉 중에서 최소, 최경량 기종이다. 내부에 지닐 수 있는 에너지량도 그리 많지 않다.

하늘을 뒤덮는 은색 무리는 에너지 잔량이 적어진 것부터 남쪽으로 향했고, 그리고 다시금 돌아오지 않았기 때문에 차츰 그 은색의 밀도가 줄어들었다. 연합왕국 참모원의 예측대로 용아대산 거점을 잃으면 〈레기온〉도 하늘을 뒤덮을 정도의 방전교란형을 전개할 수 없는 것이다.

파란 하늘색이 돌아왔다.

그렇게 하룻밤이 지나고, 아마도 몇 달 만에 보는 높고 맑은 군청색 하늘 아래, 용아대산 거점 공략부대가 돌아왔다.

눈 덮인 산과는 전혀 딴판인, 푸른색이 진하고 무거운 여름 하늘. 북쪽 대지라고 해도 초여름의 햇살은 꽤나 강해서, 갑작스럽게 강렬한 태양빛을 받은 눈이 빠르게 녹기 시작했다. 눈 녹은 물이 흘러든 강과 그 유역은 앞으로 고생이겠다 싶은 기세였다.

녹아서 무겁게 달라붙는 눈을 밟으며 공략부대가 돌아왔다. 장갑수송차가 차례로 정지하고, 그 객실에서 쇳빛 탑승복 차림의 프로세서들이 내렸다.

제2기갑 그룹의 총대장, 그리고 신에게서 지휘권을 일시적으로 위양받은 라이덴이 레나에게 다가가서 경례한 뒤에 말했다.

"밀리제 대령님. 제86기동타격군, 귀환했습니다."

"수고 많았습니다, 시온 중위, 슈가 중위. 다들 이제 편하게 쉬어 주세요."

상관과 부하의 경례는 일단 그걸로 끝이다. 라이덴을 포함하여 프로세서들이 긴장을 풀고, 벌써 일부가 시끄럽게 떠들거나 포격 지원조 프로세서들이 달려오는 등의 소란이 순식간에 예비진지를 지배했다. 하늘하늘 손을 흔들면서 라이덴이 옆을 지나가고, 시온 중위와 프로세서들, 장갑수송차가 뒤를 따랐다. "돌아왔습니다."라든가, "대령님도 수고했습니다." 같은 인사를 던지거나 목례만으로 끝내기도 하고, 마음 편한 친구들끼리 떠들면서 걸어가기도 하고.

그런 가운데, 마찬가지로 쇳빛 탑승복을 입은, 낯익은 하늘색 스카프를 두른 자가 다가왔다.

또 믿을 수 없을 정도로 무리를 했는지, 기갑탑승복도 하늘색 스카프도 꽤나 검게 그을어 있었다. 평소처럼 엉망으로 망가진 〈언더테이커〉를 보고 쓸개 씹은 표정을 한 그렌과 두통을 참듯이 쓴 웃음을 짓는 토우카가 파이드에서 기체를 내렸다.

그래도 돌아와 주었다.

레나가 바라던 대로.

돌아오겠다고 그가 말한 대로.

신이 다가오고, 레나는 그를 맞이하며 말했다.

지휘관으로서가 아니라, 오로지 개인으로서.

웃으며.

"돌아오겠다고 말했지요."

그 기습에 신이 움찔거렸다.

레나는 웃으려고 했지만, 사실 내심의 분노가 그 미소의 뒷면이라든가 분위기로 드러난 모양이다. 자기 얼굴을 볼 수 없으니까 레나 자신은 몰랐지만.

"예, 저기. 돌아왔습니다만."

목을 다쳤는지, 다소 쉰 목소리였다.

그 이유도 들었으니까 레나로서는 더욱 화가 났다.

"〈무자비한 여왕〉 회수의 경위에 관해서는 라이덴에게서 보고를 받았습니다. 그 뒤의 진단도 위생반을 통해서. 애초에 지금도 위생병의 허가가 안 나와서 라이덴에게 지휘권을 맡긴 상태 아닙니까?"

신이 할 말을 잃었다.

한순간 시선이 레나 너머 뒤편으로 향한 것은 바로 그 라이덴을 찾는 거겠지. 그걸 예측했으니까 라이덴도 얼른 이 자리를 뜬 거겠지만.

한동안 말을—— 아니, 레나가 보자면 변명을 찾다가, 결국 찾지 못했는지 신은 어깨를 늘어뜨렸다.

"죄송합니다."

"진짜 말이죠! 진짜로 신은 항상 그렇게 무리만 하고……!"

필요하니까, 어쩔 수 없었다, 같은 말은 필요 없다.

돌아오라고 자신은 말했다.

돌아오겠다고 신은 대답했다.

그렇다면 신에게는 반드시 돌아올 의무가 있다. 멋대로 죽으려고 들다니, 그런 건 절대로 허락하지 않는다.

하물며 진짜로 멋대로 죽어버리면.

갑자기 가슴속에서 응어리진 감정이 솟구쳐서, 레나는 목이 막히는 걸 느꼈다. 치솟은 눈물을 간신히 억눌렀다.

어제 라이덴에게서 사건의 전말을 들었을 때. 결과적으로는 살았다고 들었어도 몸이 떨리는 것이 멈추지 않았다.

"걱정했다고요, 정말로. 우연히 〈무자비한 여왕〉이 향한 곳에 당신이 없었으면, 구출이 조금만 더 늦었으면, 어쩌면 죽었을지도 몰랐다고⋯⋯."

"⋯⋯."

"안 되잖아요. 그런 바보 같은 짓, 더는 하면 안 돼요. 주위를 더 의지해 주세요. 혼자서, 희생하는 선택은⸺ 절대로, 하면 안 됩니다."

"죄송합니다⋯⋯."

그러고 나서, 장난스럽게 웃었다.

오래간만에 보는, 티 없는 웃음이었다.

"레나야말로, 그 뒤에, 무리하지 않았지요?"

레나는 움찔거리며 굳었다.

"당연합니다."

"정말입니까? 나중에 시덴에게라도 물어보겠습니다."

"시덴은 내 편이니까, 정직하게 대답하지 않을걸요."

무뚝뚝하게 말했더니 신의 눈가에서 한층 웃음이 깊어졌다.

"그건, 무슨 일이 있었다고 말하는 거나 같습니다."

"어⋯⋯ 아!"

그걸 깨닫고 두 손으로 입을 가린 레나를 보며, 신은 어깨를 흔들고 웃었다.

"기다리겠다고 말했지요?"

"……."

그 반격에 레나는 뚱한 모습을 했고, 신은 아랑곳하지 않고 계속해서 말했다.

"그런데, 죽을지도 모르는 무모한 짓을 했습니까?"

"신은 바보예요……."

뭐라 대꾸할 말이 없다.

대꾸할 말이 없지만, 입 다물고 있는 것도 분하기에 그렇게 말했다. 그러자 신은 한층 더 웃었다.

뚱해져서 발길을 돌리자, 한발 늦게 신이 쫓아왔다. 앞지르지는 않고, 살짝 걸음을 늦추어 레나와 나란히 걸었다.

레나는 옆에 있는 사람을, 이쪽을 바라보는 붉은 눈동자를 마주 보며 말했다.

이번에야말로 순수하게 마음속에서 솟구친, 그저 기쁨만이 있는 미소와 함께.

사실은 줄곧 이 말을 하고 싶었다.

두고 가지 말라고, 그렇게 말할 수밖에 없었던 2년 전부터.

안녕이라고 말하고 보냈던, 얼굴도 몰랐던 그때의 이별부터.

줄곧.

보냈다면, 그다음은.

이렇게 말하고.

웃으며.

맞이해 주고 싶다고.

"잘 돌아왔어요."

올려다본 곳에서 붉은 눈동자가 부드럽게 웃음을 띠었다.

"예…….다녀왔습니다."

2년 전, 서로 얼굴도 모른 채, 그저 이름만 알고 헤어졌다.

반년 전, 서로 살아남아서, 같은 장소에서 말을 나누었다.

석 달 전, 전진한 끝에 재회하고, 드디어 서로 얼굴을 알았다.

겨우 알았을 뿐이었다.

그리고 지금.

이제부터 간신히 다가가는 거라고.

양보할 수 없는 무언가가 있더라도, 서로 이해할 수 없는 무언가가 있더라도, 어쩔 수 없을 만큼 다르더라도, 그래도 함께 있기 위해서 서로 노력해 나가는 거라고.

말하지 않아도, 두 사람 모두—— 이해하고 있었다.

종장 Home, sweet home

　전달받은 주소에 있는 건물은 그것이 한 가문의 저택이라고는 도저히 생각할 수 없을 만큼 광대했다.

　저택 안팎을 엄중하게 가르는, 거절하는 듯한 높이로 창을 이어 놓은 듯한 문 앞에서, 신은 잠시 그 저택을 올려다보았다.

　과거에 제국 귀족 무문의 필두였다는 노우젠 후작가.

　영지와 작위를 반납한 지금도 한 지방을 너끈히 능가하는 광대한 사유지와 몇몇 기업, 그리고 군 내부에 대해 은근한 영향력을 가진, 과거에 제국을 지배했던 대귀족 중 하나.

　그의 할아버지라는 노인이 지금 당주 지위에 있는 일족이다.

　기지를 떠난 기간은 두 달 남짓이지만, 여기에 와 보니 역시나 돌아왔다는 기분이 들었다.

　그 두 달 동안 계절은 완전히 여름으로 변해서, 활짝 열린 창문에서 들어오는 바람이 시원하게 느껴지는 날씨였다. 기지 주위의 녹색 숲에서 불어오는, 초목의 향기가 풋풋하게 묻어나는 시원한 바람.

　그 바람을 기분 좋게 느끼면서 레나는 창문 밖에서 집무실 안으로 시선을 옮겼다. 바람을 타고 온, 연습과 정비와 많은 사람들의 말소리로 다소 시끌시끌한 기지의 일상적인 소리.

"한동안 임무도 없을 듯하니 느긋하게 지낼 수 있겠군요, 비카."

그 시선 앞, 응접용 소파에서 비카가 어깨를 으쓱였다.

"이 기회에 최대한 〈알카노스트〉의 연습과 조정을 해두고 싶지만. 연방 서부전선은 연합왕국과는 지리적 환경이 전혀 다르지. 상정하지 않은 부담이나 상황도 있을 테니까."

제86기동타격군이 연합왕국에 파견되었을 당초에 했던 조정과 마찬가지다. 연합왕국의 눈 덮인 전장을 위해 제조된 〈알카노스트〉는 조정하기 전에 연방에서 쓸 수 없을 것이다.

다만.

걱정이 얼굴에 드러났을까. 이쪽을 힐끗 보며 비카는 말을 이었다.

"〈시린〉은 연합왕국에서의 운용과 마찬가지로 임무와 연습 이외에는 기동시키지 않고 격납고에 보관하고 있다. 연습 때도 이 연습장이 아니라 멀리 있는 곳을 빌릴 예정이다. 노우젠의 부담을 늘리지 않아. 그러니까 그런 얼굴 하지 마라."

그 말에 레나는 쓴웃음을 지었다.

그렇게 알기 쉽게 걱정했던 걸까.

"배려해 주셔서 감사합니다, 비카."

"노우젠의 색적 능력은 실제로 귀중하니까. 전투 외에서 괜한 부담을 주어서, 만에 하나라도 못 쓰게 되면 안 되지. 레르케 한 명 정도라면 신경 쓰지 않는 모양이지만."

"예."

정말이냐고, 사실은 무리하는 거 아니냐고, 레나와 레르케가 끈덕지게 캐물어댄 결과니까 아마도 진짜다.

그렇게 자신을 신용하지 않냐며 투덜거린 모습이 조금 귀엽다고 생각해서 지나치게 끈덕지게 굴었던 것은 비밀이다.

"연방으로서도 제어든 기계적인 재현이든 하고 싶겠지. 내가 해도 좋다면, 내 나름대로 조사해 보겠는데."

마음 없는 얼굴로, 한눈에도 농담이라고 알 수 있는 어조로 말하기에 레나도 말했다.

"안 됩니다."

"그렇겠지. 알고 있다."

기분 상한 기색도 없이 왕자 전하는 어깨를 으쓱였다.

귀환 전에 자파르 왕태자에게서 '비카에게 허가해선 안 되는 일 리스트' 라는 기나긴 리스트를 받은 것은 아마도 말하지 않는 편이 좋겠다고 레나는 생각했다.

그 표지에는 빨간색 글씨로 '혹시나 네가 이걸 본다면 이해하겠지, 비카. 여기에 적힌 것은 해선 안 된다. 전부 안 된다. 확대해석도 금지할 거다.' 라고 적혀 있기도 했다. 뭐라고 할까, 위험도가 급증했다. 결정타로 왕태자 전하와 국왕 폐하의 친필 서명이 들어갔을 정도니까, 이건 진짜 무서워서 안 된다.

이 인간은 〈시린〉 개발 말고도 대체 무슨 짓을 한 걸까.

그런 생각도 했지만, 역시나 물어보는 게 무서워져서 입 밖에 내지는 않았다.

"비카. 일반 장교 대우로 좋다고 했습니다만…… 실제로 지내 보니 뭔가 불만 사항은 없습니까? 요망이 있다면 가능한 범위에서 개선하겠습니다만."

연방이 연합왕국에 파견한 병력이 귀환한 뒤에는 반대로 연합왕국에서 기동타격군에 병력을 빌려주게 되었다. 그 지휘관이 비카다. 현재는 〈알카노스트〉 부대의 지휘관으로 작전지휘관 바로 아래, 중령 대우로 기동타격군의 지휘계통에 포함되었다.

중령인 비카에게 준비된 방은 당연히 영관을 위한 것이고, 위관급인 프로세서들과는 일선을 긋지만── 군인이라고 해도 왕족인 그가 만족할 만한 환경일까.

"연합왕국도 기지라면 모를까, 최전선에서는 왕족 대우고 뭐고 없으니까. 방에도 대우에도 불만은 없어. 급조한 것이라지만 좋은 기지로군. 다만──."

"뭡니까?"

"덥다."

짜증을 내는 듯한 말에 레나는 눈을 동그랗게 떴다가 웃음을 터뜨렸다.

맞는 말이긴 하다.

대륙 북쪽에 위치한 연합왕국에서 나고 자랐고, 방전교란형의 초중층 전개로 얼마 전까지 계속 눈 덮인 전장에 있던 비카에게 갑작스러운 초여름 날씨는 조금 힘들겠지.

"웃을 일은 아니겠지. 경, 한겨울에 우리 나라에 와 보겠나? 다른 나라 사람들은 영혼이 얼어붙는다고 평한다. 우리 나라에서도 그렇게 말하지만."

"죄송합니다. 아뇨, 언젠가 관광으로 가보고 싶습니다만."

언젠가 이 전쟁이 끝나거든 그때.

"그래, 꼭 오도록. 그때는 경도 이 더위를 그립게 느끼겠지."

레나는 가만히 미소 지었다.

"예, 언젠가."

그리고 말을 이었다.

"기동타격군, 제1기갑 그룹── 노우젠 대위 이하는 이 파견 임무 완료와 함께 일단 전투 임무에서 제외됩니다. 앞으로 한동안은 휴가를 겸하여 이웃 도시의 교육시설로 옮기게 되어서……."

"들었다. 아니, 경도 어제부터 휴가일 텐데. 짐머만 대통령에게 초대받았다지?"

"예. 그분은 신이나 라이덴의 보호자니까, 그쪽 관련으로 자택에 초대를 받았습니다. 신과 라이덴과 프레데리카는 먼저 돌아갔고…… 신은 오늘."

레나는 미소 지으며 시선을 내렸다.

신은 지금껏 그것을 거부했었다.

오늘 처음으로 그가 직접 만나고 싶다고 말했다.

"할아버님의── 노우젠 후작의 저택에 갔습니다."

홀 안쪽에 장검을 든, 목 없는 해골 문장이 걸려 있었다.

기억에 있는── 아니, 매우 낯익은 그것에 신은 무심코 걸음을 멈추고 올려다보았다.

자신의 퍼스널마크의 모태가 된, 형의 퍼스널마크와 완전히 똑같다.

"노우젠 가문의 시조 때부터 전해지는 문장입니다."

안내를 위해 앞서 걸어가던 나이 든 집사가 돌아와서 말했다. 꽤나 오래된 연미복과 은색의 외눈안경, 똑바로 쭉 편 등. 발소리를 내지 않는 것은 이 노인도 마찬가지인 모양이다. 은밀한 그림자처럼, 미끄러지듯이 걸었다.

"과거에 주인님께서 당신의 형님과 당신의 생일 축하로 선물하셨던 그림책의 표지이기도 합니다. 시조의 위업을 아이들도 읽을 수 있도록 알기 쉽게 옮긴 것으로…… 부군께서는 공화국으로 쫓겨난 몸입니다만, 편지는 정기적으로 보내셨습니다. 주인님께서는 완강히 답신을 보내지 않으셨습니다만, 축하할 일이라며 그림책을 보내셨습니다."

"……."

"형님께서는 그렇지도 않았던 모양입니다만, 당신께서는 마음에 들어 하셨다고 들었습니다. 공화국에서 종군하셨을 때부터 기체의 퍼스널마크로 해골 그림을 사용하셨다고 들었습니다만, 혹시 기억하고 계셨습니까? 아니면 뭔가 애착이?"

"아니……."

아주 잠깐 기대하는 눈치를 보인 집사에게 살짝 고개를 내저으며 답했다. 기억하지는 못한다. 애착 같은 것도 없다. 적어도 지금은, 아직은.

하지만 아마도 레이는 기억했던 거겠지.

나이 어린 동생에게 읽어주었던──옛날에 신이 좋아했다는 그 그림책을.

왜 레이가 이 문장을 자신의 퍼스널마크로 그렸는지. 간신히 이해했다.

예전에는 죽지도 못한 신에 대한 야유라고만 생각했다.

재회하고 해방해 준 뒤에는 그저 왜? 라고 생각했다.

간신히 깨달았다.

형.

사실 형은.

형은 신을 미워한 적이 단 한 번도 없었다.

"신은 지금쯤 할아버지와 만나고 있을까."

스피어헤드 전대가 속한 제1기갑 그룹은 어제부터 휴가였고, 그 탓인지 기지 식당에는 아는 얼굴이 별로 없었다.

점심때를 지난 식당은 조금 한산했고, 그 창가 양지바른 곳에 있는 테이블에서 늦은 점심을 먹으며 세오는 말했다. 맞은편에 앉은 크레나가 슬쩍 시선을 보냈다.

공화국에게 가족과 고향을 빼앗긴 에이티식스는 휴가라도 돌아갈 집이 없다. 신처럼 이민한 지 얼마 안 되어서 친척이 남은 사람도 없지는 않지만, 그것도 극소수다. 그러니까 휴가를 얻은 자들도 귀성하는 게 아니라 인근 도시에 놀러 가든가 쇼핑하러 갔겠지.

라이덴과 프레데리카는 먼저 에른스트의 저택으로 돌아갔고, 앙쥬는 연방에 아직 익숙하지 않은 더스틴을 위해 함께 외출해 주었다.

　맞은편 자리에 있는 크레나는 아무 말도 하지 않았다.

　간신히 돌아온 자들을 위해 급양 담당자가 실력을 발휘한 점심 식사에 손도 대지 않고 뭔가 생각하고 있었다.

　여기에는 없는 누군가를.

　그걸 보며 세오는 쓴웃음을 지었다.

　"딱히 그런 얼굴 하지 않아도 돼. 오늘은 그냥 인사만 하는 거고, 금방 돌아와."

　신은 거의 기억하지 못하는 부모를 아는 사람.

　여태까지 할아버지와 만난다는 것은, 신에게 있어서 잃었던 것을 잃었다고 재확인하는 작업이었다. 여전히 기억할 수 없었다고 깨달을 뿐인 행위였다.

　그게 아니라고, 잃은 것을 예전 모습 그대로는 아니더라도 되찾기 위한 시간이라고.

　되찾고 싶다고.

　그렇게 생각하게 되었으니까, 신도 여태까지 줄곧 거절했던 할아버지를 만나러 간 거겠지.

　"괜찮아. 잠깐 갔을 뿐이야. 금방 돌아오니까."

　"하지만……."

　말하려다가 머뭇거린 크레나가 무슨 말을 하고 싶은지 세오도 알 것 같았다.

지금은 같은 장소에 돌아온다.

내일은 그렇지 않을지도 모른다. 내일이 아니더라도 언젠가.

그날은 언젠가 반드시 온다.

맺어진 인연이 끊어진 것도 아니고, 이별을 맞은 것도 아니지만, 그래도 돌아갈 집이, 목표로 하는 곳이 달라지는 날이.

86구에서 스러졌다면 오지 않았다. 죽을 때는 달라도 죽는 장소는 마찬가지고, 반드시 죽는 것도 마찬가지였다. 그러니까 이런 생각은 한 적도 없었다.

생각하지 않아도 되었다.

하지만 살아남았으니까. 아직 자신들은 살아있으니까.

"우리도 말이지, 크레나."

"……."

"아무것도 없지만, 그래도 생각해야만 해. 앞으로 어쩔 건지. 어떻게 살아가고 싶은지를."

안내받은 응접실에 들어가자, 기다리고 있었던 듯한 사람이 소리도 없이 일어섰다.

두 명.

대부분 하얗게 된 흑발에 매처럼 검은 눈, 튼튼한 장신의 노인과 대조적으로 작은 체구에 둥근 얼굴, 백발을 우아하게 땋은 모습에 다정한 느낌의 노파.

노인, 노우젠 후작이 입을 열었다.

"네가⋯⋯."

그 질문에 담긴, 어딘가 매달리는 듯한 울림.

신은 그 목소리에 말문이 막혔다.

뭐라고 대답해야 좋을지 모르겠다.

그저 살짝 고개 숙이듯이 끄덕였다.

그러는 것 말고는 어째야 좋을지 알 수 없었다.

그 사실에 신은 살짝 입술을 깨물었다. 그럴 거라고 생각은 했지만.

아무것도 느껴지지 않는다. 할아버지라는 이 사람을 눈앞에 두고도 아무런 감흥이 없다.

혈연이라는 이유만으로는 역시나 아직 타인이나 마찬가지겠지. 그런 사실을 깨달아서── 조금은 슬펐다. 가슴이 메는 듯한 기분이었다.

신의 마음속 갈등과 달리, 노우젠 후작은 칠흑색 눈에 눈물을 맺었다.

"많이 자랐군. 게다가 역시 닮았어. 내 자식 레이샤, 그리고 마이카의 딸을."

"머리색과 체격은 노우젠의 혈통이지만, 얼굴은 유우나를 닮았으려나. 눈동자 색도."

그리움 담긴 미소를 지으며 노부인이 말을 이었다. 둥근 안경 안쪽의 피처럼 붉은 눈동자. 염홍종의 특징이다.

신에게 할머니일 노우젠 후작부인은 이미 오래전에 돌아가셨다고 들었다. 제국 귀종 사이에서는 다른 색채와의 혼혈은 기피되니까, 아내인 것도 아니겠지.

곤혹스럽게 바라보는 신에게 노우젠 후작이 고개를 끄덕여 주었다.

"그래, 이쪽은 젤다 마이카 여후작. 네 어머니의 어머니—— 네게는 외할머니인 분이다. 기왕 만날 거면 함께 만날까 해서."

마이카 여후작이 미소 지으며 인사했다. 노우젠 후작은 입가에 미소를 띠었다.

"자, 어디부터 이야기할까. 그렇긴 해도 너로서는 처음 만나는, 그저 혈연이기만 한 노인이 둘 있구나. 갑작스러운 일이니까 말할 수 없는 것, 듣고 싶지 않은 것이 많겠지."

"일단은, 그래, 차를 마시지요. 단 것은 좋아하려나? 우리 온실에서 키운 딸기로 만든 잼을 가져왔단다. 돌아갈 때 선물로 가져가거라."

미소 지으며 던진 그 질문이 대답을 기다리고 있음을 깨닫고, 신은 말을 찾으면서 입을 열었다.

말을 찾아야만 할 정도로 아직 거리가 먼 상대다. 그래도 대답하지 않으면 대화를 할 수 없다.

아직 아무런 감흥도 품을 수 없다. 이제 막 알게 된 타인에 불과하다.

그래도.

이 사람들은 아버지와 어머니의—— 자신이 모르는 행복한 모습을 기억해 줄 테니까.

"나는, 단 것은 별로. 하지만 부대의 마스코트나 상관은, 기뻐할 테니까…… 감사히 받겠습니다."

노우젠 후작이 미소를 지었다.

"그렇군. 일단은 그런 것을 이야기하자. 오늘 저녁식사는 네가 좋아하는 것으로 차리고 싶지만, 아는 게 하나도 없으니 어떡해야 좋을지 몰라서 복도에서 귀를 쫑긋 세우고 있을 요리장에게 힌트를 주어야만 할 테고. 먹고 가겠지? 뭣하면 오늘내일 정도는 묵고 가도 된다."

"아뇨……."

태연하게 한 말이지만, 사실 친할아버지가 최대한 용기를 쥐어짜내서 한 발언이란 걸 왠지 모르게 알 수 있었다.

어느새—— 자연스럽게 미소를 지으면서, 신은 고개를 가로저었다.

가족을 대공세로 잃은 그녀도 휴가 때 돌아갈 집이 없다. 그러니까 세오나 크레나가 돌아오는 것과 맞춰서 집에 초대할 생각이라고, 오늘 아침에 에른스트가 말했다.

바로 그 레나가 있는 장소에.

"오늘은 돌아가겠습니다. 기다리는 사람이 있으니까."

작가 후기

 오로라라는 것에는 마음이 끌립니다! 안녕하세요, 아사토 아사 토입니다.

 뭐, 연합왕국편에서는 나 오 지 않 았 지 만 요, 오로라. 모처럼 설국에서 싸우는 이야기인데! 그리고 다이아몬드 더스트도. 사실은 저도 본 적이 없지만요.

 과거에 오로라란 발키리의 갑옷이 내는 광채로 일컬어졌다고 하니까 발키리=〈레긴레이브〉를 모는 기동타격군과 함께 출연시키고 싶었습니다만, 역시나 여러모로 무리가 있어서. 여담이지만, Ep. 2, 3에서의 신 일행의 전대 이름은 '노르트리히트'로, 오로라를 말합니다. 이 무렵부터 의식했는데도 내보내지 못한 게 아쉬워. 언젠가 재도전하고 싶다······!

 아니, 눈 덮인 전장은 여러모로 고생이니까 역시 그만두자······.

 시작부터 늘어놓은 약한 소리는 이쯤하고.

 항상 감사합니다! 『86 – 에이티식스 –』 제6권 '날이 밝지 않기에 밤은 영원하고'를 보내드립니다.

 연합왕국편 완결권입니다. 그런데도 오래 기다리시게 해서 죄송합니다……! 이번에도, 아니, 이번에는 과거 최대급으로 신이 갈팡질팡해서…….

신, 너는 아무리 그래도 주인공이니까 이제 작작 좀 해 줄래? 응? (캐릭터에게 압력을 가하는 작가)

· 지옥의 문

3장에 나오는 나오는 단테의 『신곡』의 한 구절 말인데요. 타니구치 에리야 번역(JICC 출판국. 1989년 3월 초판) 28페이지에서 인용했습니다. 본문에는 적을 수 없기에 여기서 실례합니다.

· 스로네

모두가 좋아하는 판잰드럼.

그게 뭐야? 라는 분은 검색해 주세요. 뭐, 원래는 판잰드럼이 아니라, 작중에서 비카가 말했던 것처럼 중세에 농성측이 쓰던 방어병기입니다만, 이어서 말하는 블루 피콕이나 지뢰견도 실재했던 계획, 병기니까, 이쪽도 흥미 있는 분은 조사해보세요.

· 3장 후반의 그거

신은 Ep. 3 후반에 그런 꼴을 보고서 또 잊어버린 모양입니다만, 〈레긴레이브〉에는 미션 레코더에 콕핏 내부의 발언이 기록됩니다……. 그리고 작전 후에 보고서와 함께 데이터를 제출할 의무도 있지요…….

합장.

마지막으로 감사 인사를.

담당 편집자 키요세 님, 츠치야 님. 고기동형의 최종 형태가 그렇게 된 것과 4장 라스트가 지금의 형태로 완성된 것은 두 분의 지적 덕분입니다!

시라비 님. 동시 발매인 전격문고 MAGAZINE 4월호 표지와 함께 이번에도 아름다운 일러스트들에 눈이 멀 것 같습니다. 신과 레나가 나란히 있는 장면이, 이게 또⋯⋯!

Ⅰ-Ⅳ 님. 제안해 주신 〈레긴레이브〉의 그 기믹! 형태는 조금 바꾸었는데, 이번 클라이맥스에서 써먹었습니다!

요시하라 님, 만화판 1권의 첫 고비에 접어든 참이로군요. 추가해 주신 카이에의 에피소드, 카이에가 정말이지 귀엽고, 귀여워서⋯⋯!

그리고 이 책을 찾아주신 여러분. 항상 감사합니다.

Ep. 4에서 간신히 재회 이후의 이야기를 자아내기 시작한, 하지만 이제 막 만났을 뿐이지 서로에 대해 아무것도 모른다는 사실에 직면한 신과 레나입니다만, 그 갈등과 곤혹, 엇갈림도 이번 권에서 일단 정리됩니다. 두 사람이 각자 어떤 결론에 도달할지 부디 지켜봐 주세요.

아, 시리즈는 더 계속됩니다. 아직 더 계속되니까 후속권을 잘 부탁드립니다. 아니, 다음 권인 Ep. 7은 이번에야말로 가벼운 이야기니까 기대해 주세요! 거짓말 아니에요, 진짜라고요!

그럼 지옥의 문 너머, 얼어붙은 들판을 넘어 땅속 지옥, 그 한탄의 전장으로. 당혹스러워하면서도 나아가는 그와 두려워하면서도 보내는 그녀의 곁으로. 당신을 잠시 데려갈 수 있기를.

　후기 집필 중 BGM : 로스트원의 호곡 (Neru feat. 카가미네 린)

86 -에이티식스- Ep.6
-날이 밝지 않기에 밤은 영원하고-

2022년 12월 20일 제1판 인쇄
2025년 02월 20일 제5쇄 발행

지음 아사토 아사토
일러스트 시라비

옮김 한신남

제작 · 편집 노블엔진 편집부

발행 데이즈엔터(주)
등록번호 제 2023-000035호
주소 07551 서울특별시 강서구 양천로 570 NH서울타워 19층
대표전화 02-2013-5665

ISBN 979-11-380-2157-9
ISBN 979-11-319-8539-7 (세트)

86—EIGHTY SIX—Ep. 6 —AKENEBAKOSO YORU WA NAGAKU—
ⒸAsato Asato 2019
Edited by 전격 문고
First published in Japan in 2019 by KADOKAWA CORPORATION, Tokyo.
Korean translation rights arranged with KADOKAWA CORPORATION, Tokyo.
through Korea Copyright Center Inc.

구매 시 파손된 도서는 구매처에서 교환하실 수 있습니다.
기타 불편사항, 문의사항이 있으신 독자님께서는 노블엔진 홈페이지
[http://novelengine.com] 에서 Q&A 게시판을 이용해 주시기 바랍니다.

아사토 아사토
관련작 리스트

◆

겉은 성녀, 속은 야수. 귀족 아가씨의 미소로 본성을 감추고,
소녀는 파란으로 가득한 두 번째 세계에서 무쌍한다!!

새비지팽 레이디
사상 최강의 용병은
사상 최악의 잔학 영애가 되어서
두 번째 세상을 무쌍한다
1~2

'신에게 선택받은 자'의 증표로 일컬어지는 눈부시게 빛나는 머리카락의 소유자이자 궁극의 마력을 지닌 공작 영애, 밀레느. 우아하게 머리카락을 휘날리며, 어여쁘게 검을 휘두르는 왕국 제일의 미소녀 검사. 그러나 그 속은……《야만스러운 송곳니(새비지팽)》의 별명을 지닌 사상 최강의 용병?!

경이적인 신체 능력만으로 수많은 적을 해치운 전설의 전사는 엄청난 마력을 자랑하는 기적의 영애였다! 파격적인 마력과 전투력을 겸비한 소녀는 대륙에 이름을 떨치는 맹주의 자녀를 끌어들여 세계의 정세를 뒤바꾸어 나간다……!

호쾌한 역사 회귀×빙의 판타지! 개막!!

 아카시 칵카쿠 지음 | 카야하라 일러스트 | 2022년 10월 제2권 출간
청춘의 상상, 시동을 걸어라!

영웅의 딸로 환생한 영웅은 다시 영웅을 꿈꾼다

1~2

'검은 깃털의 암살자'로 불리는 자이자, 사룡으로부터 세상을 구한 여섯 영웅의 일원. 그리고 마신과의 싸움에서 목숨을 잃은 '레이드'는 놀랍게도 동료 부부의 딸 '니콜'로 태어나 새로운 생을 얻었다──?!

전생의 기억을 지닌 탓에 젖도 제대로 빨지 못해 허약한 미소녀로 성장하는 니콜=레이드. 하지만 옛 동료인 용사와 성녀의 딸이라면 누구보다도 강해질 수 있다!

전생의 경험과 부모에게 물려받은 재능으로, 마침내 원하던 마법검사가 되고, 다시금 영웅이 되어 보겠습니다!

카부라기 하루카 지음 | 아키타 히카 일러스트 | 2023년 1월 제2권 출간
청춘의 상상, 시동을 걸어라!

제15회 MF문고J 라이트노벨 신인상 《최우수상》 수상
2021년 7월 애니메이션 방영작!

탐정은 이미 죽었다

1~6

◆

애니메이션 방영작

고등학교 3학년인 나, 키미즈카 키미히코는 한때 명탐정의 조수였다.

──"너, 내 조수가 되어줘."

시작은 4년 전, 지상 1만 미터 위의 상공. 하이재킹을 당한 비행기 안에서 나는 천사 같은 탐정 시에스타의 조수로 선택되었다.

그로부터 3년, 우리는 눈부신 모험극을 펼쳤고── 죽음으로써 헤어졌다. 홀로 살아남은 나는 일상이라는 이름의 현실에 빠져 안주하고 있었다. ……그걸로 괜찮냐고?

괜찮고말고

다른 사람에게 피해를 주는 것도 아니니까.

그렇잖아? 탐정은 이미, 죽었으니까.

니고 쥬우 지음 | 우미보즈 일러스트 | 2022년 4월 제6권 출간
청춘의 상상, 시동을 걸어라!